盘石巨变

赵凌峰　著

黄河出版传媒集团
阳光出版社

图书在版编目（CIP）数据

盘石巨变 / 赵凌峰著. -- 银川：阳光出版社，
2024.10. -- ISBN 978-7-5525-7511-8

Ⅰ. I25
中国国家版本馆 CIP 数据核字第 2024TE8529 号

盘石巨变　　　　　　　　　　　　　　　　　　　　　　　　赵凌峰　著

责任编辑　杨　皎
封面设计　科鹏文化
责任印制　岳建宁

黄河出版传媒集团
阳光出版社　出版发行

出　版　人　薛文斌
地　　　址　宁夏银川市北京东路 139 号出版大厦（750001）
网　　　址　http：//www.ygchbs.com
网上书店　http：//shop129132959.taobao.com
电子信箱　yangguangchubanshe@163.com
邮购电话　0951-5014139
经　　　销　全国新华书店
印刷装订　四川科德彩色数码科技有限公司
印刷委托书号　（宁）0030751

开　　本　880 mm×1230 mm　1/32
印　　张　9.5
字　　数　190 千字
版　　次　2024 年 10 月第 1 版
印　　次　2024 年 10 月第 1 次印刷
书　　号　ISBN 978-7-5525-7511-8
定　　价　48.00 元

内容简介

　　经过高速发展和系统的社会治理，盘石人把贵州一个一类贫困乡镇转变为和谐稳定、富裕文明、百姓安居的幸福新城镇，打造了基层治理的盘石样板，为全面建成小康社会后的中国之治提供了盘石方案。秉持初心、回望来路，盘石的开放起源于南方谈话，发展得益于围绕"四新"主攻四化，腾飞依托于四个全面。站在"两个一百年"的历史关键节点，盘石人将勇担社会治理先行地的建设使命，怀揣中华民族伟大复兴梦想，再创辉煌。

　　作品告诉人们，基层组织是乡村振兴的主要力量，集体经济是共同富裕的物质基础和财富保障。在这片土地上，基层组织建设和基层干部培养，为乡村振兴和基层治理注入了源源不断的巨大能量。

序

吴国才

长篇报告文学《盘石巨变》付梓在即,他在微信里和我聊起序言之事,要我为此书作序。

他穷尽在职期间的经历与积累,跋山涉水作现场考察与当事人采访,短短半年时间,从采访到构思,采用新角度新结构抒写,历尽艰辛,终成作品。作品重视内容故事,重视故事细节,有着质朴的叙述,感性的描述,逻辑的说理,自然的抒情,所以也有着历史画卷的温度。树斌兄的创作印证了这些说法:报告文学的优点在于能快捷、有力、主动介入现实。报告文学作家的优点在于其自觉的使命、责任与担当。我国正在发生历史巨变,作为时代书记员和人民良心的报告文学作家,是最可大有作为的。

《盘石巨变》格局宏大,立意恢宏,复调结构,构架匠心,视野开阔,叙事宏大。具有历史文化的厚度与回望反思的深度。我们一如既往地看到了他活跃的身影，读到了他讲述的盘石故事，他为盘石而作的一帧帧翔实热情的记录，又一次擦亮和刷新了贵州纪实文学的作用。

作品是某种意义上的新闻人、报告文学作家的个体历史叙述。在近20年的重要节点，全面、立体地回溯了盘石的经济社会发展历程。那些生活的本真得到淋漓再现。

结构很工整，套用交响曲的多段式，环环相连，丝丝相扣。时间和空间上转化彼此对应，话语流畅自然，写作手法有时借鉴各种艺术的如特写、渲染、复调等，如交响曲，作者力图追求尼采说的具有博大的、高远的、深厚的精神境界。

总的来看，我觉得作品吻合了报告文学理论家们提出的所谓新五性，即主体创作的庄严性，题材选择的开拓性，文体本质的非虚构性，文本内涵的学理性，文史兼容的复合性。

改革开放以来，神州大地发生了翻天覆地的变化。这个太阳每天都是新的深刻变革的时代，给每一个乡镇都带来了冲击和震撼，甚至改写着他们的走向。而对于曾经是贵州100个一类贫困乡镇的盘石要从贫困走到小康，艰难程度可想而知。

生活在贵州边缘，总有许多的失落感、挫折感、落后感。走出恋旧情结，放眼明天，作品告诉人们，曾经辉煌的往昔，已一去不复返，大浪淘沙留下许多从物质到精神的宝贵遗产，还有不容忽视的探索的经验教训。那些自力更生、奋发图强的精神财富，那些争分夺秒、精益求精的工匠精神，那些任劳任怨、奉献一生的劳模精神……都是我们今天值得继承发扬的宝贵硬核内涵。《盘石巨变》在多处画龙点睛，有着站在新时代第一个十年末节点的观察经验重组与自省。或许，命运的对错不是我们能简单评价的，而纪实文学的美学效应，凸显了历史的功过得失，让人们在阅读里获得依据丰富史实的思考空间。回望来路，乡镇应有更加清晰与远大的前瞻与理想。

读完《盘石巨变》，心潮起伏，因其豪迈恢宏的正能量叙述，我反而油然想起作家王小波的话：我只愿蓬勃生活在此刻，无所谓去哪，无所谓见谁，那些我将要去的地方，都是我从未谋面的故乡。以前是以前，现在是现在。作为当下的松桃人，从作品可以汲取到前辈们奋发图强的时代精神营养，温故知新，从而更加精神抖擞地投入新时代盘石的社会主义新的建设中。

《盘石巨变》，全方位多角度描绘了一个乡镇，作品力透纸背、入木三分。盘石镇从一个农耕文明的偏远小镇发展成腊尔山区独具特色的生态优、城镇美、百姓富的乡镇，是贵州改革开放振兴乡村的一个缩影。盘石镇的成功向我们提供了一个活生生的例子。

盘石的领导者们悄然叩开了群众的情感和理念之门；盘石的两万民众也共同叩开了高原的绿色生态之门。他们不仅开启和引领了一场意义深远的乡村振兴，也通过对人们思想、观念和文化的改变，创造性地践行了习近平总书记"绿水青山就是金山银山"的理念，在小康社会和精神文明的建设中取得显著成效。

当这里的山川河流、城镇乡村、每个村寨、户内户外都洁净如洗，当这里的各族人民都安定团结、安居乐业，携手走向绿色发展和小康之路时，这里不仅成为一块令人瞩目的生态高地，同时也成为一个不可忽视的人文高地。已然实现了华丽转身，一改往昔的旧貌，以虔诚的姿态，以纯净的禀赋，以圣洁的形象，为贵州大地和现代文明奉献了一个深深的祝福。

作品告诉人们，基层组织是乡村振兴的主要力量，集体经济是共同富裕的物质基础和财富保障。在盘石这片土地上，基层组织建设和基层干部培养，为乡村振兴注入了源源不断的巨大能量，是一部兼具思想性、艺术性和可读性的力作，为当代报告文学创作提供了可资借鉴的新鲜经验。

《盘石巨变》是一部接地气、有厚度、有深度、有温度的作品。这部作品不仅是一部乡村振兴的史诗性作品，还是一部广大乡村干部的励志书。那么要想做一个优秀的领导干部，盘石镇的领导干部同样是样板。他们重塑了共产党为人民谋幸福的伟大形象，他们也为伟大的松桃精神注入了新时代的新内涵。

作品用精准的语言、鲜明的形象、丰富的细节，很好表现了松桃新农村发展、巨变这个核心的主题内容。在抽丝剥茧般描写盘石镇特色人物在乡村剧变过程中，对如何解决盘石镇的痛点难点问题、实现凤凰涅槃的命运轨迹，最后鲜明呈现了传统的农作方式蝶变为与生产、生活、生态、文化深度融合的现代化新农村的变化给予了圆满的呈现和解答，生动反映了盘石新农民的生活状况和精神面貌的历史变化。

《盘石巨变》这部作品厚重深远，非常典型地呈现了作者独特的非虚构宏大叙事方式，具有里程碑意义。作者善于捕捉中国乡土诗意的灵魂，摄取多维图像，展示多彩命运，深沉地回应了费孝通先生在《乡土中国》中提出的现代中国乡土命题，气势雄浑，发人深省。

从作品中，人们深刻感受到在党的领导下，盘石镇在社会进步、经济发展、乡村振兴等各方面发生的巨大变化。这些成绩的取得，是盘石镇领导立足现实、敢于创新、善于突破的结果，一张宏图画到底的形象展示。

我认为，盘石巨变给人最核心的启示是：初心与民心汇流成河，必将形成排山倒海般的力量，必将创造奇迹；人民群众是座火焰山，熊熊燃烧正是民心对初心的回报，两心相印成大业。

2024 年 8 月 10 日

(作者系铜仁市健康学院党委副书记、院长)

目　录

· 1 ·

第一章　时代图景

如果说腊尔山台地是一帧精美的画册，那么盘石镇就该是封面的那页，无须工笔，无须着色，寥寥几笔便秀出腊尔山区的神，腊尔山区的韵。

大自然馈赠的宝石

说起盘石这名字，我们首先会想到一个叫坚如磐石的成语。盘石，是一个神秘的暗喻；盘石，也是一个昭然的启示。

这两个承载着无限时空和深厚文化基因的中国汉字，构成了极具民间色彩和原生态意味的盘石镇，悄然镶嵌在中国版图上不经意的地方。

盘石镇起名缘于盘石城。盘石城是明世宗嘉靖皇帝时期建造，距今 460 年。

清雍正八年（1730年）设芭茅汛和臭脑汛，筑土城。

岁月大笔一挥，勾掉了居民，勾掉了重兵把守的堡垒，勾掉了官衙，勾掉了繁荣的集市，勾掉了整座城郭，勾掉了一个享誉世界的王国。我眼前的盘石城，像一朵被岁月灰尘腌渍的花儿，不见当年万种风情的体态和姹紫嫣红的娇艳，只剩下残破的墙……

盘石城改名皇姑城则是雍正年间。雍正的姑父班第惹怒了雍正，雍正将其流放至此城。雍正的姑姑固伦纯禧公主（即康熙女儿）不忍心，义无反顾地跟随丈夫来到此城。于是被称作皇姑城。

此中到底蕴藏着什么样的秘密？此间的张力究竟为何这般饱满？

这些大山有的陡峭，有的峭拔，有的端庄，有的灵秀，但皱褶里的村庄都有一个共同的特点，被层层叠叠的大山遮盖住，沿着一条陡峻、像蛇一般蜿蜒的山路攀爬，梳子似的梳理开茂密的树木和枝叶，在山麓蓦然看到石砌的墙角，才猛然意识到，哦，这里藏有一个村庄！

盘石系苗族聚居区，居民95%是苗族。透过门扉，我望见似曾相识的八仙桌，冒出水蒸气的木制锅盖和应该被叫作灶王爷的神像；迈过高高的门槛，走进前店后坊的酒馆，我闻到纯手工酿制的米酒的余香；碰一碰木架子的织布机，我听见了苗家妇女的声声感叹；试一试蓝印花布的苗服，古情古韵瞬间轮回；磨铜镜的师傅衔着烟卷，神情专注；在牛角梳上雕花的大姐时不时抬头望一眼天上的浮云；飞针走线的绣女见我欣赏她的精美作品，便放下画笔招揽生意。

盘石镇历史文化悠久，苗歌、傩戏、舞龙、舞狮等100余种民族民间绝技保存完整，四月初八是一年一度的传统节日。苗医苗药、苗族美食、服饰、刺绣、印染、挑花、雕刻、银首饰加工等世代相传。

盘石镇这片热土，矿产资源丰富。铅锌、钒、硫化锌、页岩气等，是大自然对盘石的慷慨馈赠。新中国成立后，盘石人民合理利用和配置资源，取得了较好的成绩。今天走进盘石这片热土，你会强烈地感受到，盘石已发生了翻天覆地的变化。

赭红色红石堡的截面在绿色的映衬下，红得热烈，红得奔放！

但从整体看，它们依然像迈着刚劲的步伐向着天际狂奔的巨人，山顶上绿色植被恰如绿色的贝雷帽。又往前走了三十多米，举目远眺，竟然看到远处又涌来一大群丹霞山，这些山因为地处比较远，显得不太高大，但更加震撼——它们像一群互相给力的火炬，从远处疾奔而来！

这些丹霞山屹立在这里，有的截面可以看到深海里才有的贝壳，这些山头是经过几亿年的地壳运动，才从海底拱到了地面，横空出世，在盘石镇住了下来。盘石的内心是热的，这些丹霞山成为解读盘石镇的图腾。

唯人万物之灵。盘石人的灵性首先是血性。这血性是盘石人过赶年背后每遇征战，荷戈前驱的忠肝义胆；

这血性是黔东纵队（边胞支队）的英勇无畏。盘石镇是黔东纵队（边胞支队）的发源地、活动地之一。

1949 年正月二十，他们计划武装起义，但没有正式举行。游击队打进松桃城，活捉贪官郑执中的舆论，并组织小股武装，夜晚经常去城外鸣枪示威。这犹如黑云笼罩下的电闪雷鸣，令人民欢欣鼓舞，吓得县长郑执中狼狈而逃，国民党贵州省主席谷正伦派杨化育接管松桃。

杨化育上台不久，就残酷镇压黔东纵队。在白色恐怖、风云诡谲的恶劣环境下，为了保存实力，董啸嵋、田家乐只好率队转战湘西。

在凤凰新寨与余子坤部会合。他们把队伍编为自卫军的独立支队，受前敌总指挥龙高如直接指挥。独立支队由石锦成任支队长，董啸嵋任参谋长，田家乐和麻春荣分别任第一、二大队大队长，田如成任军需主任。整编后，开赴沅陵县北与自卫军会合。在清水坪、乌宿一带发生战斗。战斗中死的死，伤的伤，但田家乐的大队却没事。你知道为什么？苗人自小在深山穷谷中长大；有石头一样的本质，耐饥、耐渴，能吃苦，不怕热，也耐寒，隆冬穿一件单衣就可以，经常是光着脚板走山路，上山捉蛇，下河捉鳖。战斗了 7 昼夜，将觊觎湘西的宋希濂部打退。

翌日拂晓，田家乐一行四人就直奔凤凰皇城。来到城郊，发现董啸嵋、滕从戎等四个穿便衣的人迎面走来。大家兴高采烈，向他们奔去。董啸嵋高举着右手，远远地大声喊：同志们，天亮啦！

走拢后，滕从戎猛地一拳打在田家乐的肩膀上，掷地有声地说："哼！你还活着？哈，哈哈！"

田家乐激动地回答："我还活着，但不少同志牺牲了，我们这些死亡线上的幸存者重逢，怎么能不倍感亲切和兴奋呢？经过教育，觉醒起来的人民的智慧和力量是无穷无尽的，不怕天，不怕地，任何困难他们都敢去闯。人生就像一辆车，往远方看，就能看到更大的风景。"

董啸嵋喊道："往回走，部队随后就出发。"

一路上，大家有说有笑，叙谈别后的艰辛历程。原来，董啸嵋从花垣回秀山，到了指定的联系地点，知道滕久荣已被杨化育派去的特务杀害了，其余有关人员都转移到湖南麻阳。

11月11日下午，他们在新寨街上找到解放军。田家乐与朱副师长、李政委、董团长握了手。

看见游击队衣衫褴褛，脚踏水草鞋。解放军主动把自己的军装、胶鞋、大衣送给队员。队员们感激不尽，心花怒放。

11月12日拂晓，边胞支队当向导，解放军挺进贵州。那日早上铺天盖地的霜来势很猛，山山绝飞鸟，处处皆银雕。地面冻得坚如磐石，稍不注意就会摔倒，冷飕飕的风让人难受。即便如此，也无法阻挡他们前进的步伐！

黔东纵队为解放铜仁，建立和巩固新生的人民政权、清匪反霸、发展生产作出巨大贡献。红色基因，熠熠生辉。

盘石人的灵性其次是悟性。盘石人将生活悟成艺术，把生命悟出智慧，龙伯亚、龙正学等皆如是。

来到小镇，我收获了一份纯净的感动。这也是我回归大自然的真情释放，我不知道这样的氛围会触动我多久，但是我知道小镇带给我的是一种永恒，勇往直前劈风斩浪的激情无法退去。我相信，小镇人仍会用他自己的生活方式和理念，创造出更多的奇迹，让人们细细品读和欣赏。

悠久的盘石历史文化，加上多样的地形地貌和干燥少雨，使得盘石遗存了丰富的文物古迹，造就了绮丽的自然风光，构成了集丰厚的人文资源和自然资源为一体的独特景观。多彩多姿、内容丰富的狮舞，和对后世狮舞艺术产生过重大影响，并衍生出流传广泛的狮子舞；还有别具一格的红石文化、巫文化、刺绣文化、饮食文化，无不展示出盘石历史文化的丰富内涵。

使命的力量在这里

如果说，白天我把苗家的建筑、田园风光、新型的旅游民族风景细细欣赏了的话，这会儿，沐着夜色坐在露台上，更觉苗寨的流水啊、绿树啊、吊脚楼啊，交相辉映，犹如苗族古歌中的童话世界。

在盘石镇，几乎每一个生命都可以给你讲述一段他们生命中与水相关的故事。在这里，人们永远渴水盼水，水几乎成了每一个盘石人最揪心的字眼。

盘石人的灵性源于天性。失意事来，治之以忍；快心事来，处之以淡。居高而不自傲，位下而不自弃，这种文化基因在盘石人的血脉中一脉相承，涵养了"晓迎秋露一枝新，不占园中最上春"的豁达，这何尝不是一种积极？

盘石人不懈怠，不迟疑，追赶的劲头足，往前冲的意识强，撸起袖子加油干。

盘石人的灵性本质是韧性。韧者，柔而固也。固而不柔则脆，柔而不固则弱，柔而固则韧。盘石人的韧性是恶劣环境中战天斗地，是荆棘藩篱中锲而不舍，更是失意中善抽离、逆境下知回弹。这韧性生进取之心、蓬勃之气、奋发之态、火热之情，成为盘石巨变背后的成功密码。

看波涛涌动，谁在催波扬帆？当下的盘石人，正以开放的姿态、开明的思想、开拓的精神，正以创新的观念、创新的思路、创新的举措，涌动着创业的热情。当下的盘石人，正以坚韧不拔的毅力、超乎寻常的付出、满怀激情的作为，打造产城融合示范区，建设宜居宜业新盘石。

走在前列，勇立潮头，这是一种生命的壮阔，这是一种生活的超越，这是一种蝶变的力量。正是这种精神、这种作风、这种态度，锻造出盘石美丽的今天，使这片区域欣然打开一个与新时代相处的崭新方式和崭新格局，处处洋溢着奋斗的激情和拼搏的魅力。

沃里坪村全部为苗族。该村龙绍华是清末民初苗族知识分子。郑哲克与龙绍华采用国际音标与拉丁字母创制了苗文，为搜集整理苗族文化知识提供了极大的方便。

他在村里创办了第一所小学。

他还组建了一支武装，除暴安良，深受好评。民国32年（1943年），曹恺之（贵州瓮安人）任松桃县县长，看到沃里坪人思想进步，勇于抗匪，是一支不可多得的力量。寨主龙绍华又是盘石乡乡长，兼沃里坪学校校长，于是赠送沃里坪"中流砥柱"匾一块。

盘石的发展是可观的。今天的盘石，发展基础更好、发展平台更优、发展动能更强、发展保障更实、发展影响更大。

盘石的发展是可叹的。近年来，盘石镇坚定不移地实施工业强镇、城镇化带动和农业现代化、旅游产业化提升四大战略，强劲奏响推进工业化、城镇化、农业现代化和旅游产业化同步快速发展的时代强音。一产出特色，二产上规模，城建提品位的定位，为盘石发展注入了强大的活力，推动着全镇经济社会跨越发展，后发赶超。

这里整洁、有序，没有惯常意义上大杂院的混乱不堪，舒适又庄重。

幸福是奋斗出来的。全面小康路上一个都不能少……在盘石，这些饱含深意的话语，是大街小巷、村头田野经常见着的，也是盘石人心里念着的，更是盘石人点滴实践着的。

于是，盘石踏着时代的节拍，在拔节生长。

于是，盘石在彰显信念的力量。

盘石镇将以更大的气魄、更高的标准、更强的力度来实现美丽乡村和城镇建设新跨越的梦想，一个美丽盘石、生态盘石、幸福盘石、人文盘石、和谐盘石的画卷徐徐在世人面前展开！

盘石镇的社会治理在经历阵痛后开展创新探索，一手抓高质量发展，一手抓高水平治理。与国家治理体系现代化战略目标同步，进行经济治理、环境治理、社会治理、文化治理，建立治理机制，形成治理体系。

每一个地方的发展都有自己的特点和规律。盘石镇找到了自己的特点，掌握了自己发展的规律。

盘石镇是绿色文明发展的样板，更是一颗每一个面都闪闪发光的宝石，宝石绿，是绿色常青的。

接下来，让我们分享盘石镇的发展轨迹和风采，党魂国魂堆砌的精神与信念吧……

第二章　气吞山河的壮举

羊肠变通衢，角落连世界

镇人大副主席龙通顺把我带到镇政府三楼镇党委书记办公室。办公室宽敞明亮，一切陈设都崭新而明净，一项有些发黄的草帽挂在文柜的侧旁，显得如此的扎眼和不和谐。我知道，这是乡镇干部常年从事户外工作的行头，就连书记也不例外。

我同石书记握了一下手，书记微微红润的脸庞，写满了苗家人的坚毅与质朴；炯炯有神的双眸，闪烁着非凡的胆略与睿智；热情爽朗的笑声，流溢出一种特有的大家风范与气度。

我们寒暄一阵后，石书记说："实在抱歉，今天上午我有两个活动，所以很不好意思，耽误您了。"

石书记对龙通顺说："因为我有两项重大活动，你与赵主席到村里看看吧。"

龙通顺微胖，谦和、阳刚、帅气，待人特别友善。

一次次向我解释，其实对我来说，早一点晚一点都无所谓，只是心中有些不解：周六休息日，镇党委书记竟然还要参加两项活动？

是的，不仅书记、镇长是这样，我们盘石干部都是这个样……大家都已习惯了。

于是，我俩便风尘仆仆地赴四龙山村采访去了。

去四龙山的水泥公路在绵延起伏的山岭间穿行，群山青黛，沟壑披绿，坝子点缀，梯田叠翠，整个大地仿佛巨大的油彩画盘，层峦叠嶂如同泼墨山水，山梁沟壑树木如画笔点染。

上坡了，我不禁想起硬化前的状况。我说以前走这路真是憋屈车子了。通顺说，不，啥叫越野，就是越开越野，它有跨越征服的激情。

因为那时是纯纯的黄土路，上坡时马达的轰鸣声，时而就像牦牛打响鼻，时而像骏马嘶鸣。我说要真是一匹马，早就大汗淋漓了。通顺说它也出汗，把汗水变成了蒸汽。

四龙山村，脚踏两省，鸡鸣三县。猴洞湾在山麓，四龙山在山腰，沙塘山在山顶。当地流传着一句民谣：山高沟壑多，出门就爬坡，隔壑唱恋歌，亲嘴脚起泡。

我说，没有公路，山货不出，外货不入，再好的产品也很难变成财富。消息进不来，美景无人赏，难呀！

龙通顺说："交通兴、百业兴，要想富，先修路，孙中山先生在建设国家大纲中指出，交通是文明之舟、产业之舟、经济之脉。"

就是在这样的环境中，四龙山人的日子也照样过得很殷实，很愉快。但精明能干的四龙山人并不是那种安于现状的人，他们也对电灯、电视和汽车感兴趣。而为什么其他地方能有，自己就不能有呢！四龙山人掰着手指头找原因，找来找去，还就是两个字——交通。是的，正是公路不通，交通不便，阻碍了四龙山的发展、阻碍了盘石镇的发展。

龙秀昌今年 70 岁，虽然脸上沟壑纵横，但身体硬朗，淳朴善良。来不及寒暄，就被他的笑声裹挟进了小院。

龙秀昌家三层小洋楼，生活悠闲自在。他于 1994 年至 1997 年任村委会主任，1998 年至 2016 年任村党支部书记。

谈到建四龙山村公路时，他喜形于色，说，原来我们吃尽了不通公路的苦头，1998 年，铜仁地委扶贫我们四龙山，资助我们修公路。群众修公路的积极性空前高涨。本村劳力全力以赴，白天黑夜地修，打谷子家家户户都是请外地的亲戚帮打。那时，主要修路工具是十字镐、铁铲、铁锤、钢钎等，没有什么机械。

我们付出了很大的代价，多数人两手震裂，鲜血染红了十字镐把。有时十字镐下挖时，十字镐碰到石头被弹回来，打在我们身上、脸上，鲜血就会顺脸流下。我的眉毛处就曾被弹回的十字镐打过一下，当时流了血，其实还算不错，若再往下一点就打在眼球上了，那事就大了。

从大沿村到四龙山的 8 公里公路，是从这边山顶下到沟底，再从沟底爬到对面山顶，其间是由几十个之字形弯道组成的。

龙秀昌带领四龙山人用钢钎铁锤开山凿岩，凭着蚂蚁啃骨头的精神，一小段一小段地修，一堵岩一堵岩地凿。经过103天艰苦卓绝的努力，这条从山脚的猴洞湾，山腰的四龙山再到山顶的沙塘山，19公里长的公路终于奇迹般地蜿蜒在层峦叠嶂之中，从此结束了四龙山村不通公路的历史。

安装电时，本村群众全部抬电杆，修村委会时我们从大沿村挑沙子。地委送钢钎、炸药、锄头和水泥。驻村工作队领导杨兴华、罗忠明就住在我家。

通村路、通组路、通户路和产业路，组成了四通八达的交通网络，造就了一个如桃花源般阡陌交通、鸡犬相闻的四龙山，原本青山环抱的景致又增添了村道环绕的新亮点。地委除了投资帮我们修公路，还投资架电、安自来水、修村委会办公楼和学校。

随着175盏太阳能路灯在全村次第亮起，困扰多年四龙山村民的出行难题，至此破解。

路，曾让盘石镇的梳子山成了松桃被遗忘的角落。

如今，站在梳子山上俯瞰，一条条水泥路如玉带缠绕在群山之中，无论是往返不同的寨子，还是到茶园劳作，村民们都可以开车直达。脚下的路通了，代董村、邓现村逐渐摸索出腊肉深加工、烤烟种植等产业发展之路。

走在村内的小路上，代董村村委会副主任石茂春指着远山向外地人介绍，看，那边就是湖南！就在这几年间，那条湘黔流通的羊肠小道，早已成为两省山村来往和发展的平坦大道。

此后，投资 231 万元，修建和硬化四龙山连户路 3216 米，通组路 3150 米；投资 477 万元，相继硬化大坪至芭茅、布妹至邓现、盘石镇至当造、臭脑至桃树湾村级公路 11 公里以及芭茅至烂草坪产业路 3.5 公里。

此后，盘石镇投入资金 33 万元，建成四龙山、仁广、邓现、代董、豆茶、务乖等村级公路。全镇通车里程由 1995 年的 24 公里增加到 60 公里。

此后，全镇实现村村通公路目标。通组公路完成 95% 以上，通车里程达 218 公里。对黄连至螺丝董公路进行油路改造，接通与湖南省花垣县雅酉乡、两林乡和凤凰县腊尔山 3 条出省通村公路，形成连通内外、覆盖全镇的综合交通网络。

2017 年，政府投资 60 万元，实施通组公路 15 公里，实现村村通硬化公路，建成十八箭村大平组、大沿至大坪流桶自然寨，响水洞村等村村硬化公路；2019 年，投入 3720 万元实施组组通并硬化公路 53 条 74.5 公里；投入 1380 万元实施连户路建设 35 公里，全面建成组组通和连户路，告别晴天一身土、雨天一身泥的历史。

以前，对于居住在大山里的盘石人来说，祖祖辈辈能有平坦舒适的大路通行，那就是个梦。

但现今，这样的梦却变成了现实。

一条条水泥路如玉带缠绕在群山之中，无论是往返不同村庄，还是到田间劳作，村民们都可以开车直达。

修通公路，唤醒沉睡的远山。竖起一盏致富灯，点亮渴望的双眼。把丰收带到荒野，让翅膀飞越崎岖。踏过泥泞，一个个小山村的脱贫之路走得更加坚定。迈过坎坷，一个个地薄、民贫的穷地方迎来黎明……

现在，村民们在广场玩耍，经常你一句我一句地说：

买的车越来越好了。

公路越来越干净了。

我们现在比爸妈小时候好多了。

……村民们热烈地讨论着。

这几句话，从步行到自行车，从自行车到轿车，三代人出行交通方式的改变，正是盘石镇人民生活质量提高、生活理念转变的一个缩影。

人们没有忘记铜仁地委书记肖永安。

从 1996 年至 1998 年，他先后 12 次深入盘石镇。

他看得很多、想得很多、讲得很多，很远。他看的是百姓的生产生活，想的是如何改变贫困落后的面貌，讲的是指导松桃县、镇、村扶贫。

轻车简从，一路风尘。他穿越万水千山，以一种不变的执着和坚定的信念步入这山高皇帝远的蛮荒。

盘石百姓，像迎接自己骄傲的亲人，以奔腾不息的歌舞欢迎他。芬芳浓郁的乡土，质朴淳厚的乡民，使他感受到了一种真诚朴素的亲切，一种宾至如归的感觉。

一汪碧水润苍生

昨天晚上，当我躺在床上准备休息时，手机突然响了，吴文玖打来视频，说要给我提供一个故事线索，问我感兴趣吗？我说只要是有意思的故事就行，朋友给我卖了个关子，一直不告诉到底是什么事，还让我第二天早起，带上无人机和照相机，录音设备，想让我见识一下，开开我的眼界。最后，他还告诉我，如果去了一定不会后悔，因为还有好吃的等着我呢。

说实话，我不仅喜欢有故事的人，同时也是标准的吃货。只要听说有好吃的，那我的肚子立马就饿得咕咕叫，肚子里的馋虫就不听我指挥了。那天晚上，因为这件事我一直没有睡好，因为只要是晚上心里有事，我一晚上就睡不好，非常容易失眠。我起来把无人机充上电，收拾了一下相关设备，只等天亮出发了。

上床睡觉的时候，已经是晚上11点半多了，我迷迷糊糊，翻来覆去地睡了一晚上，早上不到7点就醒了。躺在床上，透过窗户，我发现外边的天还没有亮，就在床上又躺了半小时，因为心里一直惦记着这个事，就再也躺不住了。于是我马上起床，洗脸，然后用热水冲了碗燕麦片，吃了个鸡蛋，又喝了杯牛奶，把被子简单地叠了一下，带上设备就下楼出发了。

我与吴文玖同住一个小区。他发动车子的时候，已经8点了，大约用了40分钟，我就到了盘石镇。我们没有停车，沿着一条曲曲折折的山路，经过10多分钟的时间，到达了目的地。

我心里想，难道吴文玖是想让我看这山村风景不成？不一会儿，眼前瞬间开阔起来，曲折的山路前方，一处巨大的石坝映入眼帘。他告诉我，这就是要带我到达的目的地，这是一个较大的水库，叫岩桑坝水库，2012 年开始设计、申报省水利厅，2017 年破土动工，2018 年竣工。我想，不就是一个水库吗？有啥好看的？

他说，你可别小看了这个水库，这个水库的大坝，全部是白水泥和钢筋混凝土铸造的，这么大的水库，在省里也是数得着的，修建这个水库，还被省级报纸头版报道了呢。经过他这么一介绍，看着这个深山里的水库，我才觉得这个水库不简单，当年修建水库的时候，一定是非常不容易的。围着水库转了一圈后，吴文玖神秘地告诉我，一会要带我去见一个人，这个人一定会给我讲出不少故事来。

我们漫步在岩桑坝水库坝顶上，倚在护栏上，放眼望去，只见宽阔的水面碧波如镜，绵延不绝，像玉带一样伸向远方，水中的小船悠然自得地前进着，把游客欢歌笑语留在那山水之间。水的两岸，大山披上了绿绿的衣裳，葱翠欲滴，白云缓缓地绕着山尖，徘徊着不愿远去。水映着山、山衬着水，水天相映，山水相依，亲密无间，像在诉说着一个古老而神奇的传说。

我转过身来，俯瞰大坝外侧，只见坝底马路上行驶的轿车就像火柴盒一样，大坝底部，水声隆隆，倾泻而下的水流形成了宽阔的河面，水烟升腾，快乐地奔向远方。

往年，村民要想这片田有收成，首先得从两千多米远的水源处用管道引流，大家再轮流将水灌溉到田里，由于水来得远、水流小，排在后面的田还没有得到灌溉，前面灌溉的田又干了，大家还得不分昼夜进行轮流守水，特别是夜间，还要担心被毒蛇和蚊子咬。

2016年，省政府积极协调水利项目资金9114万元，在臭脑村地势较高的仁务自然寨新建Ⅳ等小（一）型水利工程——岩桑坝水库，还聘请了管理人员负责水库水位监测、安全巡查、蓄水放水等工作，确保水库的正常防洪和灌溉。解决臭脑、黄连、盘石、十八箭等村6000亩的耕地灌溉用水。

有了这个水库，汛期时，可以防洪，干旱时可将水库里的水灌溉到农田。水库已连续放水10多天，水位只下降2米左右，就算天再晴下去，我村的稻田用水还是不担心。臭脑村村委会副主任田建松介绍道：水库建成后，臭脑村没有发生较大的洪涝灾害和严重的旱情。

吴文玖说，现在水利建设已经全面实现机械化作业，大大节省了人力。除了机械化操作，还有一点也让我很欣慰，那就是现在的水利配套设施也和过去有了很大的不同，现在水利配套设施都能智能化操作了，不会像以前那样，浪费水资源。

水利工程在实地建设过程中要综合考虑当地的温度、湿度等因素，因地制宜才能保证工程的质量。

听着吴文玖的介绍，我的眼前浮现出当年修建水库的挖掘机、推土机、搅拌机等工作的壮观场景。

面临着严峻的勘查、召开干部群众会、征地等艰苦工作，白+黑、5+2看似调侃的词却最能贴切地形容他们当时的工作状态。

如今，汨汨流淌的渠水仍滋养着千亩良田，也诉说着建设者们的丰功伟绩。

2012 年 6 月 14 日。镇政府来了一拨轻车简从的人，大家没有人认识他们，走在前面的就是时任贵州省委副书记的陈敏尔。

危房改造面面观

盘石的镇史馆里，分栏目陈列着几个大板块，展示着盘石危房改造前后的变化。前，是危改前的旧貌；后，是危改后的新貌。两者对比鲜明，恍如两重天。

我和县政协副主席田如刚久久站在危改前的盘石图片栏旁，不是我们不想挪动脚步，而是那一张张图片中盘石连片的危房，犹如一枚枚生锈的铁钉把我们钉在了那里。

这是和美丽乡村截然不同的一幅幅画面，画面中所有的房子陈旧破烂，危如累卵……

20 世纪八九十年代，我在盘石镇政府工作，对盘石的情况了如指掌。盘石农民住房有两种：木瓦房和茅草房。随处可见青色草顶的农舍，七零八落地伫立于山脚、路边，或夹在木瓦房中间，像草垛，像蘑菇，像一座座山丘，默默地沉寂在大地上，为这片土地上的农民，撑起一片生存的天空。那个时代，茅草房是部分贫穷农民的栖息、安身、繁衍后代的场所。

如果是在春天，总会看到一些新苫的茅草房，闪着金黄色的房顶上的草，特别引人注目，而陈年的茅草房，房顶却呈现出深褐色。人字形房顶通过朝阳的照射，金光闪闪，像是山中的一座金山。

一天，我和小田走进一个苗寨。8户人家全是低矮破旧的茅草房。墙壁和门都是用小手指大小的苦竹编成的，涂上牛粪和泥巴。我知道，用竹子做墙是因为穷，还可防盗。

竹门是关着的。小田喊吴哥吴哥，龙姐龙姐。喊了几声后，从屋背后传来女人的声音说：老弟，你来了，我在田边洗衣服，你到屋里坐。

小田回答："好的，你洗衣吧。"

小田轻轻把竹门推开，我一跨进门槛，就感到脚踩在像是草样的柔软的东西上，借着门外的光线，我看清这是牛圈。牛圈过去是灶房，灶房后面是卧室，木床上放着一床黑咕隆咚的旧棉絮。

房子中央有一个火坑。火坑是用石块砌成的。火坑上放着一个铁三脚架，上面摆着鼎罐。火坑里的火种，长久保存不息，有万年火之称。我知道，对火坑还有许多禁忌，如任何人不得跨过火坑和脚踩三脚架，不能吐唾沫于火坑，不能在三脚架上烧烤鞋袜衣物等。

洗衣服的大嫂回来了，她把衣服晾在藩篱上，她那浓厚的黑里带灰的头发，跟着抖衣服上下起伏的身子，一飘一忽地摆动着。我心中一种同情又敬佩的感情油然而生，觉得这位大姐多不容易啊，看起来是那样柔弱无力的女人，竟有那么大的勇气和力量。

这时，田如刚主席把我从久远的回忆中拉回现实。

田主席对我说："美丽的民居，是美丽乡村的重要组成部分，假如没有危房改造，美丽乡村就无从谈起。"

田主席还说："盘石镇的危房改造是从 2012 开始的，我负责芭茅片区，就是臭脑、桃古坪、芭茅、过洲村的危房改造，上级要求三个月内完成全镇农房改造，县住房和城乡建设局领导就摆了脑壳，说，无论如何三个月也完成不了任务。听说要搞农房改造，突然来了 60 多个施工队，我很高兴，但他们知道没有钱后就溜走 30 个施工队。"

那时，我跑着，泪也流着。咱松桃有 10 万人在东南沿海打工哩，有的打工都十几年了，可谁敢说富裕、繁华、美丽的南方就是第二故乡呢？真的，这话根本说不出口。可如今参与盘石的帮扶项目建设，咱心里比雨水、冰凌还亮清，咱手里改造好的新居，住进去的是盘石人，是松桃人。咱既可以理直气壮地说咱就是家乡的上班族。

话说回来，我负责这个项目很累！镇干部累，村干部累，为啥？都是开天辟地的事儿，层层作动员、压担子、扛责任、定目标、问进度、查质量哩。全国的贫困地区都在搞危房改造，你稍一松劲儿就会拖全镇、全县的后腿。那样的话，到时候全国贫困地区都脱贫了，盘石还是那个盘石，谁也没法给盘石老百姓交代，就这么个简单的理儿。

有一家拒绝房改的农户把驻村工作队折腾得焦头烂额，我立即找到那户人家说："人心都是肉长的，我有母亲，你也有母亲。我现在正在医院照料母亲，你怎么非得逼着我亲自来一趟?"

那位村民立马表态:"田主席放心,我这就配合工程队施工。"

为了让农村贫困群众居有所安,我们指挥部与县住建局结合实际,成立危房改造领导小组,验收小组,对建档立卡贫困户、低保户、农村分散供养特困人员和贫困残疾人家庭等4类重点对象进行全覆盖鉴定,现场办公,现场梳理,保质保量完成危改任务,切实保障4类重点对象住房安全问题,多渠道解决工作中的重点难点问题,强力推进危改进度。

这房子建设,我们是一点儿心都没操,我没能力找人修建,政府找来施工队给改得好好的,还征求家属意见,真是太感谢你们了。盘石村张海霞的家人激动地说。

有7户贫困户申报了好长时间,每次批准后又没有能力进行危改。镇工作人员介绍,针对这种特殊情况,县住建和盘石镇政府协商后,决定采取政府统建,联系合适的施工队,进行技术对接,工匠培训,想方设法在建设标准、施工设计上反复论证、合理安排,降低成本。

为完成全镇危房清零,摸清危房情况,我和镇村干部为此跑细了腿、磨破了嘴,收集各类资料,上报县住建局危改办进行审核、统筹、筛选、比对、归类、置档,再上传下达。组织第三方鉴定机构对全镇四类重点对象房屋展开拉网式排查鉴定,截至目前,共排查鉴定2600余户。

一些村民向我提供了这样的民谣:有院没院墙,有床没铺盖。天上下大雨,屋里下小雨。

盘石人形容房子小，传说就屁大点儿的地方，这样的地方，成为亲戚的难言之隐。

龙明建说："这可是解决了大问题，我们基层干部十分担心，每逢恶劣天气就坐立不安，就怕老百姓房屋倒塌。说个实话，盘石一年四季都在盼雨，我们镇里干部是最矛盾的，盼下雨，又怕下雨，当时危房实在比较多，墙壁裂缝指头都塞得进去，刮风下雨，钻风漏雨，进入寒冷天气，缺少保暖御寒的衣服，人们都缩在床上取暖不敢出门。现在好了，家家户户都是大幢大幢的砖房子，下瓢泼大雨也不怕了。

2012 年，全镇投入危改资金 240 万元，实施农村危房改造 290 户。同时，农村房屋立面改造资金 15 万元，改造屋面 935 户。

2012 年，时任铜仁市政协副主席、松桃县委书记冉晓东带领县财政、住建、交通等部门深入四龙山村走访，召开群众座谈会，了解贫困现状。针对群众反映的无通组路、危房多等问题现场办公并精心部署，一场脱贫攻坚战在四龙山打响。

挂图作战，重点实施道路硬化和危房改造两大扶贫工程，其中投入连户路硬化项目资金 247 万元，每天投工 100 人以上，投入危房改造资金 600 余万元，改造危房 175 户。

吴大浩的家乡在仁广村，那里山地贫瘠，吃水困难。20 世纪七八十年代，人们一提起仁广村，都说那是个兔子都不拉屎的穷地方。当时他家穷，盖不起瓦房，便起个茅草房住，也没条件砌石砖，他便在这个草房子里住了 8 年。

一家五口挤在一张床上，麻纸糊的窗户，阳光难照进来，进门像钻进了地洞，不小心就碰得屋里的东西七零八落得满地滚，特憋屈。

2014 年至 2019 年，实施响水洞、代董、四龙山等村立面改造 523 户，房屋维修 63 户，室内硬化 1026 户，投资 1454 万元，实施全镇房前屋后硬化 2857 户；投入 2135 万元，实施农村危房改造 679 户；投入 1494 万元，实施透风漏雨整治 1260 户。

2019 年，盘石镇危房改造总量排全县第三位，农户告别茅草房，住进了新房。

以前，盘石镇四龙山村的景象令人摇头：路难走，房破旧，门前屋后禽畜粪便横流。

两年后，平整蜿蜒的水泥路、成排的小楼房、崭新的篮球场、绕村而过的水利工程……村貌焕然一新。

喜人的变化，让村支书龙秀昌很感慨：过去四龙山群众住的大多是木瓦房，一楼圈养禽畜，二楼住人，三楼贮存玉米等物品。平日被蚊虫叮咬不说，遇到刮风下雨，房子透风漏雨，心里直发毛。

62 岁的石美汉一家 7 口过去曾挤在仅有 90 多平方米的简陋木瓦房里。得益于农村危房改造政策，石老汉的两个儿子分别搬进近 70 平方米的新房。石老汉脸上挂满了笑容：建了新房，咱老大的婚事有盼头了！

像石美汉一样，2019 年，盘石有 542 户危房户喜迁新居。

镇党委、政府成立了保障性安居工程和农村危房改造领导小组，各地也相应成立了领导小组及工作机构，着力加强领导和协调。镇政府与 20 个村连续 7 年签订工作责任状，并纳入绩效考核的范畴。镇领导班子按照分工密切合作，共同推进农村危房改造工作。

那时，我仿佛听到了各种机械昼夜不停的轰鸣声，听到了久违的劳动号子声，听到了运输原材料的车辆喇叭声响彻云霄。我仿佛看到了大量务工人员的脊梁、脸颊和脖颈上如雨般的汗珠，看到了村民表情里的渴望、欣喜和期待。

我似乎还看到了盘石上空飞过的燕子、苍鹰、鹞子那惊讶而陌生的眼神——对！这些大山里的精灵在奔走相告：盘石，这是咋了？

田如刚副主席告诉我，吴文玖在盘石搞小城镇建设负了重伤。

我采访吴文玖，他对我说，那是 2012 年 10 月 18 日中午，我在臭脑街上工地监工。挖机正紧张有序地在公路边挖沟，我发现挖机下面的沟里有一根大而长的古椿木，打算叫司机停挖。

而铁铲用力一铲，"当"的一声巨响，那根椿木飞快地从沟里弹了上来，狠狠撞着我，把我弹飞了两三米远。当我从昏迷中苏醒过来时，想站起来，却站不起来，左脚疼痛难忍，鲜血直流。

我急忙呼叫挖机司机："我站不起来了，快叫政府送我去县医院。"

司机跑过来，看见吴文玖脚上的血在直流。他看见吴文玖咬着牙关，吴文玖感到心里有一种从来没有体会过的颤抖，这颤抖让他更加咬紧牙关，脚上的伤口疼痛难忍。

司机吓呆了，赶忙打电话给政府领导。

然后，司机赶忙送吴文玖到县中医院。

经过诊断：左脚膝盖下面8公分处骨头全断了。

吴文玖的爱人龙爱琴是小学教师，说话幽默动听。她回忆说，当时伤势虽然严重，但文玖依然能够谈笑自如。龙爱琴强颜欢笑，也是为了让他开心，减少痛苦，其实内心压力重重。

病榻上的吴文玖时而嘿然而笑，时而伸腿掀被，全然不知忧愁，不避尴尬，倒也没有压力。看见吴文玖一脸萌萌的样子，我心里又是替他难过，又是替他欣慰。难过的是，如此病情还能恢复如初吗？如此境况，忧愁又如何？倒不如放下一切开心一点。

住院的当天，镇党委、政府交了1万元住院费，并安排专人护理。虽然有人护理，我还是要陪伴的。

次日下午，县政协副主席田如刚就来看望吴文玖，并给他送来慰问品。田主席详细了解他的病情，叮嘱他好好治疗休养，不要担心工作。

吴文玖听后笑哈哈地说："谢谢田主席关心，谢谢镇政府关心，让我好好休养两个月就是了。"

田如刚笑着说，你的心态这么好，难得！

夜深人静之时，吴文玖有时神志不清，出现幻觉，嘴里胡言乱语。在床上侧过来翻过去倒腾一阵子，一会儿喊我，让我将其从床上拉下来，过一会儿，又嚷嚷着回到病房，一会儿说快要下雨了，要到院子里苫盖家什，如此三番五次地折腾。黑暗将悬挂的输液架子扯得咣咣乱响，一会儿又听到隔壁病房门响，大声喝问是谁？自己不睡觉，搅得周围的人也没了睡意。

我知道这是田主席幻觉所致，我握住他的手，以减轻其痛苦。良久，他才慢慢放松下来，自顾自睡去。已是深夜两点多钟，政府护理人员和我也趁机眯了一会，到了6点起床。往病床看去，文玖兀自半睁着双眼，朝我眨眨眼皮，咧嘴一笑，十分坚强。

住院期间，镇党委、政府主要领导经常来看望文玖，我们非常感谢他们。

在县民族中医院治疗了25天，脚渐渐好起来，可以下地了，到文玖出院时，镇政府又付了1万元住院费。接着，文玖又转院到重庆沙坪医院疗养，去了28天，花了4万元钱。这些疗养费用分文不能报销，整整花去一年的工资。

田如刚第二次看望吴文玖。看见他那黝黑透亮的脸上，像被冷霜杀蔫的紫茄子，上面布满长年累月划刻的细纹，像被岁月风化的朽石。眼袋大而松弛，揪扯得下眼睑摇摇欲坠。他的白眼球混浊不清，拉满密集的血丝网。

一年以后，他们才知道吴文玖的脚伤属于工伤，可以报销七八万元了。可是，时间过去一年多了，不能报销。

他说，没有什么的，报销不了也算了。

他说得很轻，但不是叹息，却有一种淡定。我想安慰他一下，他已经站了起来走了。

　　我把他送到门口，和他握了一下手，看着他在灯光暗淡的走廊踽踽离开。他慢慢地走着，身后的影子时长时短，跳跃不定，使他的背影显得更加魁梧、明亮。我很想再次向他说句什么，却张不开口。

　　省委对盘石的十二个一扶贫工程，就像一道耀眼的光芒，洞穿了雾，抚平了痛，划过大地的上空，照射出动人的明亮。

第三章　使命与担当的高度

党中央于 2015 年 6 月 18 日召开贵州座谈会。这次会上，习近平总书记向全国发出了在 2020 年前实现全国 7000 万贫困人口整体脱贫的战斗动员令。各有关省市主要负责同志也向党中央立下了军令状。

同年 11 月 27 日至 28 日，中央扶贫开发工作会议在北京召开。习近平总书记再次强调：消除贫困、改善民生、逐步实现共同富裕，是社会主义的本质要求，是我们党的重要使命。全面建成小康社会，是我们对全国人民的庄严承诺。脱贫攻坚战的冲锋号已经吹响。我们要立下愚公移山志，咬定目标、苦干实干，坚决打赢脱贫攻坚战，确保到 2020 年，所有贫困地区和贫困人口一道迈入全面小康社会。

人们注意到：同半年前贵州座谈会之比，中央已明确提出将扶贫攻坚上升为脱贫攻坚。

一字之变，重若千钧。

党中央的号令如一声春雷，震动了神州大地。

激情与亲情的双重选择

从此，带着情感去扶贫，带着良知去扶贫，凭着良心真扶贫这三句话，成了盘石镇扶贫工作队员们的精神动力和行动指南，经常出现在全镇脱贫攻坚的大小会议上，出现在向贫困群体政策倾斜的顶层设计中，出现在明月与清风共长天的农家院坝里，出现在工作队员们挥汗如雨进行访贫问苦的崎岖山路上。

2019年5月初，松桃县委当机立断地派时任县委常委、县委办主任，统战部部长的吴家永任盘石镇脱贫攻坚总指挥。

展现在吴家永面前的脱贫攻坚，是一幅多么严重的景象呵！重重困难像一副沉重的担子，压在这位新到任的盘石镇脱贫攻坚总指挥的双肩上。

吴家永担任盘石镇脱贫攻坚工作指挥部指挥长后，走遍全镇20个村，深入困难党员、贫困群众家中访贫问苦，解决实际困难。

在吴家永的带领下，盘石镇全体干部群众时不我待、争分夺秒，啃下了一块块硬骨头。

谈起怎样抓好盘石镇脱贫攻坚工作，吴家永书记娓娓道来：尽锐出战、务求精准，确保按时打赢脱贫攻坚战。盘石人民深入推进春风行动、夏秋攻势、冬季充电和脱贫攻坚春季攻势，四场硬仗连战连捷，五个专项治理抓牢抓实，四个聚焦靶心不散。

问：吴书记您好，在 2021 年的全省脱贫攻坚表彰中，您荣获贵州省脱贫攻坚优秀共产党员称号，您能给我们谈一谈感受吗？

答：坚决打赢脱贫攻坚战，让贫困人民同全国人民一道进入全面小康社会，是我们党向历史和人民作出的庄严承诺，是一场必须打赢打好的硬仗。我有幸参与了这场攻坚战，并圆满完成了党和人民交付的光荣使命，这是我这一生都难以忘怀的珍贵记忆。对于荣获全省脱贫攻坚优秀共产党员，我认为，荣誉不是一个人的，因为工作是大家一起做的，在我身后还有许许多多在脱贫攻坚中默默奉献、顽强拼搏的人，他们都是平凡中的英雄。

问：我们了解到，您是 2019 年担任盘石镇脱贫攻坚指挥部总指挥的。面对这样的自然条件、特殊的贫困状况和艰巨的脱贫任务，您是怎样应对的？

答：盘石镇的脱贫攻坚任务虽然繁重，但也有有利条件。我到盘石后进行了大量调研，每个村子都走访过。结合中省市的一系列帮扶措施，我认为，脱贫攻坚对于盘石镇发展来说，有五个方面难得的机遇：一是国家扶贫政策叠加的机遇；二是消除基础设施短板的机遇；三是产业结构调整提升的机遇；四是干部历练密切干群的机遇；五是解放思想转变作风的机遇。只有紧紧抓住这次难得的发展机遇，才能不负组织和人民的期望。

问：作为盘石镇脱贫攻坚总指挥，您有哪些实际举措呢？

答：在工作中，我提出要坚持三个践行、做到六个结合。四个践行即践行脱贫攻坚统揽经济社会发展大局指导思想；践行责任、政策、工作三个落实工作要求；践行识别、帮扶、退出三项精准标准。六个结合：一是脱贫攻坚与盘石发展结合；二是与党的主题教育结合；三是与乡村振兴战略结合；四是与锤炼党性从严治党结合；五是与基层干部历练成长结合；六是与转变干部作风、提振干群精气神结合。

问：您有哪些具体的措施？

答：我们大力实施基层全域党建规范提升行动，一支一策整顿提升所有贫困村党支部，盘石镇208名攻坚队员、375名帮扶干部、100名村干部冲锋在前、奋战一线，市政府办、市应急管理局、县委宣传部、县审计局、县城管局、县畜牧中心、县产权交易中心、县水务局、县妇联、县供销联社、县总工会、县供排水公司、县移动公司倾情帮扶、倾力相助，凝聚成决战决胜脱贫攻坚的强大合力。

我们积极探索支部在产业上的党建新模式，推广党支部+集体经济（产业协会）+合作社（基地）+农户等发展模式，将党支部、产业、党员、农户串联起来，实现党组织引领经济组织发展，党员带领群众致富。

采取召开板凳会、院坝会、共商会，人居环境提升日、干群连心共餐日、返乡人员宣传日，各村制作独具特色的宣传片、贴对联、挂灯笼等方式，大力宣传党的十九大精神，宣传党和国家各项惠民政策以及改革开放取得的重大改革成果，切实加强对群众的感恩教育，引导群众感党恩、听党话、跟党走，进一步凝聚合力助力脱贫。

问：通过脱贫攻坚，您有哪些经验能和我们分享一下？

答：我探索总结了盘石镇脱贫工作的经验，即：紧盯一个目标（全镇高质量脱贫摘帽），坚持两手抓（一手抓工作推进，一手抓问题整改），突出三个重点（镇办基础落地的实事求是，部门行业帮扶的靶向施策，组织纪检部门的纠错问责），强化四支队伍（镇办干部的主体责任、行业部门的帮扶责任、第一书记的直接责任、村级干部的问效责任），尽锐出战，精准发力，持续攻坚，久久为功。

问：如今，盘石镇脱贫攻坚战取得全面胜利，您认为有哪些经验做法值得坚持，并且能够对目前的乡村振兴起到积极作用。

答：脱贫攻坚和乡村振兴是一脉相承的，脱贫攻坚的经验做法对于乡村振兴依然有很强的指导意义。在脱贫攻坚实际工作中，有两点是值得坚持的。一个是当好五员，即指导员、战斗员、落实员、领头员、服务员。一个是唱好脱贫攻坚三部曲，即干好、讲好、考好。

问：您能给我们具体讲讲吗？

答：简单来说，指导员要对标精准施策，在部署安排上，要围绕扶持谁、怎么扶、怎么退、退出后怎么办的四个重点，着力扣好精准识别、精准施策、精准退出、巩固提升四粒扣子。战斗员要务实求真推动，在脱贫攻坚这场政治大考、时代大考、能力大考中，下足绣花功夫，向最难处攻坚，在最需处发力，才能确保脱贫的成效和质量经得起看、经得起问、经得起查，经得起历史和实践检验。

真金与烈火的深度冶炼

2018 年 5 月的一天，桃古坪村的吴青松蹲在门前，两只无神的眼睛久久地望着地里泛黄的秧苗愁容满面。别人家的都施过两次肥了，他没钱买化肥，连头道肥都没有施过。两间四面通风的老木房，无钱翻盖，房顶烂成大筐小洞。前几年，他母亲患心脏病，治病欠下了 7000 元债务。他不经意地瞟了一眼草房，重重叹了一口气。

一位中年干部走到吴青松家的院坝，仔细地看了一阵摇摇欲坠的房子，露出一脸忧思：这种房子能住吗？为什么不把它修一下？

看见坐在门槛上的男人，他走上前去，操着浓重的口音，向这人问起了家庭的情况。

这个外地陌生人问这些做哪样？吴青松犹犹豫豫地不想回答，但转念一想，问者不相亏，便如实回答了这位关心他家干部的提问。

这干部说："你家实在太困难了，但也不要丢掉志气，只要肯干，没有富不起来的。"

这位干部开导鼓励吴青松说："地里的庄稼要紧，我先替你买两包化肥。另外，我建议你找一条致富的路子喂猪。这 200 元钱，你拿去买只小猪崽，喂大卖了把房子修整一下。"

吴青松惊呆了，这人素昧平生，怎么平白无故地给我钱呢？还这么多！他不敢接。

这位干部看出他的疑虑，谦和地笑笑说："我姓黎，是镇里的干部，今天特意来看看贫困户。不要担心，我以后还会来看你的。"

吴青松迟疑地把钱接在手里，望着这位干部的背影渐渐消失在村寨后面，潮湿的眼睛才仔仔细细地把那几张从来没拥有过的大钱翻来覆去地看了个够：真的是天上掉馅儿饼了。

这位干部就是镇党委书记黎晖。

而镇党委副书记、镇长石荣华把盘石镇脱贫攻坚的出发点和落脚点全都浓缩一个字：实。令苍生为之动容，让大地为之震撼。

有了这个实，人们可以客观地回望历史，从内心深处理解盘石镇的贫困状况系冰冻三尺，非一日之寒。

有了这个实，让人明白盘石镇人是多么地勤劳和坚韧：硬仗、险仗、恶仗一场一场接着打；难题、偏题、怪题一道一道接着攻，终于赢得了脱贫攻坚看盘石镇的美誉度，也干出了盘石镇人能干事、会干事、肯干事的精气神。

有了这个实，将从不同的单位和部门抽调而来的将士集合到同一辆战车之上，朝着同一个伟大的目标急速挺进。

盘石镇脱贫攻坚总舵手吴家永和市驻盘石镇脱贫攻坚督导组组长胡国兵及其成员伍中华，盘石镇党委书记、镇脱贫攻坚指挥部常务副指挥长黎晖，镇党委副书记、镇长、镇脱贫攻坚指挥部常务副指挥长石荣华除了必须参加各级会议以外，每天都奔赴在脱贫攻坚一线看望慰问基层干部，面对工作中遇到的疑难杂症，为其想办法、出思路，解决工作中的困难。在督查过程中，给予更多的是人文关怀，用殷切的话语温暖每位扶贫干部的心田。即：转实思想、理实思路、摸实底数、制实措施、扎实作风、堵实漏洞、补实短板、督实过程、追实责任、取实成效。

2019 年 6 月的一天，时任镇党委副书记、镇长的石荣华走进四龙山村沙塘山自然寨看到一家贫困户的情景：低矮、破烂的木房大框小洞不遮风雨，一口生锈的铁锅像几天未煮过饭，饭桌上放着一把青菜和 3 只粗碗，其中 2 只是破的。

另一间屋里放着一张破床，床上是破烂不堪的一张草席和棉絮。家里唯一的家具是一个木框。屋里坐着一个衣着邋遢、萎靡不振的中年妇女。

一个小女孩跑到石镇长面前，眼泪汪汪地对他说："叔叔，叔叔，我要读书，我要读书。"

石镇长问："小朋友，你多大了？"

小女孩回答："我 11 岁了。"

石镇长问："怎么还不读书呢？"

中年妇女是小女孩的母亲，她低声地说："这是我女儿石等艳，以前她一直在读书。自从她父亲意外死后，今年她才没上学，我供不起她。"

她说着，声音那么凄惨，凄惨得怕人。

看见这副境况，刚从县扶贫办副主任岗位调到盘石的他眼睛湿润了,心里产生了强烈的内疚感:都新世纪了,我们的群众还挣扎在贫困的境地之中。

他走上前去,扶住女孩说:"你要读书,有困难我来帮忙。"

说完,伸手从口袋里掏出 400 元钱,给她母亲。

从此,石镇长就与这小女孩攀上了亲戚。

有着一颗赤诚善良心灵的石荣华,对盘石一山一水、一草一木都有着一份特殊感情,对生活在那崇山峻岭中的老百姓更是一往情深,老百姓叹一口气皱一下眉无不牵动着他的心。因此,双休日别人一家擎杯把盏、欢乐团聚的时候,他就想起了生活在那里的老百姓,经常只身一人到大山深处走访贫困户,臭脑、过洲、大坪、当造……无一不留下了他走访贫困户的脚印,无一不受到他的关心、帮扶!

前不久,我到芭茅村对门寨去找石等艳。前年,她与母亲迁居芭茅村。

石等艳上学去了,却遇见石等艳的发丝上还沾着草屑的母亲,她对我们说:石书记帮我女儿申请到了国家教育资助,还拿钱给她买衣服。从小学四年级开始拿,现在她已读初中了,我们非常感谢!

清晨大雾锁住了整个山头和树木,山路上工作队员白毅摸索着前进。

离屋子大门还有 10 来米的地方,杨大铃吆喝了一声:"田哥,在家吗?"

"在家呢!"听到吆喝声,应声出门来的吴艳岩答道。

"近来温度变化大，注意增减衣服，家里人身体可都好？"

"家里面有几口人？现在都做些啥？"

"危房改造的新房子搬进去住得还习惯吗？"

结对帮扶以来，工作队坚持以问题为导向，以熟悉镇情、掌握村情、摸清户情、找准问题为突破口，采取数据分析+入户核实的方式，开展了对全镇农户进行基础信息户户见入户核查的大行动。

走访农户20户，排查出的问题主要涉及不知晓帮扶干部、健康扶贫、教育扶贫政策知晓等方面。

在每日的总结会上，吴文玖说：根据情况，建议加大健康扶贫、教育扶贫等政策的宣传和加强帮扶干部走访频次。

通过十个实，全力有序有效推进脱贫攻坚工作，全镇一达标"两不愁三保障"显著提升，人居环境大幅度改善，人民群众获得感、幸福感不断攀升，决胜全面小康的奋斗画面不断涌现。

这几天，大沿村扶贫干部变身穿红马甲的保洁员，他们手拿抹布、水桶等工具，一进家门撸起袖子便忙活起来。

扫地、擦灰、规整家具、庭院铺砖……原本又脏又乱的庭院和屋子焕然一新，张永成和老伴儿脸上露出了幸福的笑容。

盘石镇全体驻村干部在充分对接调研的基础上，深入包保贫困户家中开展不少于5天的集中劳动，帮助他们打扫屋子、规划院子、收拾园子等，同时结合农村环境综合整治工作，帮其做好违建拆除、绿化美化等工作，使贫困户的居住环境达到示范村标准。

据了解，持续深化垃圾、厕所、污水、农民生活方式、柴草垛搬迁五大攻坚，确定统一规划、统一拆乱、统一建设、统一管理、统一领导的五统一创建总要求。

石荣华说，能做盘石镇的镇长、镇党委书记，我很光荣，只嫌本事不够用，没有平台不够大。

我在采访时注意到这样一个细节，无论是党委书记，还是普通党员干部，下乡扶贫时，都会在胸口别着一枚党员徽章。对这一做法，吴胜斌表示：对我们而言，脱贫攻坚从深层次讲是为了弥合社会发展鸿沟、实现公平正义，是社会主义制度的体现，是共产党人义不容辞的光荣使命。

青山与金山的交相辉映

一天，石四心急火燎地奔赴县医院。

看见儿子趴在重症监护室，一处钢架与床单搭成的保护罩内，一动不动，全身缠满了纱布。

那年他的儿子9岁，知晓孩子烫伤的事，是同事电话告知的。在医院见到小孩接受急救处理，他内心万分自责。由于孩子面部、背部烧伤严重，当天晚上就转至武汉救治。

在攻坚关键期的2019年，作为村级指挥长，我必须做出表率，坚持每天吃住在村，几乎没有时间照顾家里，9岁孩子经常处于放养状态。

7月26日上午，我在镇里参加调度会，妻子龙小艳正在入户走访，小孩在家无人照管，因饥饿，便自己煮面而不慎被烫伤。事发当时无人在场，孩子忍痛跑到楼下的亲叔家求助。

历时长达 1 个月的住院治疗，小孩面部已经康复，但背部留下了伤疤。

在 2021 年 4 月 23 日举行的全省脱贫攻坚总结表彰大会上，松桃自治县盘石镇黄连村脱贫攻坚指挥长石四荣获贵州省脱贫攻坚先进个人的荣誉称号，戴着大红花接受隆重表彰。

石四荣谈扶贫经历说：整天整夜都在想怎么做好扶贫工作。

水有源，故其流不穷；木有根，故其生不穷。农村工作艰巨且复杂，面对千差万别的村情民意，石四把干群关系作为敲门砖，到村的第一件事便是访民情、听民意、解民忧。

群众好不好说话、会不会配合自己的工作？和所有的驻村干部一样，第一次走村入户的时候，石四也曾担心自己会吃闭门羹。

拧成一股绳的黄连村吹响了乡村振兴的号角，基础设施建设方面，黄连村完成组组通建设 3 条 7.1 公里、实施连户路硬化 7.3 公里、实施排水沟治理 3 公里、实施五改一化一维 367 户、安装太阳能路灯 410 盏、全村 574 户饮水全覆盖。

对于石四来说，脱贫攻坚指挥长不是一个光鲜亮丽的称呼，而是一副沉甸甸的责任担子。为了向党和人民交一份脱贫攻坚功效巩固提升的满意答卷，石四把脱贫攻坚作为磨炼意志、增长才干的广阔舞台，在脱贫攻坚战中尽自己的绵薄之力，书写着无悔的青春篇章。

母亲今年 81 岁，为了能让我安心工作，从来没有一句抱怨。妻子龙小艳是镇完小的教师，平时除了上课、完成结对帮扶任务外，还要照顾老人和小孩。每当工作受挫、坚持不住时总是她用实际行动解决我的后顾之忧。

我曾经辗转三个村。在驻村期间，积极筹措了 3.8 万元完善臭脑村阵地建设，筹措了 0.38 万元完善水源村阵地建设，筹措了 0.98 万元完善黄连村阵地建设。三个村阵地建设有效地建立了干群关系的桥梁，提升了服务群众的能力。

协调资金 3 万元修缮臭脑村文化广场 1 个，协调施工队、组织攻坚队员和水源村群众投工投力完成建设水源村大门 1 个及休闲小广场 1 个，协调资金 5 万元修缮黄连村文化广场 1 个。活动场所的建设极大地满足了广大群众的精神需求，有效宣传了党的方针政策，振奋了群众向上的精神，鼓舞了群众的脱贫斗志。

发扬艰苦创业精神，召开攻坚队民主会，从生活经费支出 9000 元购买 450 个垃圾桶，实行整村全覆盖发放，发动水源村党员群众投工投力修砌村组路沿路花坛。

整合黄连村理事会人员、公益性岗位人员及低保户，加强对公共区域卫生的管理，多措并举引导村民自觉遵守卫生十要素，树立爱护环境卫生意识；发展臭脑村鱼塘养殖 48 亩，黄连村辣椒种植 100 亩，协调生猪基地土地流转 36 亩，这些产业项目有效地提高了群众发展产业的动力，实现群众增收创收。

在盘石镇采风的日子里，笔者注意到这样一个场景：在通往粑粑村的一条大道旁，一面高大的墙壁上用大红字体书写着这样一幅标语：党旗红、产业兴、生态美、百姓富。

别小看这仅有 4 句话、12 个字的一幅标语，细细想来，她却深度融入了盘石镇近三年来党建引领和推进脱贫攻坚的灵魂，成为整个工作的方向和指南，代表着全镇摆脱贫困、奔向小康的目标和旗帜。

没有党旗红，哪有产业兴？没有产业兴，何谈生态美？没有产业兴与生态美的最佳体现和实际效果，哪能实现真正意义上的百姓富？

2019 年，镇干部吴伶俐是粑粑村脱贫攻坚指挥长。

她有一个信念，宁可苦孩子也不能误工作。哪家贫困户住院了，她帮着办转诊手续，出具贫困户证明；哪家媳妇生了小孩，她要去看望；哪家老人住院就医，她要去探望。一年多时间，全村 95 户，她坚持走了个遍；全村 65 家贫困户，她多次去登门走访；她的足迹遍布了全村每一座山岭，每一道田坎，每一处院落。

粑粑村 2 组龙继安对我说,吴站长为我家费了好大的心，让我家儿女龙云平、龙丽鹏、龙丽英、龙治弟、龙丽梅、龙丽群都享受国家教育资助，我们非常感谢她！

一次，吴伶俐开车把老人送到了家门口。老人一脚迈进门槛，却又转回身，颤颤巍巍走到吴伶俐跟前，伸手拉住她的胳膊，慈祥地看着她的脸，喃喃着笑了。

2019 年 9 月 7 日中午，她走访粑粑村 4 组龙天华家，经过排查后发现,他家屋后有两株大树处于断倒的状态。龙天华在树下，没有发现。吴伶俐快步走到龙天华身边叫他离开险境，两株树轰的一声倒下，龙天华迅速脱离。而吴伶俐来不及跑开，被树砸伤了腿。

与此同时，他们还通过调查发现，一部分贫困户患的是慢性病，住不起院，吃不起药，即使去医院开点药也无处报销。这样的患者一时半会儿好不了,也死不了，就躺在家里硬撑着，苦熬着，甚至坐地等死。这种情况怎么办？县上就独创了居家定额药品补贴救助的办法，这使这批贫困户如释重负。

更让一些贫困户为之感动不已的是，凡享受居家康复性医疗救助的对象，再也不用自己出门求医拿药，凭着他们与乡村医生的一纸签约，只需给签约医生一个电话，就会在规定的时间把药品送到救助对象的手上。

吴伶俐是镇药品监督站长、镇团委书记、镇综治办副主任，更是一位嗷嗷待哺的新生儿母亲。一副宽边眼镜掩藏不住内心的倔犟与坚韧。

脱贫攻坚以来，她先后在沃里坪、水源、粑粑村驻村。

2019 年 3 月，她背着两岁大的儿子来到粑粑村驻村。她白天忙着下去搞调研、摸情况，把孩子交给奶奶照顾，孩子常常饿得哇哇直哭。

她抚摸着温热的酒坛，对村干部们说等到粑粑实现整村脱贫那一天，我们再把这两坛酒搬出来，和父老乡亲一起好好庆贺一番。

2021 年，吴伶俐被评为铜仁市脱贫攻坚优秀共产党员。

吴伶俐自然只是整个盘石镇脱贫攻坚驻村工作队员中的一个缩影。

在盘石镇，当贫困户最无助、最困难、最需要帮助的时候，会有村干部、驻村扶贫干部，或者是镇干部、县里、市里、省里的干部出现在贫困户的面前。不用贫困户找干部，干部就会找到他们，帮他们解决最无助、最困难、最需要的事情。这是多么温暖人心的事啊！

一位村民说，吴文玖这个人，追求的是奉献。表面看上去，他既老实又平凡，平时少言寡语，实际上心里总是燃着一把火，那样炽热，那样火爆，那样无休无止……

假如你对这一科学论断还缺乏完整的理解和感知，那么，就请你到盘石镇这片土地上去看一看，走一走。

自脱贫攻坚一开始，镇领导通过下基层摸底调研，从中发现贫困户除了多数是因遭天灾人祸或历年经济底子薄，造成生活上的实际困难，在关键时刻，只要政府出面拉一把、扶一程，他很快就上来了；但同时也发现，极少数贫困户并不完全是这回事儿，原因多种多样：有的意志消沉，观念扭曲，甘愿与穷为伍，不愿与富同谋。

镇脱贫攻坚指挥部意识到，不搬掉这些个精神上的拦路虎、绊脚石，不及时处理好经济脱贫与精神脱贫以及扶贫与扶志、扶愚与扶智的关系，即使一时半会儿脱了贫，那也不是真脱贫，脱真贫。

龙新还向笔者透露出他与群众打交道的几个小秘密：如果你去某户人家访贫问苦，明明木凳上布满灰尘，你得装作若无其事一样坐上去，与主人家亲切地聊东聊西、问长问短，对方会觉得你没有嫌弃他、鄙视他的意思，直接把心窝子的话掏出来给你讲；有一次，他在农家吃饭，因好些农家没冰箱，炒出的菜有点馊味，在这种情况下，你可以不再下箸，但绝不能说这菜不好吃，否则人家会觉得老没面子。

他终于来到了唐家。经过几个小时的劝说，晓之以理，动之以情，才终于说服唐家，答应按村里统一规划改造自家危房。

下山途中又是一个多小时的奔走。

回到村上，经过集体讨论，村上为其上报了生态搬迁房屋建设的申请并很快获批，他家及时建起两室一厅的住房；与此同时，考虑到他长期患慢性病又不便上医院住院治疗，村上让他享受了县上独创的居家康复医疗救助政策，每个月可享受400多元药品补贴。

那年7月26日，龙新与村干部和工作队员一道专程前往唐家祝贺他的乔迁之喜，他从唐绍华一家愁容变笑容的转变中获得了一丝心灵慰藉。然而，让老唐一家走出困境的引路人龙新，那段时间却感到两腿膝盖骨钻心般的疼痛。他晚上利用艾灸包缓解一下疼痛，第二天又马不停蹄地走东家，串西家。

太阳落山了，唐绍华说："你们吃了饭再走。"

我们说："不了，谢谢。"

唐绍华说："怕把我吃穷了，现在饭吃不穷人了，添双碗筷的事，到饭口上了。"

龙新说："我们半小时就到镇政府了，不要担心。"

唐绍华说："现在吃不穷，喝不穷，谋算不到一世穷，电视里有句广告词说，你不理财，财不理你。对一个家，也是这样，脑子懒的人不行，想不到点子的人也不行，现在就要啥都要想才行。"

我说："你说得真好。"

唐绍华笑着说："世面见多了，受到影响了，有些话不说，憋的嘛。"

盘石镇扶贫干部们，一年365天不间断更新脱贫攻坚工作动态，每一个数据、每一项政策都烂熟于心，唯有说起家人孩子时，便忍不住落泪，完全顾不上他们，感觉很亏欠。

那些奔波在一线的扶贫干部，他们都有忘我的激情，渐渐站成一片扎根乡村的森林，耸立成庄严而又栩栩如生的群雕，伟岸而挺拔，闪耀着光荣与梦想的光芒。

那些奔波在一线的扶贫干部，他们还有不少苦恼和难题，只是悄悄藏在内心罢了。但再苦，也敌不过他们的坚韧，光从他们信心满满地讲述，就能感受到那份执着。

他们像涓涓细流，滋润贫瘠的土地，像灿烂灯火，驱散贫困的浓雾。

当时，一位老汉半披着褂子，从凳子上站起来，双肩抖动一下，冲着台上的吴胜斌说："我想问你个问题！"

这时，乡亲们的目光齐刷刷地投向了吴胜斌。

"问吧！老伯。"吴胜斌倒很镇定，他把手伸出去，客气地抬一抬。

"你这次来我们村，带来了多少钱？"这位老伯说话不拐弯，单刀直入，一针见血。

吴胜斌怔了怔，望着这位老伯，一时哑口无言。乡亲们的目光火辣辣地盯着他。

又有人站起来喊道："你别再讲那些大政策了，你就说个数吧！"

吴胜斌面对这咄咄逼人的问话，一下子有些蒙了。他深知，村里贫困户实现脱贫确实需要钱，村里发展一些产业也需要钱，村里实现整体脱贫更需要钱！没有钱是万万不能的，可金钱又不是万能的啊！

扶贫先扶志，同时又需要扶智。决不能任何事都要钱！这个道理必须跟乡亲们讲清楚，让他们从心底认可这个理儿。可眼下这个当口，这些道理不能直接灌输。

犹豫踌躇间，为了打破这种尴尬局面，吴胜斌站起来大声喊了两嗓子。

吴胜斌拍着桌子，说："你们这是闹啥呢！"

"我是来为这儿扶贫的，脚跟还没落稳你们就要钱！我看你们一个个都钻到钱眼儿里去了！"

村支书也着急得站起来，吼道。会场一片寂静，刚才的混沌气一下子被压下去了。

就这样，村民代表见面会，不欢而散。

在大坪村村民眼里，这个会好像是给吴胜斌来了个下马威。可他转念一想，乡亲们并没有错啊，他们之所以问钱、要钱，都是被贫穷逼出来的。上级派自己来干啥？不就是来扶贫吗！想到这里，吴胜斌也不再觉得憋闷。越是这样，越要挺起胸膛，走进群众中去，真切地了解老百姓的真实想法，再对症实施策略。他暗下决心，自己这次来，必须给大坪村群众办实事、解难事，让村里彻底摘掉贫困的帽子。

当晚，吴胜斌失眠了。

民心齐，泰山移。吴胜斌坚信，只要把民心聚拢在一起，就没有干不成的事，大坪村的脱贫攻坚也不在话下。

吴胜斌刚来时，大坪村共有900多口人，有建档立卡贫困户61户315人，其中因残疾、孤寡、智障致贫的占到一大半。

一想起这事，他就悔恨。群众的事都是大事，万万不能等啊！

此事让吴胜斌深深自责，久久难以释怀。

这件事触及内心深处的遗憾和伤痛，也给了他负重前行的力量。在大坪村的扶贫路上，吴胜斌加快了脚步。

为全面了解村情、民情，吴胜斌俯下身子，挨家挨户串门走访，做了大量调研。村民中，尤其是贫困户有什么困难和需求，他都详细地记录在工作日志里，想办法一一解决。凭着一颗虔诚、谦卑和赤诚之心，他很快和村民打成一片。

谈及吴胜斌，吴老国道出一堆感激的话。

像吴老国这样因病致贫的人家，吴胜斌给予了格外关注和厚爱。时常跟他聊聊天，鼓励他坚定生活的勇气，生怕他陷入家庭困境而不能自拔，导致精神低迷和抑郁颓废。算是万幸，吴老国作为这个家庭的顶梁柱，称得上坚强，他没有被贫困击倒，而是乐观面对生活。

但有一天，吴老国却跟吴胜斌道出一句压抑心底许久的话：我最担心的是，如果我死了，这些孩子们该咋办？

吴胜斌听了这话，不免有些惊愕，没想到吴老国想得那么远呢。吴胜斌稍加思索：你不在了，还有我呢，还有村委会，还有国家呢！你怕啥?! 再说了，你也不算老，今后的日子还长着呢……

听到这些暖心话，吴老国与吴胜斌对视许久，缓缓低下头，憨然一笑，命不好——

吴胜斌这时有点着急，伸出胳膊朝吴老国肩膀上捣了一拳。你可千万别信什么宿命论，幸福都是奋斗出来的！

他费尽口舌，讲了一大堆道理，直到吴老国心服口服，昂起头来，笑着与吴胜斌拍肩握手，才依依惜别。

像这样的贫困户还有龙兰成、麻庆元、龙保元和吴振元等，他们都是可以和吴胜斌交心的人。他们愿意，也很想跟吴胜斌说说自己的心里话，吴胜斌能办到的，就给他们一一解决。不能办到的，也会想着法子宽慰他们，他们心里也会觉得亮堂，舒畅。

吴胜斌认准一个理——群众的事无小事。聚沙成塔，滴水石穿。他成了大坪村孤寡老人、贫困户和家家户户的知己贴心人。

民心是最大的政治，吴胜斌深刻理解这句话的内涵。他来大坪村扶贫，首先要把民心扶起来，拢起来，聚起来。民心齐，泰山移。吴胜斌坚信，只要把民心聚拢在一起，就没有干不成的事，大坪村的脱贫攻坚也不在话下。

2012 年 1 月，我考到盘石镇人民政府工作，我满怀着对农村的热爱和对农民的关爱，一心扎根农村，一干就是 11

年。11 年里，我跑遍了盘石镇的每个村，每个组，甚至所包过的几个村的每一户都留下了我的足迹。

他曾在党政办、综治办、新能源办等股室工作，一路走来磕磕碰碰，有苦有累，有喜有忧。当他看到村民们一年到头面朝黄土背朝天的劳动却仅仅能解决温饱的时候；当我在大棚里弯腰劳作，切身体会着汗滴禾下土是一种怎样的辛苦的时候；当他平时与村民们交流，从他们的那些平实、淳朴的话语中捕捉到他们渴望富裕的强烈愿望的时候。他才真正地掂量出乡镇干部的责任有多重。

一些懒汉农户总想着在山坡晒太阳，即使基层干部将其扶上了马，他们也不愿快马加鞭，赶超脱贫。只想着守住贫困户这道"护身符"，有的甚至有些情绪。

2018 年，我帮扶的 6 家农户中，有户夫妻进城打工，并把儿子也一并带进城上学。我对其进行了一年的帮扶后，年底我和他算账，让他兑现脱贫。

我说安排你家搬迁到县城住，建房尚未完工，要等到明年才能交付使用。

他说："我现在工地一年收入 7 万元，老婆当清洁工一年两万多元，从收入上讲，我家是脱贫了。但房子我还没有，我就不会签字脱贫，任何人也不能替我签字。"

听了这些话，我含着泪水非常气愤地说："你是贫困户，你把老婆孩子带进城一走了之，我们为你家跑手续，做档案，呕心沥血，你还好意思说出这么不靠谱的话，你对得起我们吗？"

第二年，吴胜斌千辛万苦地找到他，对他千言万语地劝说。年底，他终于签字脱贫。

2019年，盘石镇整体出列。至此，擦干了眼泪的盘石以惊艳的芳华，成为武陵山区横空出世的一道亮丽风景线。

盘石脱贫战线上的战友们辛苦了！

很荣幸，参与过、付出过、努力过。

采访中，一个个干部的事迹感动了我，这是一支能打硬仗的队伍，他们是奇迹的创造者，让我想起了那两句诗：

喜看稻菽千重浪，遍地英雄下夕烟。

第四章　雄关漫道真如铁

以振兴为擎，扬帆远航

2021年3月20日，召开镇党委扩大会议。这次镇党委扩大会议是镇党委副书记、镇长刘伟紧锣密鼓筹备的。开会前半个小时，全镇的驻村党支部第一书记、党支部书记、主任，镇党委委员和人大副主席都提前到了，此外，还有镇部分党员代表也已到会场。

会议由镇党委副书记、镇长刘伟主持。前不久，石荣华任镇党委书记，刘伟担任镇党委副书记、镇长候选人。

镇党委书记石荣华在主席台上，用手扶住话筒，敲了两下，听到回音，语气沉缓而有力地说：盘石镇第十二届人民代表大会刚刚闭幕，首先祝贺刘伟同志当选盘石新一届镇人民政府镇长。下面请刘镇长主持会议。

刘伟镇长说：今天，我们召开盘石镇党委扩大会议，最重要的事情就是盘石镇的未来发展问题，尤其是盘石镇的社会经济发展，镇党委、镇政府做了一个中长期规划，下面由镇党委书记石荣华做详细报告。

石荣华对着话筒说：感谢各位到场，现在我作题为《盘石要振兴，我们怎么干》的讲话。

发挥区位优势，加快推进城乡一体化。盘石镇位于松桃东北部，北与湖南省唇齿相依，地处两省交界的特殊区位；盘石镇紧邻松桃县城，受县城辐射作用较大，城市的经济、生活方式对盘石城镇的渗透较快，且随着松桃的发展，县城与盘石的职住关系、商贸关系、人才交流等都将更加密切，城市外溢产业将为盘石提供更多的发展机遇。

发挥资源优势，推进农业现代化建设。盘石海拔高，昼夜温差大，植物光合作用充分，有利于农作物营养成分的形成和积累，农作物蔬菜果品品质自然好了。没有厂矿，工业、大气、土壤、水分没有污染，地域环境保持了原生态的纯净，高海拔病虫害轻，是理想的无公害生产基地和绿色产品基地。气候凉爽，农作物生长周期与平坝地区错位，有利于发展跨区域反季节农业，填补区域农产品市场的季节性空白。黄色土壤富含硒、锌、铁、钙等多种对人体有益的元素。硒元素很容易被农作物吸收。

发挥生态优势，创建生态立镇，打造宜居养生福地。要高质量推进绿美盘石建设，全力营造城在林中、路在绿中、房在园中、人在景中的绿美城乡人居环境。

盘石镇为促进边贸经济发展，坚持实施优惠政策，营造了境内外客商来此投资发展的环境洼地。镇域经济要强起来。要立足盘石的历史方位和发展定位，以盘石镇现代化产业园区建设为牵引，推进高品质产业空间建设。要继续打好培、转、招三张牌，加快建设现代化产业体系，推动镇域产业高质量发展。

发挥盘石的块状特色产业优势，加快先进制造业基地建设，走新型工业化道路。集体经济要富起来。要抓好头雁工程，选优配强村"两委"班子，提升村党组织的战斗力。要进一步拓宽村集体资产增收创收渠道，加强镇村联动，引导有条件的村参与土地厂房盘活、镇村工业园改造、城镇更新和产业发展等项目建设，投资镇重点项目，入股成长性较好的企业。

坚持以绣花功夫推进城镇精细化管理，大力改善城镇环境。要深入实施人居环境整治提升五年行动，围绕污水治理、窝棚整治、违规停车等重点任务再下苦功，推动乡村环境提效增质。

发挥盘石的环境优势，积极推进基础设施建设，切实加强法治建设、信用建设和机关效能建设。社会治理要新起来。要进一步推进党建+社会治理和网格+社会治理新模式。一方面，打造红色智网，深入推进盘雁计划，健全党组织领导的乡村治理机制。另一方面，进一步发挥智慧城镇运营中心的作用，以网格化+城镇智脑+大综管强化智治在社会治理中的支撑作用。

　　要围绕产业振兴，加快特色高效农业建设；围绕生态宜居，加快美丽乡村建设；围绕乡风文明，加快农村文化文明建设；围绕有效治理，加强农村基层组织建设；围绕动能激发，全面深化农村改革。

　　如今，平坦整洁的街道、错落有致的绿化、浓郁的传统文化风情、配套齐全的娱乐设施、特色鲜明的现代农业，已成为我镇大力实施乡村振兴战略的真实写照。

　　为了让这些劣势转化为开发空间大、引进项目容量足的优势，盘石镇注重在四个突出上着力：

　　突出转型政治站位。全镇上下牢固树立抓项目就是抓转型、就是促发展、就是谋跨越的理念，党政联手、政企合作、干群齐动，形成推动项目建设的强大合力。全力打造"审批最少、流程最优、体制最顺、机制最活、效率最高、服务最好"的营商环境。

　　突出项目为王意识。全镇上下牢固树立产业第一、项目至上、企业为重、服务为本的理念，项目建设上认真落实政府推进、部门服务、企业实施三个主体作用，不断完善领导包联（包建）项目制度，确保镇领导天天到现场，各部门人人抓项目，重点项目月月排进度，保证了各项任务的有效落实。

　　突出营商环境建设。在全镇营造出亲商、安商、富商的氛围，增强人人都是投资环境，人人都是招商主体的意识，盘石镇努力营造优化六最的良好营商环境氛围，吸引更多的客商来盘石投资。全镇对照职责分工，明确了目标任务，细化完善了制度设计，强化事中事后监管，同时依照省市文件精神，各自制订了相应的工作方案、办事流程、监管办法等相关制度。

突出改革创新攻坚。抓好全镇转型综改 19 项改革任务，努力破解项目少、产业小、带动弱等难题，全力破解土地、环境、资金等制约因素，加快转型升级、创新驱动步伐。

敢于担当责任、勇于直面矛盾，善于解决问题。习近平总书记教诲如雷贯耳，组织信任，群众期盼压在双肩。

不惧光脚踩蕨藜的镇党委在寻找方向，寻找属于自己的既可以舒展能力，又可以给百姓带来福祉的方式与道路。

铸就高质量发展硬核

政府保姆式服务以及审批流程优化，让我们没有了后顾之忧，可以全力投入企业的创新发展上。

提及不断优化的营商环境，有限公司项目部负责人李军感触良多。

企业点赞的背后，是盘石镇努力以高水平营商环境助推全镇经济社会高质量发展的生动缩影。

盘石镇立足服务提效打造更优营商环境，扎实开展优化营商环境攻坚行动，持续推进三减一优，推广惠企政策不来即享和涉企政策精准推送，落实企业包抓联、白名单、六必访等工作制度，建立一企一档问题库，实施重点企业一企一策、重点行业一行一案，全力扶持重点企业做大做强做优。

营商环境没有最好，只有更好。盘石镇立足职能职责，发挥自身优势，着力在转变工作作风、优化营商环境、加大招商引资等方面下功夫，全力为企业经营和经济发展助力赋能，全面实现规模总量新跨越。

如今在盘石镇，无论是大项目，还是小企业，都能感受到这片土地的温度热情和开放胸怀。优越的营商环境，为推动全镇跨越式高质量发展带来更多机遇。

刘伟对石荣华说："刚才议论到干部安排问题，你还没有走。"他把目光又转向委员们，"你们是不是还有别人写的条子，或是受了人家的托付？我看今天彻底公开一下，把别人托你们的事都摆到桌面上来，大家一块议一议。"

历时两天的会议，上上下下讨论的一个重要主题就是如何真正解放思想、转变观念、锐意创新的问题。这次会议让全镇干部职工从心底里感受到了巨大的压力、动力和强大的感召力、凝聚力。

与会者说，石荣华代表镇党委所作的工作报告，实实在在、情理交融，充满了辩证唯物主义的客观分析，既抓住了盘石镇发展滞后的要害和弊端，更指明了全镇未来发展的前进方向，从而唤醒了全镇上下振奋精神、昂扬斗志、开拓进取、坚定不移落实科学发展观的信心和决心。

与会人员的热烈讨论，党员的畅所欲言和丰富智慧，全镇干部职工群众的欣欣鼓舞，会内会外的群情亢奋，让石荣华感到了众人拾柴火焰高的气势，领悟到了群策群力的深沉力量。

由此，一面引领盘石镇两万人民向新时代大步跨越的旗帜，迎着东方绚丽的朝霞，迎着强劲的山野之风，在盘石这块神奇火热的土地上飘扬起来。

旗帜，是宣言，是号角。

旗帜，是思想，是哲理，是战略。

旗帜，是感召力，是向心力，是凝聚力。

旗帜，是一个群体的魅力，是一支队伍奋勇前进的方向。

当这面旗帜上大字书写下工业立镇，科技兴镇，教育强镇，文明塑镇的发展战略的时候，全镇人民看到了自己施展抱负、智慧、才能的广阔天地，全镇群众感受到了这片神奇土地的苏醒和躁动，看到了这个被誉为腊尔山区明珠的璀璨光芒。

石荣华表示，全镇将在激励干部担当作为、建强基层战斗堡垒、持之以恒正风肃纪上下功夫，着力打造一批干事创业有虎胆、攻坚克难有虎劲、激情迸发有虎气、一身正气有虎威的虎乡铁军，确保全镇比拼实干、担当作为的政治生态乾坤朗朗、正气盈盈。

刚才还像向日葵似的脑袋顷刻间就犹如沉甸甸的谷穗耷拉下来，有的作记录，有的窃窃私语，有的若有所思。

从霓虹初耀，到月升高天，石书记和刘镇长连续三个夜晚促膝长谈。但石书记相信，再长的黑夜也会被黎明漂白。

总有一种力量闪烁人性的光辉，总有一种希望点燃奋斗的激情。创新，需要巨大的勇气和决心。发展，需要睿智的思维和魄力。矛盾有时会压得人山重水复，却从来也不能冷却一个开拓者坚如磐石的理想。

　　招商引资活动能够达到预期的设想和成效吗？种植于大山深处的梧桐树，真的可以吸引那些凤凰们纷至沓来、趋之若鹜吗？不但一些群众心存疑虑，就是个别领导干部也感觉有些底气不足。

　　但是，已经下定了不到长城非好汉坚强决心的石荣华却信心满怀：山不在高，有仙则名；水不在深，有龙则灵。在解放思想和创新发展观念的经济社会发展过程中，日益觉醒起来的盘石人，干事创业的精神从来也没有像今天这样顽强振奋，建设现代化社会的愿望从来也没有像今天这样强烈。在日新月异的大好形势下，只有落后的领导，没有落后的群众。他在全镇招商引资动员誓师大会上，叫了一板。

　　当镇党委扩大会闭幕式上那雄壮、庄严、深情的《国歌》奏响的时刻，石荣华、刘伟和台上并肩而立的镇党委班子成员脸上洋溢着自信、坚毅、豪气万丈的神情。

　　此时，他感到心中仿佛有一团圣火在燃烧，他坚信这些同志们心中的火也在燃烧，这种从来没有过的激情就是时代的激情，就是盘石镇经济社会实现跨越发展的不竭动力啊……

　　古人云：根本固者，华实必茂；源流深者，光澜必章。

　　执政一方，勤政者得民心，明政者得天下，精政者得历史。

　　我们现在全力倡导八仙过海，各显其能，是骏马就让它纵横驰骋，是雄鹰就让它展翅飞翔，是虎豹就让它咆哮山林，是百灵就让它自由歌唱……

　　面对盘石镇这片亟待苏醒、必须更快焕发蓬勃生机的地方，党政班子一班人深切体会到：创新，是一种时代的精神和文化，是一种纷繁系统的机制和巨大工程。而发展则是这个时代的永恒主题，是为官一任、造福一方的根本出发点和落脚点，也更是义不容辞、必须自觉承担的光荣责任和神圣使命。

会上，镇党委副书记、镇长刘伟就如何做好盘石镇经济工作强调：

必须稳定军心，于重大危局变局中抢先机开新局。近年来，盘石镇经济发展面临前所未有的挑战和困难，原因是多方面的，从主动发展的角度来看，有效投资方面，存在投资不可持续、投资总量不足、投资结构不合理等问题。

2019年年底，盘石投入400多万元，高标准实施城区亮化设施建设工程。以主要街道亮化为框架，以建筑物亮化为重点，以广场亮化为点缀，形成了多层次、立体化的灯饰亮化景观。

亮化工程，不仅为盘石百姓出行提供方便，更使城镇品位进一步提升，打造盘石的名片，带动了旅游、餐饮等相关产业的快速发展。

我采访了镇党委副书记伍群。

伍群说，镇党委还多方全面地培养党员干部的能力，从理论到实践，领导干部突出理论提升、年轻干部突出实践锻炼、村组干部突出实际应用、专业技术人员和企业经营管理人员突出专业技能。为了强化培训，镇党委还邀请外面的专家就构建和谐社会与新农村建设进行了专题讲座。取得了很好的效果，参训的镇村党员近1000人。

她说，盘石镇党委还按照先锋工程要求，坚持分类指导、动态管理、严格考核的原则，不断创新工作载体，丰富活动内容，强化组织措施，全面提升和推进基层组织建设。按照以先锋工程统领新农村建设，以新农村建设深化先锋工程的党建思路，制定了《村级党支部分类考核 动态管理实施方案》，按照一类树旗子、二类进位次、三类上台阶的管理办法，依据村党组织的工作实绩，党的建设、群众满意不满意、满意程度如何等，通过支部自查申报，党委考核验收、张榜公布等监督方式，确定全镇村级党支部的类别位次，明确了各支部的奋斗目标。

立足各村产业发展优势、工作特色、管理办法，开展先锋工程示范村的评选活动，确定了党建工作示范村、种植业示范村、养殖业示范村、民主管理示范村、科技推广示范村、壮大集体经济示范村、乡风文明示范村、生态绿化示范村、新农村建设示范村的发展规划，明确了长期的发展方向，增添了发展的动力。

我采访了镇人大副主席龙通顺。

他说，自 2019 年 7 月活动开办以来，每周三主动设置议题，倾听群众来电诉求，举全镇城镇管理系统之力，聚焦解决居民群众的操心事、烦心事、揪心事，让有意见随时提、有想法尽管讲、有不满大胆说成为推动城镇管理工作的新常态。

盘石速度！15 分钟完成股东变更登记。

我问龙通顺："你们的工作一定很累吧？"

他回答："有志者，事竟成，破釜沉舟，百二秦关终属楚；苦心人，天不负，卧薪尝胆，三千越甲可吞吴。你想，仅仅为了抓好垃圾分类这件事，一周要开一个会，关心每个村寨和农户……全镇的事有多少？大大小小多少的事等镇干部去处理、去关注，肯定是累得腿肚子发颤。干完、干好了一件事，群众的脸上露出了笑容，这份满足是甜美的，甜美的东西可以让人有一种幸福感和满足感。我们盘石干部就是这样的心态：事情干好，百姓的日子好过了，盘石的发展和未来好了，累一点、苦一点、烦一点，不觉得是亏了，反而感觉心里更实了，劲道更足了。如果百姓的日子不好过，盘石的发展落后了，我们就会紧张、着急甚至坐立不安。

瞧，这就是盘石干部的心态。

人们欢聚一堂，欢送黎辉同志御旧履新，即调离盘石赴任正大镇党委书记。

虽然他2011年已离开盘石镇党委书记的工作岗位，但干部群众仍然对他念念不忘。

黎晖在盘石任职期间，拥有心中装着群众、时刻为了群众朴实的为民情怀。几年来，黎晖争取扶贫项目63个、资金701.4万元，创建了扶贫示范基地6个，吸纳贫困人员531人，硬化通组公路25.6公里，新增2000名村民用上了自来水。

他担任镇长期间，就立志改变全镇的贫困面貌，带领全镇干部群众全面打响了脱贫攻坚战役。上任伊始，为了找到全镇的脱贫攻坚思路，他连续利用1个月的时间，走村串户听民意、察民情，全面掌握全镇的基础情况，了解群众意愿。他以身作则，带头帮扶贫困户3户。

　　他十分注重抓班子、带队伍，着力打造一支素质过硬、作风优良的扶贫铁军，充实扶贫工作力量。明确每名班子成员分别牵头包抓 1 个行政村，各司其职；组建了镇扶贫办，由党委副书记分管，精心抽调 6 名业务能力强的干部，1 名任扶贫办主任，5 名为扶贫专干；同时，每个村都安排了 1 名村级扶贫专干。

　　作为总舵手，黎晖大胆创新，积极作为，不断激发全镇脱贫攻坚工作活力。一是围绕贫困群众所需所盼，按照缺什么、补什么，推进贫困村基础设施建设，着力解决安全饮水、电力、通信等"最后一公里"问题。围绕生态美、村容美、庭院美、生活美、乡风美，加大农村环境卫生整治力度，进一步完善村庄生活垃圾处理设施，大力推进美丽乡村建设，绘就最美乡村。真正让群众走平坦路、喝干净水、上卫生厕所、住安全房。

　　他狠抓产业发展，切实增加群众收入。积极推行合作社+产业扶贫模式，以村合作社为龙头，以扶贫资金投入为导向，大力发展生猪、肉牛、富硒鸡、水果等特色产业，拓宽农户收入渠道。

　　在精准扶贫中，他始终坚持把攀穷亲、结农友作为帮扶的主导思想，率先垂范，进村组、入农户，拉家常、谈发展，用实际行动诠释了精准扶贫的内涵，体现了共产党人和一名党委书记的家国情怀，赢得了各级的肯定和群众的高度认可。

　　黎晖抓党建敢创新，围绕党建+的理念，在村级党建方面，他推广了网格化管理模式，把党组织触角延伸到楼宇中，创建了人大代表联络站、法治社区、青少年活动中心等党建平台。在村级党建方面，他提出并在全镇推行五帮五带，即党员带邻居、干部带大户、大户带农户、干部家属带亲属、扶贫帮弱户，形成了党群协力、群策群力、共同参与的发展合力，为基层党建注入了活力。

在担任镇长期间，解决了13村7400多人饮水难问题，全镇有85%的住户用上了自来水；村村都有移民搬迁点，低洼地带、危险滑坡地带、边远地带、地坑桩基、土坯房户全部搬到了新村，搬迁2000多户，惠及7900多人，农民人均住房面积达到36平方米。

他立足实际，坚持高标准、大手笔，盘石经济繁荣、布局合理、设施配套、富有特色、生态宜居的发展方向得到确立；他紧紧依托规划，创新措施，破解资金、土地等瓶颈，镇区基础设施大为改观。他整合各方资源，全力实施招商引资战略，为重点示范镇建设的快速推进提供了产业支撑。

针对盘石镇区建设空间狭小、土地资源紧缺实际，他规定所有建筑向小高层发展，使用地布局更加合理。多方筹资，做强城镇发展保障。

黎晖无论是在镇长岗位，还是在党委书记岗位上，他始终保持着积极乐观的心态，以艰苦奋斗、锐意创新、脚踏实地的作风，时时处处严格要求自己，经常和班子成员、镇村干部交心，和农民交友，打成一片。

戴泽斌说，黎书记看起来大大咧咧是个粗人，其实是个非常细致、特别爱想事爱动脑筋的人。他作风过硬，工作踏实，点子多，办法灵，不得不服。

遵照黎书记的嘱咐，吴青松喂起了猪。黎书记果然说话算话，又多次来到他家。每次来都给他打气鼓劲，激励他要树立脱贫信心，还带给他科技书籍和挂历。他不负黎书记所望，年底他喂的三条大肥猪，竟卖了个好价钱，破天荒地还清了 7000 元欠债。接着，政府危房改造款补助，他自筹一点，修起了砖房。

2021 年 7 月 1 日，黎晖被贵州省委授予脱贫攻坚优秀党组织书记。

这天下午，大沿村召开党员大会，我列席了会议。

张成的声音压得很低，且又极是短促。霎时间，众人的眼睛纷纷盯在了张成的脸上。

会议冷场了大约四五分钟，眼看依旧无人发言，张长春只得再次说道：

三个臭皮匠，赛过诸葛亮。咱们今天的这次会议，就算是个诸葛亮会吧。大家不要有所顾虑，只管畅所欲言，各抒己见，凡是有利于工作的话，哪怕就是说错了，也没人怪罪你嘛。你担任领导干部多年，农村工作经验丰富，对于土地政策，肯定得有自己的独到见解。要不你先打个头阵？

这个嘛，张成见张长春郑重其事地点到自己，再也不能装聋作哑一言不发了，便收回目光，清清嗓子，又端起茶缸喝了口水，这才慢慢悠悠地说，县镇两级把土地流转改革的试点放在咱们大沿村，这本身就是对于我们村支两委的肯定和信任。当然，万事开头难，土地流转改革机遇虽有，但挑战和困难更多。别的不说，土地联产承包责任制实行了这么多年，土地确权、证书颁发工作又新近结束，农民吃了颗定心丸，刚刚准备甩开膀子大干一场，你现在忽然又说要收回土地，重新发包，那大家在思想上必然是转不过来弯的嘛！

张长春一边唰唰地在笔记本上快速记录，一边用赞同的目光望着张成。

张成不动声色地将球踢给张伟后，喝了一口水，又伸手摸过烟盒抽出一支烟卷准备点上，却猛一回头，看到旁边墙上张贴的公共场所严禁抽烟的警戒标语，只得将烟卷放至鼻前，使劲地嗅了两嗅，然后重新装回烟盒。

张伟正在心不在焉时，忽然听到张成点自己的将，慌得赶紧坐直身体，手忙脚乱地抓过记录本，哗哗哗地连翻了几页，方才吭吭巴巴地说道：张宏程以土地流转的名义，每年和村民签订一次协议，村民的耕地交由宏程公司经营，宏程公司则按照每亩每年 600 元的价格付给村民钱款。——据我所知，盘石镇土地经营大户 20 多家，小户百余多家，宏程公司开出的价格最高……

听到了吧？张成将身体重重地靠在椅背上，眼睛看也不看张长春一眼，说道：农民最讲求的就是个实惠，驴吃豌豆——现得济嘛。咱们大沿村农户单打独斗，自己耕种土地，就算是最风调雨顺的年景，麦秋二料也不过每亩收入 600 来元，这还不算劳力投入。现在只需把耕地流转给宏程公司，坐在家里不动不摇就可每亩净赚 600 元钱。因此，别看少数几户农民表面上嫉恨张宏程，其实心里佩服得很呢！

张伟双目滴溜溜地瞟瞟张长春，又瞟瞟张成，迟疑着说道："还有，前年有的村已把耕地流转给外地一个承包大户，讲定的每亩 500 元钱，秋后算账；结果那大户收打完粮食，将钱揣进自己腰包后来个脚底抹油，溜了。案子至今未破，所以咱村的村民对张成就更感恩戴德了。村里现在要搞土地流转改革，将耕地回收整治后通过招标承包给别的经营大户，村民们肯定是不愿意的！"

"那……"张长春停笔问道，"如果仍旧交由张宏程承包经营呢？"

那也不见得可行，张成赞许地望了张伟一眼，慢条斯理地说道，宏程公司从村民手里流转土地，每亩也就 600 元的价格，可现在我们要把耕地全部从宏程公司手里回收过来加以整治改造，然后再以每亩 800 元甚至更高的价格交由宏程公司承包经营。张宏程既不是傻子，又不是圣人，凭什么每亩要多出两百来元？

一亩多出两百来元，十亩呢，百亩呢，千亩呢？张宏程目前经营着 1000 多亩耕地，算下来可就是 60 多万元呢！

廖有才长长地打个哈欠，忽然左手掰着右手的手指头说道。

60 多万元？乖乖，真是不算不知道，一算吓一跳。张成除非是疯了，要不然打死也不会做这种傻事！

其余四个两委成员也跟着附和说道。

张长春再次感觉到有一种无形的压力在自己周围回旋，却又不能明白说出，只得虚心问道："成哥，那么你的意见是什么呢？"

"我的意见?"张成脸上隐隐闪过一丝嗫嚅,坐直身子,以不容置疑的口吻说道,我的意见,就是立即停止在咱们村搞的那个什么土地流转试点工作!

立即停止土地流转试点工作?张长春完全没有想到身为村委会主任,张成竟能说出这样的话,一时有些诧异;目光投向张成时,张成的表情却极平静,一点也看不出在想些什么。联系到回村以来的种种遭遇,以及张伟的闪烁其词,李有才和其他村组干部的模棱两可,张长春心中似乎悟出了点什么,然而究竟是什么呢,一时之间却又说不清楚;正在凝神思考的时候,丁零一声手机响了,拿起看时,却是钱兴胤发来的短信。

张长春脸色刷地变得煞白,双目几乎就要喷出火来,但瞬间便又恢复了平静,冷冷地回了一条短信:谢了。

我说,张成仰身靠到座椅后背,下巴微微扬起,语气依然十分坚定,最好不要在咱们村搞那个什么土地流转的试点工作!

张长春的面孔逐渐严肃了起来,说道:"最好不要在咱们村搞土地流转的试点工作?安平叔,你想想这是可能的吗?县里镇里把这么重要的任务交给我们,期望通过我们的探索实践给全镇、全县乃至全省、全国的土地政策开辟出新路,总结出经验。现在,我们一枪不放,一声不哈就乖乖地撤下阵来,你叫我怎样向上级领导回话?我说:同志,困难实在太多,我们克服不了,所以土地流转改革就此打住?"

我说:"同志,我们村党支部的战斗力很弱,凝聚力很差，不能经受任何一点的考验，所以最好不要在我们村搞土地流转试点工作？……"

看到张成等人再次保持沉默，不发一言，张长春喝了口水，打开本子侃侃说道：

"出门务工的自不必说，留守在村的人，上了年纪的固然对土地感情很深，但因心有余而力不足，不能下地种田，如果宣传到位，打消顾虑，肯定会对土地流转改革表示拥护；部分中青年人虽然种着田，但因投入太大，收益太少，且种地早已不再成为谋生的主要方式，早就想要改变现状，自然也会看好土地流转改革；至于那些20来岁的年轻人，他们对于土地原本没有多少认识，甚至很多痛恨土地厌恶农村，只想去城市安身立命干事创业，肯定也不会反对土地流转改革。所以从理论上说来，土地流转政策不难在我们村里推广！"

看到张成微皱眉头，半闭双目，仿佛在认真地听着，而其余众人则脸上分明渐显敬佩之色，张长春趁热打铁地继续说："至于我们的动员会、宣传工作开展以来，多数村民迟迟没有反响，我的分析是因为张宏程。"

好，张成呼地坐直身子，说道，长春支书的分析可谓入木三分，一语中的。不错，当前开展土地流转改革，最大的障碍就是张宏程，只要能拿下张宏程，其他所有的问题都将迎刃而解。不过这张宏程的工作嘛，恐怕可不那么好做呀！

张长春抬头望了张成一眼，张成的脸上似正浮着一丝含义不明的笑意。张长春略略停顿片刻，一板一眼地说道："成哥，我是咱大沿村的党支部书记，工作中遇到困难理应身先士卒，做好表率。龙明远的工作，就由我出面做吧！"

张成的脸上掠过一丝不易察觉的笑容，但那笑容转瞬即逝，在场的人除了张长春谁也没有看出：

好好，只要长春支书能够攻下张宏程这个堡垒，其他一切工作都由我们来做！

第五章　人居环境升级

一座城镇的魅力，该如何展现？

绿色生态，是态度、是基础；城景共融，是品位、是格局；人文含量，是传承、是情怀。

从表面美转向里子美

早晨 9 点，我和麻天才就来到芭茅街上。路上偶尔有一两个搞环保的人和几分钟过一辆的车子，整个街上都是寂静的，居民们似乎还在睡梦之中。这时我有些高兴，因为我们可以看个透彻：顺着村委会往里走，就是村寨。

村寨里每家每户都有独立的院子，房屋多数是两层、三层，也有四层高的楼房，直通家家户户的水泥公路路面虽然没那么新，但极其干净，这显得更加可贵。我踮脚往里探望，可以看得见每个院子内同样十分干净整洁，不是为了应付检查，而是一种习惯性的整洁和干净。

在通往各个自然寨的小路上，可以时不时地看到一块块醒目的宣传牌，走近一看，或是文明窗口宣传栏、或是垃圾分类宣传栏，内容详尽而细致，适合村民阅览。令我好奇的是，一些党员绿化保洁监督岗的标牌及河长责任岗标牌，那上面的内容具体而明确。

比如，党员绿化保洁监督岗，它有具体三养三清责任。季节变化要养护、天灾人祸要养护、缺水缺肥要养护，虫害病毒要清除、杂草杂物要清除、枯枝废枝要清除。标牌上还有一行突出的文字——罗福。

在村部的大宣传栏上，我找到了罗福的职务：芭茅村党支部书记。显然，这样的绿化环境工作由干部亲自抓，表明了芭茅村把环境保护放在特别重要的位置。

石书记说："对于一个人而言，就是一个不断追求美的过程，对一个城镇、一个国家而言，创造美就是其发展昌盛、凝心聚力的根和魂。"

他说，2016年以来，盘石实施农村饮水安全巩固提升工程11个，总投入803万元；建设小一型水库1座；累计实施农村饮水安全巩固提升工程项目7个，工程施工点15处，完成建设项目总投资443万元，全镇所有农户水质水量达标，无饮水安全问题了。群众出行难、饮水难、用电难、通信难等老大难问题得到了根本性解决，基础设施实现前所未有的历史性巨变，为乡村振兴提供了强大支撑。

　　扎实开展生态环境整治专项行动，清理整顿畜禽养殖场13家，生态环保监督监管有力有效；扎实推进六绿攻坚工程，聘请141名生态护林员，落实生态补偿资金329万元，退耕还林7260亩，全镇森林覆盖率达76%；全面推行河长制，常态化开展巡河活动，集中式饮用水源地水质达标100%，环境空气质量达100%，生态环境保护走在全县前列，绿水青山已成为美丽盘石的靓丽名片！

　　扎实推进响水洞村市级特色田园乡村·乡村振兴集成示范试点建设，全面完工项目20个，总投资200万元。完成全镇20个村土地撂荒整治工作，实施旱改水项目197亩、高标准农田建设道路40公里、水渠27公里，涉及农田14252亩。

　　盘石不仅在绿化，更在美化，绿色环保的生活理念已经开始根植于盘石干部群众的心底。

　　通过实施小城镇提升工程，我们看到更多的小城镇特色越来越鲜明，面貌越来越新颖。这大大提高了我们乡镇的知名度、美誉度，扩大了城镇影响力、吸引力、辐射力，增强了城镇的发展活力。

　　新住户钟情盘石，最得益于盘石悠闲安逸的慢生活以及秀美的城镇环境。

　　仿佛走进一个天造地设的氧吧。这里清爽的空气，宜人的温度，绚烂的风貌，引人入胜。

　　有诗云：箫鼓追随春社近，衣冠简朴古风存。或许就是写这里的吧。这儿的村庄处处是诗句，田园牧歌般的生活，随处可以寻觅。

这里将颠覆你对传统乡村旅游的认知。开发农家乐游学、农耕体验、民艺体验、农家美食、绝技绝活等文化创意特色项目，加快建成产业有优势、创业有亮点、创业有空间、发展有成效、动力有保障的旅游特色镇。

在慢中找到属于自己的快，盘石用实际成果展现了田园城镇不仅宜居，更宜业。

一位村民说：走的是水泥路，住的是小楼房；垃圾不落地，污水进管网；文化广场里，健身全民上……

从一时美转为持久美

因为盘石本来就是一块美丽的地方，山是那么雄伟与峻峭，又常年披着郁郁葱葱、生机盎然的绿袍，它会给你送来拂面的清风与爽朗的晴空，即使蒙蒙细雨的季节，你也能感觉浑身的清爽与舒适。

多年来，盘石镇坚持生态立镇方针，一张蓝图绘到底，一任接着一任干，主动培育和发展绿色优势。绿色山岭建设、乡镇生态提升、生态修复和小流域综合治理五大工程，对主干道路沿线高标准景观绿化，整体实施河道治理、护岸绿化，生态经济型景观屏障初步形成。

另一方面，坚持治、管、防并举，以城镇生活污水、工业园区生产废水、淀粉加工废水和农业残膜等治理为重点，实施河水污染防治工程和镇区污水处理厂提标改造工程。

早在 2012 年，盘石镇就拉开了环境整治的序幕。

　　说的是当时有位领导来盘石镇的偏远山村，牛粪猪粪塞满村道，下不了脚，还臭气冲天，污水靠蒸发，垃圾靠风飘。这是当时农村普遍存在的现象。还有房前屋后荒草丛生，道路沟渠蓄积污水黑泥，屎尿遍地，厕所没处下脚，坑内蛆虫成堆，甚至有露天支锅造饭，浓烟滚滚……

　　他二话不说，还没进村就跑了。

　　县政协副主席田如刚知道后，立即与镇党委、政府商议，决定暂借村支书、村委会主任、统计员和包村的镇干部每人300元钱用于整治环境卫生。10天内，经验收，哪个村的卫生合格就奖励哪个村，哪个村卫生不合格，村干部工资就报销了，这就是没钱就打没钱的主意。

　　这个办法挺有效的，让人惊喜的是，在党员干部的带头下，盘石镇各村群众主人翁意识更加强烈，想发展、谋发展、议发展的氛围更加浓厚，一改过去干部在干、群众在看的被动局面，形成了镇村干部带头、志愿者劝导、群众参与的共建共管大格局，有力推动了小城镇环境综合整治行动。

　　田如刚主席看见很是高兴，赶忙去找这位领导汇报说盘石的环境卫生搞好了，领导不相信，说："不会吧，这么快就搞好了？"

　　当这位县领导第二次来到联系的村的时候，他很惊讶，也很兴奋。

　　他即刻走访了各个村寨，面貌焕然一新。道路上猪牛粪不见了，阴沟里的垃圾不见了，家门口乱堆乱放的现象没了，大街小巷整洁得如同城镇道路，目之所及都是绿色植物，当得起美丽乡村的美誉。

县领导连说三个字："好！好！好！"

美丽环境搞起来了，这取决于一个很现实的问题，即美丽人居环境的成果怎样才能变为实实在在的美丽乡村。建设美丽乡村需要投入，在当时镇村经济普遍困难的情况下，资金到哪里去筹？

于是，县委立马召开现场观摩会，全县的乡镇干部、村居干部都来观摩学习。

2019 年，盘石镇推出了生态环境治理积分卡制度，围绕乡村振兴 5 个方面，结合乡村实际细化内容、量化指标，每周旬一评比、每月一公示，1 个积分可在家门口爱心公益超市兑换 1 元钱的商品。

每月 28 日，由积分评议小组议定。在村委会、广场宣传栏上贴有姓名、积分、扣分等情况的生态环境积分表，一切都张榜公示。

一个看公示榜的村民说：这一招厉害，不是一袋米、一袋洗衣粉的事，现在家家户户不缺一袋米、一袋洗衣粉，主要是人精神上的变化。人活脸，树活皮，谁都要脸面，不要说这被扣了分公示让人臊得很。

戴泽斌说，积分制度是群众用双手捧出来的、用铁铲铲出来的、用肩膀挑出来的、用身体扛出来的，是一分一分持之以恒积累起来的，效果很明显。

盘石镇党委、政府为高效推进人居环境整治，全面提升环境质量，助力乡村振兴，立足实际、科学安排，镇村联动，掀起了人居环境大扫除的新热潮。

以前没有规范管理的时候，许多人都直接把垃圾扔到院坝里，甚至是公路上、水池中，不仅污染了水源，还影响了整个村子的形象。在盘石镇群众看来，通过农村人居环境整治，村民再也不乱丢垃圾、随便倒污水了，环境越来越好了。

盘石镇正按照美丽生活、美丽庭院、美丽居室、美丽厨厕、美丽家风的五美建设标准，通过思想引领、教育行动，庭院净化、美化行动，居室靓化、清爽行动，院落有花、有果行动，文明家风、创建五好家庭行动等具体措施，以创建连线连片、整体推进的思路，高标准培树示范户，打造小康家园示范片。

为加快共建美好家园，盘石镇开展人居环境整治工作，两个月更是全体干部出动，放弃双休日，带动群众积极开展环境卫生大清扫，就村庄生活垃圾清运、杂草清除、庭院环境整理、路域环境清扫等重点任务开展集中攻坚。

盘石镇不辱使命，如期完成了厕所革命。

茅坑变厕所，谈何容易。改厕之初，很多盘石人不敢相信自己的耳朵，家家户户奔走相告，更多的是却是质疑和诘问。

什么？你说什么？咱盘石的茅坑要变成厕所？

是城里人的那种厕所？

就是一拧水龙头，哗哗哗冲的玩意儿？

咋会搞的呀，茅坑说没就没了？

小康路上的每一家农户，谁不怕生病？谁不爱卫生？谁不喜欢优美的人居环境？茅坑与疾病、改厕与卫生，是宣传工作的有效切口。

具体讲，就是必须要让老百姓懂得一个现实道理：建造卫生厕所，能及时将粪便进行处理，杀死减少粪便中的寄生虫卵、致病微生物，既是预防肠道传染病和寄生虫的主要措施，又能增加肥源，提高肥效，促进农业生产发展，是现代生活不可缺少的卫生设施，是文明程度的标志。

那些日子，到处都能看到干部职工、工程技术人员的身影，他们进东家，走西家，有的核对农户改厕建档造册，标注户主信息、厕具产品、技术负责人、验收负责人、管护员和包户干部等；有的现场指导监督改厕标准和流程，把好施工关、质量关；有的加强厕具产品质量的抽检和监管，加强改厕各环节全程监督；有的开展回头看行动，对已建卫生厕所进行跟踪排查，一旦发现安装、质量、使用等问题，立即进行维修整改……

唐建强对我说："我第一次在家里用厕所，都不敢相信这是真的，那感觉太新鲜了，一辈子头一次，想来想去，还是进城时，在城里的餐馆里上过。"

感慨的不只唐建强，有些盘石人的感受更具体。

我家厕所是水冲式的，解完手，一开水龙头，总是忘了这是在上厕所，因为平时拧水龙头，是在厨房里。

我家厕所是屎尿分离式旱厕，配有纸篓，可好几次差点把卫生纸扔进便池里。

苍蝇没了，白蛆没了，臭味没了，蛛网没了。啧啧，还是厕所好。

那光亮的坐便器，我坐了几遍才坐稳，真舍不得坐呀！

改厕工程和污水治理使得农村环境发生了实实在在的变化，使我们村庄逐步建设成整洁、美丽、和谐、宜居的新农村。

以盘石村为先进典型，推广人居环境整治经验，对接保洁公司，增强农村保洁队伍力量，高质量推进卫生保洁和生活垃圾清运工作。加大机械清理资金投入力度，对河道沟渠展开清淤疏浚，对主要生产路压实绿化。加强督导调度，严格奖惩机制，镇党委政府逐村逐寨采取"四不两直"方式督导暗访。

治水、拆违建、建广场……一场农村人居环境整治攻坚战正在盘石镇加速推进。村村优美、家家整洁、处处和谐的美丽乡村新画卷，正在这里徐徐展开。

8月27日，笔者走进布妹村，一幅幅生机盎然的画面映入眼帘，绘成了一幅美丽的乡村画卷。

几年来，盘石镇把建设美丽乡村作为推进乡村振兴战略的重要抓手，突出重点，抓点带面，党员干部、新时代文明实践志愿者带头干，推进人居环境整治提升工作，通过拆、清、整、绿、建五措并举，对村庄街巷、农户庭院、背街小巷、田间地头、河道边坡的乱扔乱倒等影响村容村貌的现象进行整改，使庭院内部、房前屋后、公共区域面貌焕然一新，村民的获得感和满足感不断增强。

搞好宣传发动。该镇通过入户动员、拉横幅、大喇叭等方式，大力宣传开展人居环境整治的重要性，动员广大群众积极行动、广泛参与，引导群众增强卫生意识、文明意识，通过开展五美庭院示范户等创建活动，激发群众参与农村人居环境整治的积极性和自觉性。

整治行动中，各村由党员干部带头，公益性岗位人员、志愿者、群众共同发力，发扬不怕苦、不怕脏的精神，聚焦公路主干线、群众居住集中区、房前屋后、河道沟渠等重点区域，由表及里、有序推进，对乱堆乱放、乱搭乱建、柴草粪堆和生活垃圾进行全面清理，打响环境整治顽痼疾歼灭战，全面提升村容村貌。

镇纪委充分发挥监督作用，对工作落实不到位、拖延应付的及时约谈提醒，对造成不良影响的，严肃问责，确保工作不跑偏、不拖延。以强有力的监督倒逼责任落实，形成人居环境整治工作等不得、慢不得、落后不得的思想共识。

盘石镇结合实际，明确工作目标，制定专项措施，建立长效机制，以四个常态化做好人居环境整治工作。

在盘石，保护生态环境，既有源于理念认同的内生动力，更有严密高效的制度约束。

院落分布广、居住散，大手笔投入既不现实，又无必要。整治农村人居环境如何以最小的投入，实现最大收益。

物质水平看厨房，精神文明看茅房。按照五治要求，盘石镇将厕所革命作为人居环境整治提升的突破口，按照无害化处理与资源化利用的标准规范，全镇卫生厕所普及率达85.83%。

沿着时间的链条，我触摸着盘石镇发展变化的点点滴滴。在采访的时候，我体会到的更多是感动和激动。激动是必然的。感动也是必然的。为这流血流汗流泪的过往。但是，许多时候，当事人的叙述已经平静。许多人已经到了新的岗位，新的工程已经开工，新的事业已经开启。但是，平静下来的海，仍然波涛汹涌。我能从岁月的留痕里，听出那些风声涛声。

采访中，大家有这样一种共识：10多年的大规模持续不断的镇容环境综合整治，成为改变城镇面貌、改善群众生活环境的系统工程。为后人留财富，为城镇留文化，形成了镇党委、政府坚强领导，指挥系统组织推动，城镇元素综合整治，多种渠道筹集资金的崭新模式。这已经成为一笔需要好好继承、不断发扬光大的财富，将极大地推动盘石镇的城镇改造和科学管理跨越式发展。

初秋时节，盘石镇呈现在眼前的是一处处好风光：绿树成荫，溪水潺潺；群山如黛，稻浪滚滚；村中道路干净整洁，农家庭院错落有致，房前屋后井井有条，烟火之气浓郁馥香；空地改成的小景观，花草树木交相辉映……

乡村振兴，生态宜居是关键。盘石镇把改善人居环境作为实施乡村振兴、推进乡村建设的重要任务。在圆满完成农村人居环境整治五年计划任务的基础上，今年再立新目标——推进农村人居环境整治提升十大行动，建设盘石美丽宜居乡村。

治垃圾、治水、治厕、治房、治乡风是农村人居环境整治提升的重点，也是难点。五治的根本是治乡风。通过广泛深入宣传，引导广大农民自觉参与到改善农村人居环境的行动中来，营造讲文明、树新风、美环境的浓厚氛围。

全镇开展习语连心、微宣讲、大振兴等文明新风培育实践活动 300 余次，评选道德模范、身边好人、文明家庭等先进典型 20 个。

盘石镇用微改造行动扮靓乡村，按照精致改、全面美的原则，突出村口、路边、屋边、水边、园边、田边、山边等节点区域，因地制宜对道路、沟渠、墙垛、栅栏及其他空间进行改造。

如今的盘石，处处皆是风景。全镇累计投入乡村基础设施、基本公共服务建设资金 1.47 亿元，因地制宜打造小公园、小花园、小菜园、小果园、小池塘、小墙绘等微景观 50 个。

盘石的镇容环境综合整治，注重传承历史文脉，拓展路、河、楼、园城镇空间，不刻意追求高楼林立，巧妙融入民俗风情，打造了一批示范效应强、景观变化快、带动作用大、地域文化浓的特色项目，提升了城镇品位和美誉度。

从局域美迈向全域美

盘石镇坚持走生态立镇、生态富民、生态发展的路子，通过产业结构优化升级促进绿色崛起，通过生态建设和环境保护创造良好的生产生活环境，把生态优势转化为脱贫攻坚的经济优势。

镇党委书记石荣华一语道破了生态扶贫、绿色崛起的内涵。他说，绿色是盘石独有的优势，是核心竞争力，是区域竞争中的一张王牌。绿色崛起代表着盘石镇不甘落后、加快发展的信心，承载着全镇人民与全国、全省同步建成小康的美好期待。只有将生态放在生命线的高度，把生态文明理念贯穿于经济、政治、文化、社会发展的全过程，才能实现真正意义上的科学发展。

绿色，已成为盘石发展最鲜亮的底色与特色。绿色，已成为盘石的骄傲，骄傲来自她的丰厚、她的领先：

森林覆盖率达 76%。

绿色生态是盘石最大的优势，最大的品牌，最大的潜力。而绿色崛起首先要保持绿色。

因此，盘石镇在推进社会经济发展中坚持一个原则：凡是浪费资源、污染环境的项目，哪怕一本万利也坚决一票否决，哪怕牺牲一点 GDP 也在所不惜。近年来，全镇全面禁止各类水污染项目，关停污染环境的企业，并本着"减量化、再利用、资源化"的原则，以低碳经济、循环经济、绿色经济理念为指导，实施了生态治理、生态农业、生态旅游和生态文化等重点工程，实现了生态建设产业化、产业发展生态化。

盘石镇建设现代化产业体系的生态扶贫模式，让盘石镇发生了蝶变，实现了生态建设与产业发展和农民增收相结合，不仅使脆弱的生态系统得以改善，还对推动全县生态产业化、产业生态化产生了较好的示范效应。

有耕耘，就会有收获。盘石镇战略书写了高寒山区乡村振兴的新奇迹，成为破解高寒山区环境治理、生态建设与经济社会协调统一的成功范例。

以前，盘石镇场镇交通管理要综合动用派出所民警、镇政府工作人员、村网格员多方力量，效果却事倍功半。张涛说，看到有人员、有车辆乱停乱放之后，我们就通过用喇叭来整治盘石整个场镇的交通问题，现在盘石镇的交通得到了大力改善，基本没有乱停乱放的现象了。

交通保畅只是场镇治理的一个缩影，数治赋能后的盘石镇，治安环境、五治水平均得到大幅提升。

数字多跑路，群众少跑腿。数字盘石让偏远群众足不出户，就能一键点单，干部到家帮办。通过数字盘石平台，村民反映的村上路灯问题不但得到了及时解决，还在镇干部的指导下，了解了更多的农技知识和惠民政策。万源市盘石镇村民说，以前你想办事就不方便，现在有这个数字，那就比以前方便多了，你有个啥事不用跑路了，手机上就可以办理。

镇党委政府领导既是指挥员，又是战斗员，在抓好整治大方向的同时，他们的身影还活跃在一个个整治现场，了解整治进展，化解整治难题；他们不是与镇村干部挨家挨户宣传发动，就是在街头巷尾督办协调，或在公路街面参与整治；他们不管是与设计单位沟通对接，还是调动群众整治热情，或是谋划重点项目建设彰显小镇主题，他们都亲力亲为，全程参与；盘石镇综合行政执法无论刮风下雨始终坚守岗位，对各类不文明行为不间断进行整治……

在大街小巷，每天都能看到志愿者的身影，他们维护环境、文明劝导，为小城镇环境综合整治增添活力，汇聚了全民共建美好家园的磅礴之力。

美丽乡村建设犹如一支丹青妙笔，在盘石绘就了一幅勃勃生机的新农村蓝图，绘就了农民未来生活的新标准、新内涵、新形象。

走进冬日的当造水库，碧蓝的水库清澈见底，金色的芦苇随风摇曳。蔚蓝的天空下，不时有候鸟在碧波荡漾的湖面上空盘旋而落，时而翕动着翅膀戏水，时而整理着洁白的羽毛……勾勒出一幅人与自然的和谐景象。

盘石镇全面推广秸秆综合资源化利用，利用率达81.5%；建立健全废旧农膜回收网络体系，全镇废旧农膜回收利用率达79.3%；开展了技术尾菜堆肥、直接还田、田间晾晒等技术示范，全镇尾菜处理利用率达38.5%。畜禽养殖废弃物资源化利用率达85.5%。此外，盘石镇对生态环境部筛选确定的9个土壤环境监测点进行了土壤取样和检测，强化了土壤环境风险控制。

一张张灿烂笑脸，一句句肺腑之言，反映着环境面貌显著改善给群众所带来的幸福感。河长制、林长制、路长制管理全面推行，每一条河流、每一个水库、每一条路，每一片森林都有了自己的管家，体系之完善、覆盖面之广、工作力度之大，前所未有。

具体而言，是围绕乡土气息、田园风光、区域特色的要求，以城镇联治为基础，以精品线路为主线，以特色村建设为重点，以新兴产业业态为依托，利用三年左右时间，全面完成小城镇环境综合整治，实现秀美城镇及美丽乡村从点状盆景到面状风景的提升，逐步建成布局合理、设施完备、村容整洁、乡风文明的美丽乡村，以全域景区化为目标，争创全省美丽乡村示范区，再绘田园风光别样精彩的山居图。

在建设美丽乡村上，将根据美丽乡村全覆盖的要求，坚持点面结合、整体推进，推动美丽乡村建设从一时美向持久美、外在美向内在美、环境美向生活美转型。在这期间，将建改同步，打造具有地方人文的民居风貌；清整结合，打造具有自然野趣的田园风光；整治攻坚，打造具有洁净有序的城乡环境。

在建设美丽城镇上，以洁化有长效、序化有美感、绿化有层次、美化有设计为突破重点，全面开展小城镇环境综合整治，使城镇形象更有魅力、城镇功能更加齐全、城镇形态更趋完善，精品线路更具特色，乡风民风更加文明，打造出集城镇业态、自然风光、一镇一业、美丽经济于一体的洁净宜居的美丽城镇。

对盘石镇来说，加快加深山水自然禀赋优势转化，光有盆景显然不够，需要串点成线、以线带面，实现从局域美迈向全域美。

美丽乡村建设如何加速破圈？盘石不断解锁美丽乡村建设的新思路新做法。

做大美丽乡村共富蛋糕，盘石以全域美丽提升可持续创富能力。盘石将建设新时代美丽乡村为主线，整体规划、梯次培育，坚持生态为底、创新为要、产业为基、文化为魂、以人为本的原则，实施新时代美丽乡村环境秀美、人文增美、产业壮美、风尚淳美、生活甜美的五美行动，全面提升美丽乡村整体水平。

盘石 20 个村，个个有特色，前期我们已经成功创建了响水洞、当造、大沿 3 个美丽乡村提升村，今年还有芭茅、代董、桃古坪、十八箭和臭脑 5 个村正在创建美丽乡村提升村。

坚持乡村振兴和全域景区化两大战略不动摇，努力实现从局部美向全域美、从一时美向持久美、从表面美向里子美三大转变，不断擦亮生态、文化、农业和旅游四张金名片，这是盘石镇建设现代化、共走富裕路的路径选择。

如今，一个资源开发和环境保护并行不悖、经济发展与生态文明相得益彰的绿色梦想，正在盘石镇成为现实。

第六章　党旗辉映新征程

携起手，小康社会一起奔

走进响水洞村，我们几乎看不到尘土，因此我就不会感觉是进了乡村，而像是进了安宁幽静的袖珍城市。巷道上干净整洁得像城市的街心花园，街道两旁是茂密的林带，长满高大的松杉，绿荫婆娑，路边种植的花木开着五颜六色的花。家家户户的吊脚楼都用木板装饰，院子的大小，漂亮的院子与其说是农民的家，不如说是一个庄园。

有不少家门口摆放着崭新的小车、摩托车。

村委办公楼就设在村子中间，是一个绿荫蔽空，芳草覆盖的大院。院落清洁、干净，几乎没有一丝杂物。坪坝像城市里一样修剪得整整齐齐。当我们到来的时候，几个老人就坐在河边走廊上，一边悠闲地下象棋，一边招呼着各自家的小孩。

响水洞村办公楼从外表看上去，房子三层砖木结构吊脚楼，没啥特殊。但是走进去，不能不令我羡慕！

在会议室，我看见墙壁上挂满闪亮的奖牌，大小不一，各种各样，从本镇本县本市到省级，少说也有几十项。最吸引我的还是中国少数民族特色村寨和贵州省脱贫攻坚先进集体。

村支书、村委会主任田周成，一个标准的中年汉子，略胖的脸庞，个头不高，衣服笔挺，干净利索。他把我们引进办公室，我们说明来意，一杯茶后，他便同驻村干部、和我们一道，一行四个人，先后看了养殖基地、水库、景点、集中安置点等，还采访了两家农户。

村党支部依照镇党委提出的三级联创，即党委向支部承诺，支部向党员承诺，党员向群众承诺的三级承诺活动，积极探索为党员发挥作用创造条件的新途径。

我问田支书："作为一名共产党员，您给村里承诺什么？"

田支书说："你往墙上看，都在墙上呢！"

他有些不好意思地抠了一下后脑勺。我顺着田支书所指的位置看到了他的名字、简介以及他的承诺。田周成，男，48岁，2000年8月入党，村党支部书记、村委会主任。郑重承诺：为村集体捐资公益事业。

我笑着问："兑现了吗？"

他说："肯定要兑现，年终要考核的。"

村党支部也有承诺，譬如给村里建造多少垃圾池，抓好旅游业发展的问题，等等，责任人自然是田周成书记。

墙壁上有 42 名党员承诺，但不尽相同，有的是捐资助学，有的出工修村组公路，等等。我问旁边的村民，党员们的承诺都能兑现吗？

他们肯定地回答："都能兑现。"

我问田支书如何带领群众发展集体经济的。

田支书说，最近还有人出年薪 18 万元要我去，我辞谢了。人的价值，不单在钱的多少，说实话，我现在很有成就感。我希望这个村，能够一年一年更好地发展下去，这就是我的人生目标。

而今，田周成仍没有想明白，那次当选村委会主任，对于他自己来说，是好事还是坏事？他常常怀念那段外出广州打工的日子。

那次到广州打工，是他至今唯一的一次外出。虽然只是短短一年，他却发现广州处处是机会，遍地是钱，只要肯动脑筋，能干，要发家致富，不费吹灰之力。他常常感觉自己像孙悟空，头上戴着个紧箍咒，不能任意行事，失去了许多发展机遇。可他也知道，如果不当这个村干部，为家乡做事，就是一句空话。如果家乡永远穷，永远落后，只有自己一人富了，又有什么意义呢？

响水洞以特种产业为载体，以体系构建、产业链打造、新型经营主体培育为抓手，按照因地制宜的建设原则，主攻农家乐、苗族刺绣、响水贡米三大重点。农家山庄累计投资已达 560 万元，苗绣基地总投资 220 万元，响水贡米已规模试种 400 亩。

河源山庄从 2019 年 2 月 8 日开业。庄里的 10 张桌子一到中午就座无虚席，还有不少慕名而来的游客在外面站着吃饭，一直要忙到下午 3 点过后，最多的一天收入 7000 多元，新春民歌会 3 天时间收入达到 2 万多元！

忙碌的田继芳老板乐开了花，营业面积迅速扩大到 400 多平方米。现在周末的游客也逐渐多了起来，农家乐成了主打产业，这得感谢政府的支持啊！

田继芳笑着说，他正在把自家厢房也装修出来，让游客除了吃饭，还能娱乐休闲。

他只是响水洞村民开办山庄的一个缩影，现在响水洞村与村民谈到农家乐和民宿，个个都满心欢喜，都说开办农家乐，再也不需要去宣传了。如今，响水洞已经形成了人人忙创业·户户搞经营的良好风气。

到目前，全村农家山庄年产值达 1000 万元以上，带动农户 60 余户共 300 多人。

自年初响水洞苗族刺绣合作社成立以来，该村把提升苗绣技艺、发展苗族手工刺绣作为重要抓手，实施苗绣培训项目。以就业增收为目的，先后选送两批共 36 人到铜仁和杭州进行了培训，培训的内容包括刺绣、销售、设计等。通过培训，许多手工技艺娴熟的绣娘在培训现场就与企业签订了订单和合作协议。

为了发展刺绣基地，镇里投入 4 万元买了 50 台织布机，年收入 60 万元。

今年 60 岁的龙崇江，中等个头，黝黑的脸庞，闪着健康的光泽，是个典型的苗家汉子。他同妻子田春香从事苗绣已30年了，年纯收入在4万元左右。

田周成说，我们村作为铜仁市党建引领乡村治理示范村、铜仁市特色田园乡村、乡村振兴集成示范点，我们全力建设美丽乡村、宜居乡村、活力乡村，打造生态美、乡风好、治理优、百姓富的市级特色田园乡村现实样板。

为深入推进响水洞村市级特色田园乡村、乡村振兴集成示范试点工作，响水洞村在县、镇党委、镇政府的领导下，坚决扛起主体责任，以四个突出为工作思路，整合资源、加强协作、增进合力、有序推进，奋力在全面推进乡村振兴中开新局、走前列、作示范。

然而，现实很快浇灭了他的热情，很多想法因困难重重多次被破灭，沟通遇困境处处碰壁。田周成最终还是坚持了下来，并十分笃定地为群众做好事、办实事、解难事，响水洞村仅仅用了十年时间就凤凰涅槃了。

除了招商引资，从建立村集体经济组织、规范村集体承包合同、有序进行土地整理、开发利用荒废土地、加强集体资产经营、盘活资源资产等12个方面因地制宜，增加村集体收入。

田周成说，团结、创新、严谨、奉献，是我们村党支部的准则，也是村发展旅游公司的精神理念，坚持创新是公司的发展理念，诚信、务实、发展是公司的经营理念。

中年妇女李雨芹是村党支部副书记，话语不多，却朴实能干。她说，我们坚持以党建为引领，主要着力于抓班子带队伍、培养年轻后备干部、发展村集体经济、发展乡村旅游等工作，推动全村经济社会持续健康发展。

她介绍，我们把党员的教育管理和学习提升纳入党建工作的重要议事日程，即使在最忙碌的时候，村党支部仍然要坚持正常开展"三会一课"、主题党日活动、双晋和党员党性双体检，切实加强党员的教育和培养，进一步密切党群干群关系。

田周成说，我们准备把村里的特色产品打造成品牌，集中推向市场。村里发展大米、蔬菜、冷水鱼、水果等，都是上好的生态特色产品，为了将这些优质农特产品推向市场，目前已在周边打出了一定的名气。

2022年，我们引进黑龙江省周立义先生投资300万元发展鲟鱼养殖和鱼苗孵化。村集体以每年10万元租金将养殖基地出租给周老板，合同签订连续出租10年，我和副支书李雨芹同志都投资入股。

整齐划一的鱼池波光粼粼，按照生长周期长短区分，大小不同的鲟鱼各有天地。这些鲟鱼形态特别，形体呈纺锤状，头尖吻长，口前有前须，口位在腹面。这里最小的鲟鱼只有5月龄，体长大约20厘米，饲养密度大，较为活泼；最大的鲟鱼1米多长、体重超过100公斤，一个池子里不到10条，游动沉稳缓慢。

鲟鱼是现存起源最早的脊椎动物之一，被称为水中活化石。目前，我国野生鲟鱼数量稀少并且受到保护。鲟鱼营养价值极高，其鱼卵可以制成有黑色黄金之称的鱼子酱，在市场上供不应求，因而人工繁育的鲟鱼是市场供应的主要渠道。

野生鲟鱼是肉食性鱼类，这里养殖的鲟鱼吃什么呢？喏，这些就是专门喂养鲟鱼的饲料。田周成支书指着成堆码放的饲料说：饲料的成分有玉米黄、麦麸、豆粕等。

两年来，虽然养殖基地的鲟鱼还没有产生经济效益，但是田支书依然充满信心。鲟鱼养殖虽然周期长、投入大，但销售市场广阔，我相信，未来一定会为企业和当地渔业发展带来不小的红利。

响水洞村始终把党的建设贯穿各项工作全过程，突出党建引领，坚持以高质量党建推动高质量发展，充分发挥党组织的战斗堡垒作用和党员的先锋模范作用，不断加强党员队伍教育管理，引导党员和致富带头人发挥示范带动作用，带动群众脱贫增收致富。

目前，全村共培养党员致富带头人31名，结成党群帮带对子31对，建成党群共富产业区5个，参与群众98户。同时，进一步加大公益事业的投资力度，农业灌溉沟渠、农村安全饮水等基础设施由村集体出资建设。

村民田春香说起如今的生活乐得合不拢嘴，身体硬朗的她以苗绣为致富路径。她说，掌柜的掌不好，家就当不好。咱们掌柜的有头脑、能干事，真真正正带咱村里的老百姓发家致富。我们要发展集观光旅游、休闲度假、农耕体验、民族风情等为一体的田园综合体，进一步发展壮大村级集体经济。

在响水洞，流传着这样一句话：农村富不富，关键看支部。田周成告诉我，支部每年确定重要的工作目标，根据党员各自的特长、意愿，让他们负责社会治理、经济发展、技术指导等不同领域。目前，书记带头，干部带头，党员带头的三带头工作法在响水洞新农村建设中得到了充分体现。

创新治理激活乡村，点亮美丽乡村文明之灯。积极探索以寨管家文明实践为品牌的志愿服务模式，通过四定搭架构，划分寨子定阵地，组建队伍定管家，夯实了农村乡风文明建设力量，打通了农村精神文明建设"最后一公里"，让乡村山更清、水更蓝、民风更纯、人民群众幸福感更强，让乡村成为培养时代新人、弘扬时代新风、承载群众乡愁的精神家园。

在响水洞村梯田里，一老汉正忙着挥镰割田坎上的草。他感慨地对我说：这几年村里变化很大，田书记功不可没。

田书记名叫田兵，现年39岁，现任铜仁市人民政府办公室一级主任科员。

他给我的第一印象是一米六几的个头，一双小眼睛上戴了一副近视镜。然而，在他略显消瘦的脸上，总是洋溢着和善的笑容。

2019年7月，他被下派到松桃县盘石镇任同步小康驻村工作组长，挂任盘石镇党委副书记；2021年4月，任响水洞村第一书记，2022年8月，再次挂任盘石镇党委副书记。

有一次，他得知爱人龙云美生病住院后请假时，镇党委副书记、镇长石荣华说：你爱人的身体要紧，现在她生病住院了，更需要你的照顾和陪伴，把你手上的工作交给其他同志去完成吧。可是想到迎接第三方评估在即，仅仅请了半天假回去看望爱人，然后又及时赶回村里工作了。

在当年迎接国家第三方评估时，他接到家人电话说76岁的父亲因病住院后，但是想到那时正处于迎接评估的关键节点，他始终没有请假回家，只是在电话里询问了父亲的病情。9月17日，从他家里传来了不幸的消息，其父亲因病医治无效去世了；刚办完父亲后事后，几天几夜没合眼的他原本已疲惫不堪，但想到村里还有很多工作要做，其忙碌的身影又出现在村里的每个角落了。

他说，作为一名党员干部，为了这场输不起的攻坚战，面对再大的困难我始终没有退缩，反而更加坚定了驻村的信心决心，因为背后有家人们的鼎力支持，有共产党的初心使命鞭策着，无形中为工作注入了强大的精神动力。

统筹谋划，建设乡村。他教育引导村民积极参与乡村建设管理，扎实做好村级阵地建设、村容村貌提升、乡村环境整治、文化内涵挖掘，务实高效抓好乡村振兴示范村建设工作，全力打造党建强、产业兴、环境美、乡风优、村民富的乡村振兴示范村。

为了众人，田兵甘于全身心投入，舍得放弃自己的利益；勇于担当负责，力排众议，敢作敢为，善作善为；善于发挥聪明才智，寻找并运用新的致富门径。随着他所倡导和力推的诸多招数相继得以落地，响水洞村的面貌变了，甚至一日一变；响水洞村的人心齐了，他所拥有的极高威信正是大家给予他的信任和激励。

其实，田兵相信村民们的共同目标是一致的，都在谋求美好和幸福生活，他激励大家要信赖和依靠基层党组织，鼓励大家把各自优势集中起来，心往一处想，拧成一股绳，如是才会创造奇迹。是啊，谁都没有三头六臂，众人拾柴火焰高，唯有众人齐心协力，才能众志成城；唯有各人自觉添柴，围在中间的那堆篝火才会越烧越旺，响水洞村的故事再次证实了这一规律。

他一共争取到上级各类项目资金 330 余万元；发动群众发展响水贡米 300 亩；村集体将养殖基地以每年 10 万元租给鲟鱼养殖大户喂养大鲟鱼 6 万斤、小鲟鱼 3.5 万尾，并建成鲟鱼苗孵化基地，喂养鲟鱼苗 6 万尾。2022 年，全村集体经济经营性收入达 30 余万元，脱贫户、监测对象户、两无人员户共分红 10 余万元。

2022 年旱情期间，他深入田间地头实地察看水稻受灾情况，积极组织党员先锋队，为桃树湾三组群众送去 30 桶桶装水，协调解决 0.5 万元抗旱经费，为当地老百姓送去了党和政府的温暖，得到了全村群众的极力点赞。

村党支部副书记李雨芹这样评价田兵对基层党建的高度重视。每月开展党员集中教育培训、召开个人思想汇报会、参观学习先进典型、无职党员担任信息员……

在田兵的要求下，村里越来越多的党员"以深入开展我为群众办实事"活动为契机，亮身份、亮承诺、亮行动、亮服务、亮成效，积极向党组织和群众承诺践诺，带头参与村里的大小事。

他挨家挨户走访调研，并与村"两委"成员共同研究村级发展，深入剖析问题，认真开展政治素质、思想觉悟、产业发展、义工服务的党员先锋模式。渐渐地，响水洞村党组织的凝聚力、向心力、战斗力大大增强。

田兵说，盘石镇党委始终紧扣打造特色产业、特色生态、特色文化，建设美丽乡村、宜居乡村、活力乡村，展现产业兴、生态美、乡风好、治理优、百姓富的铜仁特色田园乡村现实模样要求，将试点工作作为当前"三农"工作首要任务来抓，合理把握试点时间，强力推动试点工作落地落实。

2021年4月，响水洞村党支部被省委、省政府评为贵州省脱贫攻坚先进集体；2022年5月，该村党支部被评为全市党支部标准化规范化建设示范点。红彤彤的证书成了响水洞村的醒目标牌和鲜艳旗帜。

龙崇江说，严格，而不苛刻；敲打，更多呵护——这就是田兵书记的风格。我现在好想能再接听田书记的电话，哪怕是批评我的。

4年时间如白驹过隙，看似没办成什么轰轰烈烈的大事，但留下的是沉甸甸的果实。驻村工作队带领村支两委成员，抓党建、抓学习、抓治理，感觉都是些日常生活中的小事，但不知不觉间，变化自在其中。首先是工作标准提高了，来村检查的各级领导多了，奖牌和荣誉也多了。

当天下午，田兵主持召开乡村振兴工作会议，大家发现他脸色苍白时，提出暂时休会让他去医院，田兵坚决不肯。他讲话时，虽然声音失去了往日的洪亮，但依然很鼓舞士气。

2月4日，妻子见他身体日益消瘦，劝他不要这样拼命工作。

他毫不犹豫地回答说："我坐在这个位置，就要对工作负责、对老百姓负责，要对得起自己的良心，对得起组织的培养，对得起当地的老百姓。"

这一天，刚好是妻子的生日。

他说："生日快乐，老婆辛苦了！"

妻子调侃田兵说："你就是个拼命三郎，在你心里永远都只有工作，没有我和孩子。"

田兵耐心地对妻子说："现在正是我干事创业的最佳年华，我想多为村里和老百姓做点力所能及的事，等我退休了再好好补偿你和孩子们吧。"

只要能培一朵花，就不妨做做会朽的腐草。这是鲁迅的一句自勉。毋庸置疑，一位全身心扑在工作上的驻村第一书记，在他身上找出心系群众、热忱为民、乐于奉献的事迹，实在太多了。

自 2019 年 7 月驻村以来，他用实际行动诠释了一名共产党员强烈的责任担当和深厚的为民情怀，在平凡的工作岗位上创造了不平凡的业绩，奋力奏响了一曲可歌可泣的动人赞歌。2021 年 9 月，被省总工会、省人社厅、团省委、省妇联评为 2021 年贵州省最美劳动者。

其实，组织村民修路铺桥、优化人居环境、提升治理能力、挖掘历史人文资源、打造休闲旅游村、壮大集体经济、增加村民收入……从根本上说，这桩桩件件，就是在为每一位村民服务，就是在发挥自己生命中的每丝光和热，就是在领着大家一笔一画地勾画美好生活的蓝图。他的脚步没有停歇，动人的故事也不会有尽头。

响水洞模式是盘石乡镇治理的品牌，通过建立矛盾纠纷化解机制、掌上矛调等实现纠纷化解最多跑一次。在不断加快形成的村寨共商、社会共建、区域共享格局中，基础治理成效更加明显。

响水洞驻村第一书记田兵绘制一张民情地图、组建一个微信群、安装一批平安视频、健全一套工作机制、召开一次联席会议、平安治理八个一工作法，并在人民网刊发。同时，创新提出赋予联户长建议权、分配权、审核权，突出政治激励、精神鼓励、物质奖励的三励激励机制。

2023 年 9 月 16 日下午，一场我为响水洞献一策活动正在响水洞村村部开展。到场党员和村民代表畅所欲言，有的直截了当地点出目前村"两委"管理上存在的短板，有的对下一步村里重点工作提出了希望，村干部则在会场公示白板上仔细地逐条记录。像这样让群众参与到村级管理工作中的活动，已经不是响水洞村第一次开展了。

近年来，响水洞村党支部改变了以往上面讲、下面听的党组织生活方式，鼓励党员代表和村民代表参与到村各项工作中来，敞开心门听真话，听群众的心底话。群众有了传达意见的通道，有了纾解情绪的去处，有效减少了农村的小圈子和小团伙，提高了群众共治共享的参与度。

促进治理理念由管控到服务转变、促进治理主体由单一化到多元化转变、促治理方式由粗放式向精细化转变、促进治理水平由低效式向高效化转变，全村人民群众的获得感幸福感安全感显著增强。各兄弟县市和乡镇纷纷前来考察学习经验做法，并在铜仁市进行推广，得到了中央政法委社会基层治理局局长朱其高同志的充分肯定和高度认可。

2020年9月，响水洞村被列入第二批贵州省乡村旅游重点村。

2022年4月，响水洞村被省委政法委、团省委确定为第二批平安贵州·青少年零犯罪零受害村创建单位。

2023年3月，贵州省司法厅、贵州省民政厅命名响水洞村为贵州省第七批省级民主法治示范村。

村民们的幸福生活，离不开村庄自治、法治、德治三治融合发展，凭借这样的基层治理模式，响水洞村获得了全省乡村治理示范村称号。

村支书、村委会主任田周成说，目前，我们村正在积极推进特色田园乡村·乡村振兴集成示范试点建设，利用现有生态资源优势，结合村里的梯田、吊脚楼、苗家舞狮、花鼓、苗绣等特色，带领村民共同打造农旅产旅示范村，同奔致富小康路。

盛夏时节，在村新时代文明实践站，前来办事的村民络绎不绝，村党支部副书记李雨芹正忙着给村里的老人办理生存认证。办完业务，老人们坐在村部门前的树荫下纳凉，73岁的龙全喜告诉我：要说我们镇的变化，就是现在干部有了新干劲儿，群众也有了新风貌。

我问："什么是干部的新干劲儿，什么又是群众的新风貌？"

一旁的村民田维祥接过话茬说："干部一心只为老百姓

干事，越干越有成就感，就是干部的新干劲儿；群众不光能把自己家的事做好，还能为集体的事、村上的事出力，这就是群众的新风貌，干部和群众你为我、我为你，这就是好现象啊。"

响水洞初步实现生态优、村庄美、产业特、农民富、集体强、乡风好的铜仁市特色田园乡村图景。

大沿的好日子

我和镇干部戴泽斌沿着光洁的水泥路，缓慢前行，刚进务乖村，沿路的绿色便迷了我的眼睛，绿了我的心智，渲染着我的周身。我猛然觉得，这里仿佛就是一片嫩绿的叶子，是从静穆的镇政府盈盈延伸而来，而公路一旁的山泉沟溪，着实像是绿叶上的茎网，我开车行驶在神秘的绿色道路上，真有幽深青黛，溪流无声，空山寂静，祥云瑞奇的舒畅感。

在绿意盎然的小沟里，我行车不到 20 分钟，一到大坪村，宽阔的田坝映入了我的眼帘。我们将车子放在村文化广场旁边的停车场上，刚下车，热情的村副支书张伟便向我迎来。寒暄过后，我说，你们村真是藏在深山密林的一座美丽山村。他说，眼前的这些变化，还不是分享到了新时代乡村振兴战略实施所带来的红利了！

说起大沿的今天，大家感慨万千：过去靠天吃饭，没水没电，一年到头连温饱都解决不了。以前做梦都想不到有现在这样的好生活，要说感受嘛，就两个字：幸福！

这样的情景，连我也心里羡慕。

在村便民服务大厅，首先映入眼帘的是为人民服务几个大字。墙壁上挂着便民服务大厅的工作制度，操作流程以及村干部的岗位分工，联系电话，桌子上放着一尘不染的电脑和打印机，电脑后面是正在为来办事的村民忙碌的代办员，整个大厅窗明几净。

打造村民办事不出村的服务体系，是盘石镇基层党建工作中推出的重要举措之一。2019 年以来，盘石镇积极推进基层组织规范化建设和村"两委"班子的能力建设，从组织体系、班子建设、党员管理、组织生活、民主决策、场所建设，工作纪实、档案管理和便民服务等 9 个方面进行规范提升，并调整窗口，通过党员积分，模范评选等机制激发党员的先进性。

目前，便民服务中心在全镇 20 个行政村中已经实现全覆盖，真正做到了一切从百姓着眼，从人民利益出发，为群众办好事，让群众好办事，干部职工精神面貌焕然一新。

在这个洋溢着幸福气息的村庄走走，这一刻，希望呼啦啦地在我每一根血管里奔涌。这一刻，我上上下下的每一个细胞装满了惬意。

戴泽斌说，大沿村有 4 个村民组，全村共有 99 户 470 人，是 2016 年建成的美丽乡村。但村里的耕地总面积还不足林地的五分之一。听他说这些，我惊奇地问，村民们的农业收入靠什么？戴泽斌说，这个村庄过去很穷，通过美丽乡村建设，大沿村才正真实现了美丽的变身，摘去了贫穷帽子。目前，大沿村在产业培育方面，主要是引导农户扩大种植油茶 300 亩，金银花 220 亩等。

我们来到村党支部书记、村委会主任张长春家。

张支书不在家，他的妻子告诉我们：张长春帮助村里的人搞拆迁去了。

戴泽斌告诉我，镇党委正在开展环境综合整治和绿化美化这两大工程。

我问张支书妻子，能带我们到你们村里金银花基地看看吗？她毫不犹豫地带我们去了。路上，她告诉我们她叫陈贵仙，50多岁了。

立夏过后的一场新雨，漫山遍野的金银花看起来更加翠绿，在细嫩的枝蔓上一朵朵花苞正在萌动，再有20天时间，金银花将迎来采摘季。

眼下，正是追肥、除草、抹芽的关键时期。村民们正在地里辛苦劳作。由于管护到位，金银花长势旺盛，树型美观，花苞布满枝头。

陈贵仙显得异样幸福。她说，镇政府刚提出种金银花时，没有哪个村愿意搞。张长春回家对我讲了，我就说，你是村干部，你在大沿带着干吧！他没想到我会对他的事情这么支持。我说，谁让你是书记呢！陈贵仙还告诉我们，他们以前没有干过规模化种植金银花，一开始都很担心，知道要承担风险。但丈夫作为村里的书记，得响应镇政府的号召吧，我作为妻子，不支持谁支持呢？

就这样，张长春首先投资8万元，动员村里的12个党员入股，流转村里土地220亩，费尽千辛万苦建起了基地。第四年，终于有了收入。以后，随着金银花价格上涨，收入还在不断递增。她还告诉我们一件事情。有一次，来了几个人，其中有个人说话很不礼貌，骂骂咧咧的，带着一股火气讽刺我：种那么多你们到底见钱了没有，你到底见钱了没见？我说，钱在我的荷包里，见没见与你有什么关系！

她问我："你猜那人怎么说？"

我望着她，等着听。

那人说："你们费力不讨好地种那些东西干啥呢？不如我一天打麻将有搞头，我一天打麻将还赢个五六百块钱。"

她说，我一听就生气，就说，把你那钻狗洞的营生，还给人夸呢。亏你还是个男人，老婆出去打工，你却在家天天喝得烂醉，玩乐呢。

她笑着说，后来，那人灰溜溜地走了。

我问："金银花基地是村集体的，还是合作制的？"

她断然回答："当然是村集体的，法定代表人是张伟。"

我们离开基地后，议论了几句，觉得张支书能有这样的妻子，就是红花配上了绿叶。

回到张长春支书家，正好张支书也回来了。

张长春，一看就是个有威信的憨厚人，也是个有责任心和以吃亏为福的人。这样的人稳妥、可靠，也容易成为大家的依托和精神支柱。

他的威信不是装出来的，更不是强迫别人树起的。他属于那种大智若愚的，具有真正男人味的人。

今年56岁的他，当村干部有26年了。当村委会主任9年后当村支书，2021年11月，村支书、村委会主任一肩挑。

他说，乡村振兴的时候，为了节省钱，我们把各家各户实际所需材料数量一一统计造册，我把册子带在身上，开着车子到县城跑建材市场，一家一家地问，记在一个小本本上，慢慢作对比，按照谁的价格低、谁的质量好、就买谁的原则进货，进好后拉回来又一家一家地分发。

还有事后的监督检查。我不认为垫钱贴工程帮大家把材料买回来分下去就完了，而是逐家逐户地去看，领去的材料是否有遗漏，按没按规定质量标准去施工。倘若发现问题，立即予以纠正。

这一期间，我和全体村干部脱产抓新村建设，很多时候是天不亮出门抓包片工作，很晚了才回家搞自己的六改，每天工作十几个小时。家人和亲戚朋友看到他疲惫不堪的样子，问，你一天到晚这样累图个啥子？

我说，图的是给大家办好一件前所未有的大好事。我们是火车头，只要党和人民需要我干一天，我就应该全心全意地为他们服务一天，哪怕掉几斤肉，脱几层皮，能换来人民的满意，就是我感到最值得的事。

当然也遇到过很多阻力。有的群众认识一时跟不上，说，搞园林式新村建设是脱离实际的瞎指挥，加重了农民负担。

有的说，这是给上面干部争光，我不干，你敢把我怎么样？有的说，要干可以，国家拿钱来。

有的说，现在我不建，等以后有钱了再建。

面对种种有碍园林式新村建设的思想，村"两委"会坚持做耐心细致的说服教育工作，在思想感情上接近他们，有的上门做思想工作 10 次以上，直到最终说服为止。

当然，也有如病残、五保户、特困户等建房存在困难的，村上便给予适当补助，从经济上支持他们。

村民杨关保家，一直居住在老祖宗给留下的破旧木房里，建房也有实际困难，我们几次上门做工作，他都不肯修。说到动情处还流下了眼泪，仿佛让他修房子是整他害他一样。

指挥长吴俊和我多次上门苦口婆心做工作，我们垫钱，我本人垫了 1 万元买材料运到他家里，用真情感化他，用行动帮助他。最后杨关保想通了，泪眼汪汪地对我们说，你们这样关心我，我再无二话可说，只有干了。

很快修好了房子，村干部又帮他发展副业，去年猪就喂了 4 头，现在只差 300 元钱的账了。

一幢幢崭新洋楼如雨后春笋般拔地而起，在大沿村的青山绿水间露出俊俏的容颜……

为了真切地感受一下园林式新村的氛围，我们特地走访了张自福家。原来他家完全是住在灰堆堆头，现在都住在了整洁、宽敞、明亮的楼房、瓦房里了。你看王安稳，花了 10 多万元修了一幢 200 多平方米的楼房，还办了一家美乐商店，屋内陈设，让我恍然走进城里人家。

厨具配套，碗柜、水缸、案板、洗碗池全部瓷化——瓷砖贴面。陪我一道去的村支书、村委会主任张长春说：有部分农户还安装了热水箱，同城里人一样洗淋浴。

张长春说，吴俊指挥长平均两个多月才能回城探亲，怀着二胎的妻子孕期反应强烈，身体虚弱，还要照顾三岁的女儿。我想问吴俊想家不,但又何必问呢?在妻子和女儿需要照顾的时候,却不能陪在她们身边,吴俊感到愧疚,妻子和女儿却很理解吴俊。吴俊和妻女定期通话,每次视频的时候,妻子总是带着小女儿安慰吴俊:一定要好好工作,我们等你回来。

借助全省实施农家·美丽乡村基础设施建设六项行动计划机遇,该村整合项目资金 200 余万元,以路水电气为重点,进一步改善了全村基础设施体系,全面完善医疗卫生、文化体育等公共基础设施,实施七个一工程,建成村级文化活动室、文化广场、村级卫生室、图书室等一批公共场所,让村民就近享受良好的生活服务。

大力加强党支部建设,充分发挥班子的整体合力,健全党支部领导下的议事决策机制,积极鼓励村民参与议事,认真落实村务公开要求,让村民充分了解村级事务,消除村民与村支两委的隔阂,密切了干群关系。

通过平台运作,着力强化村民与产业之间的利益联结机制,让村民在参与产业发展中得到实惠,建立稳定的增收渠道。依托延年果合作社,进行土地确权登记,发动群众以土地入股合作社,目前,大沿村累计已经入股土地 5000 余亩,土地入股农户 98 户,占全体村民的总 100%。

家家户户大门前贴这清洁卫生标记做啥?

身旁的戴泽斌说,大沿村实现了四无:无矛盾上交,无打架斗殴,无聚众赌博,无重大事故。也不做生请客,杀年猪吃转转会。

张长春补充道：要讲农民负担，做生请客，红白喜事，是农民最大的负担。像杀猪请吃刨猪汤，等转转会转过就所剩无几了，过年吃什么？因此，村里对这些作出了硬性规定，不准做生请客，红白喜事一律从简。猪杀了不准吃转转会。

我惊疑地问："村民们听你的吗？"

张德习说："不听？你不知道，村党支部在村里的威信高得很，令行禁止，说干啥就干啥，你根本听不到鸡叫鹅叫。要开一个村民大会，只要一通知，不出1个小时大家就来了，参会率至少80%。我说的还不是随便派一个家庭代表，而是当家人来。"

离开村生态文化广场，我们跨过一条水沟，眼前黄土坎上的一道瓦砌文化墙便进入了我的眼帘。我赞叹道，它是原生态的一段艺术梯坎，经济又漂亮！

我又问村副支书张伟，村里基础建设做好之后，你们靠什么增加群众收入？张伟不假思索地回答，为了增加群众收入，提高村民的生活质量，实现住得舒心、活得开心、花钱放心的目标。村党支部立足于村里的自然条件和资源优势，坚持着眼长远，主要发展以油茶、金银花为主的特色产业，并组织村民通过专业技术培训，有计划地进行劳务输出，以此稳定增加农民收入。

张长春回忆起过去的大沿村，仍止不住地感慨。

他介绍，原来大沿村基础设施建设落后，卫生习惯差，产业薄弱，村民大多散养家禽，环境卫生可以说是脏乱差。要想改变村民观念，先从改变生活习惯下手。吴俊通过申请资金，让每家每户都有了干净整洁的新厕所；通过劝说，让村民将散养的鸡鸭赶上自家后山……

除此之外，为了提升大沿村的颜值，吴俊还在村内谋划修路以及绿化等事宜。在资金扶持的改造下，如今的大沿村，村落硬件设施建设到位，房舍整洁美观，村道干净平整，焕然一新的村容村貌让村民喜笑颜开。

乡村振兴，改善了村民的居住环境，让村民在绿水青山间增强了获得感、提升了幸福感。

我们采取私人代付的方式统筹解决了资金问题。作为村乡村振兴指挥部指挥长、村第一书记的吴俊站了出来，自己先垫资用于购买门窗、玻璃、大门等物资，并聘请了专业的施工队伍。

施工队加班加点，攻坚队监管质量，群众积极配合参与，在大家共同的努力下，大沿村于6月30日之前，全面完成27户住房改造任务。

我们在金银花基地看到，基地已安装太阳能杀虫灯，地上铺设黑色地布，安装管道和小型喷头……

说话间，村民成群结队从基地走出。镇党委戴泽斌关切地问：在基地工作的乡亲们收入怎么样？

一村民抢答道：通过党支部+合作社+公司+农户运营模式，对全村金银花产业采取确股、确权、不确地，确保在壮大村集体经济的同时，增加村民收入。3年后达到盛产期，预计每亩每年可产生纯利8000元，村集体收入每年可达10余万元，村民年人均收入可增加5000元。

2019 年 5 月，在离村子 500 米远的坝子上有个水厂，大沿村的群众祖祖辈辈饮水得不到保障的问题得到了彻底解决。

这是该村乡村振兴指挥部积极到县惠民公司投资 22 万元打的地下井。远眺是田园，庭前是花园，屋后有菜园，中间有果园，到处是游园。更多的公共空间还建于民，为居民精神需求提供心灵栖息地。看得见山水，记得住乡愁的美好愿景，在这里正悄然实现。

张伟介绍，从村里走出去的张德广在浙江省永康市发展。2010 年成立浙江万豪工贸有限公司，注册资金 500 万元。

公司自成立以来一路崛起，发展迅速，时至今日，已经成为门窗行业中的佼佼者。

我的目光掠过像夜空中繁星一样闪闪烁烁的座座楼房，最后定格在村委会楼上那面猎猎飘动的旗帜上；在青山绿水的映衬下，红旗分外夺目。

五难村的逆袭

从镇政府前往仁广村像是一场穿越，20 多分钟车程，已全然从一片繁荣景象走向另一番光景。

进入仁广村，首先映入眼帘的，是拔地而起的新房，绿树成荫的村道，清澈见底的水塘，还有那一畦畦丰收在望的稻田……不能不令人惊诧于村庄的淳朴、发展与变化。

过去，那高耸凛然的大山，嘲笑着世世代代的仁广村人，那深井般的沟谷流淌着仁广村人世世代代的泪水。每逢干旱，庄稼常常颗粒无收。夏天，太阳在山上能听到干裂的声音啪啪作响；冬天，干冷的寒风穿肤刺骨。地域对仁广村人的生存除去威胁外不占丝毫优势。

仁广村位于盘石镇东部，海拔 1200 米，全村 102 户，498 人，全是苗族。是盘石镇海拔最高、最穷的村。

我在盘石镇政府工作时，无数次来仁广村，每次看见的都是零星破旧的木板房、路上光着脚丫花着脸探着头朝车里张望的孩子、荒芜的田地……

进入吴光文家，我真实地感受到了贫困两个字。

低矮的茅草房，屋内发霉的墙角，裂开的墙缝，一张四方桌上端悬吊着一盏灯，闪烁着微弱的光，厨房蓄水池里水质浑浊，老人憨憨地说，那是他找人用竹竿引流到户的山泉水。

没有公路，运东西只能靠人工背进背出，一不小心就会摔倒，甚至跌落山谷。

除了生活难，还有居住难、喝水难、行路难、上学难。

麻绍奇由镇党委组织委员改为非领导职务后，于 2007 至 2008 年任仁广村党支部书记。

他介绍，针对五难，仁广村"两委"、驻村工作队、联户干部以及村民们形成合力，在县委、县政府和镇党委政府的支持以及社会各界的帮扶下，采用五步工作法，全力以赴、集中力量解决困难。

五步工作法，即解生活难题、建安全住房、促农民增收、改善教学条件和提升治理效能。

仅在解生活难题这一步，他们前后争取了县扶贫办和县供电局等多家单位机构支持，并在群众投工投劳下，于 2008 年彻底解决了群众用电难。

2011 年，布妹村青年麻天才揣着梦想和深情，身穿棉衣，脚蹬胶鞋，沿着蜿蜒的山间小路，一脚深一脚浅地赶往仁广村。

那年，他毕业于吉首大学，学历是工商管理本科，考取一村一大，被盘石镇党委派到仁广村担任党支部书记。

新官上任三把火，麻天才也不例外。那天，村民们在狭小的会场里挤挤挨挨，麻天才激情满怀地述说着自己的美好梦想。他兴奋地告诉大家，将来每家每户都能住上三层楼，楼上楼下，电灯电话，家家都有电视机。

当他绘声绘色地解释什么是电视机时，台下笑声四起。麻天才注意到了哄笑声，脸腾地红了，连忙换了一个话题：将来的粮食产量肯定高，每亩地种玉米能有 1000 多斤，种稻谷也能有 1000 多斤……

没等他说完，会场上已经炸开了锅。村民们都说他吹牛，有的甚至直接说：别讲那些没用的，让大家吃饱饭，才算真本事。

话糙理不糙。当时，稻谷亩产只有三四百斤。年年正月十五一过，仁广村民便投亲靠友，借粮成风。不借就意味着要饿肚子，可借了总归得还啊！

会议结束后，麻天才了解到仁广村村情，党员老龄化严重，村民无论从穿着、卫生等各方面都很落后，群众住着又乱又破的危房，一半是茅草房，不会说汉语的占多数。如此落后的村寨，麻天才感到自己肩上的担子十分沉重。面对困难，他不但没有退缩，反而把压力变为动力，他下定决心一定要带着老百姓走出困境，摆脱贫困，过上幸福的新生活。

当天晚上，电闪雷鸣、狂风大作。麻天才一个人住在村民家里，冥思苦想整整一个晚上。他坦言，那时候一门心思琢磨怎么离开。

麻天才有些自豪地说：入冬以来，我吃了两次刨汤。第一个请他吃刨汤的，是70多岁的老人，杀了年猪非要他去尝一尝。淳朴的村民用最高礼仪——吃刨汤，来迎接他这位大学生村官，不吃还不行。第二个请他去的，是仁广村以前的村支书麻树清。

麻树清家住在半山腰上，如今公路通到了他家门前。当了15年的村党支部书记，一直想把村里的路修通，但一分钱难倒英雄汉。因为筹不齐修路钱，只好遗憾辞职了。

麻树清对麻天才说，修公路是迫在眉睫的事。路不通，百业衰，大山阻截，什么都出不了门。路不通，想法再好也无路可走。

可修路那不是几个钱的事，钱从哪里来？扶贫资金都是到户资金，买酱油的钱不敢买醋。

麻天才跑县上、市上、相关部门，遇到过不少困难，有时也急得流泪，也跟人发脾气，可过了也后悔，贫困面太大，都去哭穷，都哭自己那里，上面也没办法……

一直在外打工的唐建超，他上过高中，是村里有文化的年轻人，在麻天才的影响下，他放弃了外出务工挣钱的好机会，留下来担当统计员，协助麻支书。

在一次群众会上，老支书唐世喜说：仁广村的群众勤劳、肯干，这里的土适合种烤烟，由于群众太穷，银行不愿意发放贷款，老百姓自己投资不起。

难题摆在群众面前，听到老支书这番话，麻天才又写村级报告向镇领导汇报。

第二天，麻天才来到镇政府向领导汇报了情况后，镇政府十分重视，最后以政府担保的形式，到镇信用社为仁广村40户农户每户贷款5万元，当年种植烤烟500多亩。通过几年种植烤烟，让百姓的腰包鼓起来了，不但还清了所有贷款，每家每户还有了存款。笔者从镇信用社得知，2016年，仁广村存款1500余万元，最多的户达65万元。

麻安贵家是2013年修建的一栋两楼一顶的水泥砖房，在今年又新修了一栋三层楼房。家里整齐摆放着电视、冰箱、洗衣机等家用电器，院坝上还停放着一辆农用车。据了解，当年他是个种烟大户，每年种植烤烟60亩，麻天才又采取大户带小户的模式，让麻安贵带着麻潮海等5户困难村民也种上了烤烟。在全体村民的推选下，麻安贵当上了村委会主任。

提起麻天才，村民麻潮海赞不绝口：多亏天才支书，他有文化、懂技术、信息灵，他让我们这些穷人也能修起砖房。

他大到为村里跑项目，引导群众创业致富，小到给老百姓排忧解难，事无巨细，样样都做。群众高兴地说天才支书是政策宣传员、决策参谋员、农业技术员和民事讲解员。

麻天才已为该村协调扶贫项目10余个，争取帮扶资金

100 多万元，完成茅草房改造 22 户，危房改造 53 户，新修楼房 35 栋，硬化通组连户路 10 余公里，新修机耕道 5 公里，安装自来水管 8000 米，观光步道 12.8 公里。自 2011 年以来，该村发展新党员 8 个，考取专科以上学生 4 个，无一例上访事件发生。仁广村从贫困村变成了盘石镇信用村和脱贫攻坚示范村。

把心驻进村里，才能走进村民的心里。麻天才在仁广村度过了 6 个春秋，麻天才把村里的事当自家事，把村民当自家人，凡事亲力亲为。他总是说，我能力有限，没干什么惊天动地的大事，只能从生活中的小事去帮助他们，做群众身边的贴心人。他到群众家里拉家常、交流思想、宣传党的政策，每到一户人家，他便暖心地问：今年你们家务工收入多少？有什么需要帮忙的吗……

通过自己微不足道的努力，帮助村民们解决了他们的燃眉之急，当看到那一张张充满笑容的脸庞，听到那一声声发自肺腑的感谢，握住那一双双质朴有力的双手时，我才真正体会价值二字的意义，这样的人生我无怨无悔！

2018 年，从沃里坪、桃古坪、仁广经过的盘石至湖南省凤凰县两林乡的公路修通了，硬化为水泥路，方便了黔湘边区居民的生产生活。

路修通了，仁广村的变化就开始了。

麻天才对仁广、对百姓、对事业的深情，犹如雨夜的闪电，耀眼夺目。2017 年，他考取盘信镇政府工作岗位，2022 年调回盘石镇政府工作。

　　我踩着水泥村道，穿过黄色新居，途经美丽的小学。从烂泥沟到水泥路，从木房草房到洋房，从缺水喝到自来水入户，从土地撂荒到十几个产业，从脏乱差到村寨干净美丽，路灯高悬。无不惊叹：仁广真的变化很大！

　　现任仁广村支书、村委会主任唐建超说：仁广村的致富逆袭之路，核心靠的是党建。政治建设引担当、思想建设夯基础、组织建设强力量、作风建设为群众、制度建设促落实、纪律建设护公正。在提升治理效能上，规范各项制度并严格执行，且积极发挥党员干部的模范作用，党员干部村小组组长不计报酬参加村上的基础设施建设……

　　唐建超说，正是党建引领，让全村形成了心往一处想，劲儿往一处使的合力。2018年，以产业+旅游的绿色发展思路，盘石镇至凤凰县两林乡公路修建并硬化，经过仁广村。硬化、亮化了通组、通户公路。

　　在党组织的带领下，发展烤烟、生猪代养、养牛、建筑等产业……仁广村发生了美丽蝶变。家家住洋楼，户户有存款。

　　他们用骄人的业绩仰天长啸：振兴，我们在列！

　　他们用实效的做法昭告世人：未来，我们创造！

第七章　政通人和气象新

在盘石采访，我惊讶地发现，盘石的基层治理有着一种别样的风景，呈现出让人讶异和惊喜的社会生态，是当下极具示范价值的现象级模板。

凝聚力量激发共治活力

11月7日下午3时，我们在这里见证了一场对话。

你是陈辉吗？我是镇指挥中心。

我是陈辉，请指示。

指挥中心刚接到群众反映，你所在网格的镇老街供销社门口一个井盖好像有问题，请你去看看。

随即，工作人员操作视频监控系统，指挥中心大屏幕上出现了街道的视频画面。两分钟后，一个神色匆匆的男子出现在画面里。

这就是陈辉，臭脑村 10 网格的网格员，他手里拿的通信工具叫网格 E 通，你看，他正在找那个井盖。

指挥中心主任钟昕解释道。

画面中，陈辉找到了井盖，他蹲下身子仔细查看，然后拿起网格 E 通，给现场拍照，照片立刻出现在指挥中心的大屏幕上。

报告指挥中心，该井盖完好，只是有一点挪位，我已盖好。

好的，辛苦你了。

钟昕和陈辉通话的平台，是村社会治理网格化综合信息平台。通过这个平台，村网格员将网格里繁杂庞大的社会管理事务管了起来。

努力追求完美，办好房前屋后点滴事。3+N 解决的是群众微诉求，给百姓带来的是小幸福，放飞的却是城镇和谐发展的大梦想。

走向完美，服务群众再近些。

我叫田学鹏，每年 365 天，每天 24 小时，我都驻守在这里，不用喂草，不用加油……

如今的村面貌焕然一新。黄连村居民龙全友告诉我：村的门好进了，人好认了，事好办了——村办公楼一律悬挂中国结的村标识，用红白相间的色彩搭配，村名十分醒目。

村工作人员不是原来的婆婆姥姥，年轻的村工作人员身穿统一的黑色西服，挂牌上岗，朝气蓬勃，充满活力。

一站一园一场五室成为村标配。公共服务站为居民提供全方位服务，普惠性幼儿园让孩子们就近入园。室外文体活动场所给了村居民活动休闲的空间，警务室、卫生室、文化活动室、居民党员代表议事室、档案室让村功能更加完善。

服务群众近些、再近些。盘石在人、财、物向村倾斜的基础上，把村服务做到了老百姓家门口。

田书记，我反映的那个事可能还要辛苦您来一下。

11月初，网格党小组龙淑兰接到了这样一个电话。

打来电话的是网格内自然寨住户吴红杰。他反映的是一件小事儿：隔壁一楼邻居家搭了个顶棚，自己也想搭一个，可楼上居民不干，两家发生争吵。

为了这个小事儿，龙淑兰跑了两次，楼上楼下做工作，苦口婆心讲道理，终于让他们握手言和。

配合网格员入户调查、组织中老年电脑培训班、发动村居民为患病的黄德平老人捐款……翻开龙淑兰的记事本，11月份的工作已经安排得密密麻麻。

小小的网格党支部，成为党在最基层了解民情的眼、宣传政策的嘴、倾听呼声的耳、服务群众的手。

身边事不出格、小事不出村、大事不出街道，村居民中90%以上的矛盾纠纷都能在萌芽状态得到掌控和化解。

大伙儿还登上"盘石故事百姓讲"的讲台，讲出百姓身边事；积极推荐村里的正能量，选出身边的道德模范；大妈广场舞则越跳越欢畅，越跳越和谐。

盘石镇政务服务中心和矛盾纠纷综合调处服务中心，对镇综治中心进行了规范提升，设置了群众接待服务大厅、视频监控室、纠纷调解室等功能室。大厅分设信访接待、矛盾受理、法律咨询、民政等服务窗口，各窗口分工明确、密切协作。同时，8个村级综治中心也按照职责同步开展工作，切实把乡村综治中心打造成服务民生、化解矛盾的枢纽窗口，让小中心发挥了大作用。

盘石镇紧扣平安建设工作总体要求，形成了党的全面领导、充实村（居）力量、建立治理机制、发展解决问题、社会广泛参与的治理模式。

过洲村书记、村委会主任龙贵说：由我担任网格长，划分四级网格，选聘网格员7名，村"两委"成员轮流带队，每天组织党员、网格员等力量深入村社，掌握重点人员动态信息，排查矛盾纠纷和安全隐患，并及时通过综治E通APP采集上传数据，实现了安全管控有效覆盖，网格化服务实战能力进一步提高。

矛盾纠纷排查化解是维护社会安全稳定的基石，盘石镇以家庭和睦、邻里和谐为目标，努力提升矛盾纠纷化解能力。持续推进镇、村、组上下联排和综治中心、派出所、司法所等职能部门上下联排和左右联调工作模式，充分发挥村级综治中心的前哨和纽带作用，协调村干部、群防群治员、网格员、治安户长加入调解队伍，全面掌握、及时调处各类矛盾纠纷。

求木之长者，必固其根本；欲流之远者，必浚其泉源。

盘石镇狠抓阵地、队伍、制度和平台建设，努力探索基层社会治理新模式，着力夯实政法综治基层基础，深入推进基层治理现代化试点工作再上新台阶。

共议管事。群众的事情无小事，每一个矛盾的成功解决，都可能把引发大麻烦的苗头化解在萌芽状态。群众利用有理大家评平台，只需跑一地，工作人员根据反映事项的性质、种类、程度，将其分流至不同的职能单位。

设立综合服务窗口，全面实行了一站式服务，实现马上办、网上办、就近办、一次办，建立帮代办员制度，帮办代办员开展一对一帮办、一帮到底的服务，实现了让数据多跑路，让群众少跑腿。截至目前，窗口服务群众共300余件次、上门服务32余次。

上面千条线，下面一根针。这应该是对乡镇工作最为生动、也最为准确的描述。一说起工作来，很多乡镇干部共同的感触是头大。

他说，每天与群众打交道，排查化解矛盾纠纷、处理群众上访事件就是家常便饭。群众的家庭矛盾、邻里纠纷、婚姻问题以及各种土地纠纷、宅基纠纷、越级上访等时有发生，我都努力地去积极协调解决。通过受理和处理这些矛盾纠纷，使我增长了见识，积累了工作经验。

面对不同的服务群体，这就要求我们要有足够的耐心和十二分的真诚，用真情去打动他们，引起心灵的共鸣，优化党群关系，提高群众的幸福感和获得感，燃起他们爱党、爱国的热心，自觉做一个遵纪守法的公民。

近年来，吴胜斌致力于国家新能源项目落入盘石，积极率队协调、对接、宣传一系列棘手问题，依程、依规、依法高效推进项目工作。

为国科新能源有限公司协调流转土地 10200 亩，土地流转费 1800 万元。为龙源公司征用 25 座塔机用地和便道用地 500 亩，深受政府、企业老板和群众的广泛称赞。

龙同新是五老调事的骨干，曾经参与调解了不少矛盾纠纷。

一次做不通，咱就去第二次；一个办法不行，咱就再换一个办法。咱不怕跑腿、不怕磨牙，就是为了解决问题。

经过龙同新的调解，最后采取了折中的分配办法，拿出部分赔偿款分给新人口，剩余的按照老人口分配，成功化解了矛盾。

为了让这个工作法深入群众的生产生活中，麻建鹏很早就建了法治广场，把法治宣传教育送到群众身边；建立身边好人选树机制，鼓励群众学好人、做好人，涵养文明乡风；建立党建+服务机制，为群众提供及时高效的服务。

基层实践者说

一身黑灰色套裙，飘逸的气质长发，淡雅精致的妆容，甜蜜而亲切的微笑，一阵繁忙之后，她穿过秋日略显燥热的阳光向我们走来，有一种说不出的恬静清爽。没有常人眼中女强人的雷厉风行、言语犀利，她轻声细语、思维敏捷，又不失优雅。

这就是芭茅村村委会主任龙建英。

她 2011 年当选县人大代表。2016 年 8 月，当选村委会主任。上任之初，她就做好了思想准备：作为女性，做工作一定存在许多困难，但是乡亲们和领导都相信我能干得了，我就不能退缩。

她上任后，芭茅村成立村民议事会，推行"重大村务决策公决"。经过几年治理，芭茅村成为有事大家商量，商量好了一起干。该村另一创举在于用文化活动创造文明幸福生活，组织队伍开展群众文体活动，打造芭茅篮球和辣妈宝贝两张道德名片。一点一滴润心田，硬是把昔日上访带头人转化为村里的文艺骨干、和事佬。芭茅村民打着篮球、跳着舞，心气慢慢聚起来了。

2018年，芭茅村成立了金龙专业合作社，种植辣椒1000亩、油茶2753亩、樱桃300亩、珍珠花生600亩。通过除草、犁地、管护、收割等产生劳务费用260多万元，受益农户300多户1600余人。

干部就是服务员，这是龙建英的深切感受，也是对自己的定位。

2019年，为村里跑贷款，搞脱贫，忙得脚不沾地，她的身影像织布机的梭子，在小径上穿来过往。她说，服务员是具体工作者，是公众的仆人，没有闲暇的时候，比猫睡得晚，比鸡起得早。只要乡亲们过上好日子，我再苦再累也值得。

村里人依然习惯叫龙建英妹仔，大事小事都找妹仔解决，龙建英也是有求必应。年底药材卖不出去了，村民间发生矛盾了，孤寡老人病重了……只要找到妹仔，都能帮助解决。一位村民感慨地说。

　　龙建英每天都忙忙碌碌，我约好采访时间赶到村委会时，她正在给村民开调解会，直到中午才有时间喘口气。是什么让龙建英干出一番成就？我在和她聊天的过程中发现，她把全部的人生和情感都倾注在这里，所以她对村民有着那样的热心肠，她对带领渔民们致富有着那样强烈的渴望。

　　年近五旬的龙建英看上去年轻，依然充满干劲，但她流过无数委屈的眼泪，却没有一次想过退缩和放弃。只要问心无愧，我不怕别人说！

　　凭着这样的信念，龙建英这个妹子，闯出了属于自己的精彩人生。

　　一系列项目让芭茅村实现了资源增长、生态增效、产业增值、农民增收。目前，芭茅村正在探索并积极发展生态旅游和民宿旅游，结合绿色有机富硒农特产品种植，确保村民持续稳定增收。

　　看到昔日的村庄越变越美，村民们的生活越来越幸福，龙建英感慨很多：我非常感谢我的家人的理解和支持，他们给了我很多动力。看到芭茅村变得这么好，我非常自豪。我没有辜负乡亲们的支持和信任，这就是我最大的收获。

　　在龙建英身上，苗家妇女坚毅、大方的品格体现得淋漓尽致。从阿妹到老板，多年来，面对多少艰难险阻她一一渡过。她说，作为一个女人，本该相夫教子。但因家庭困难，才想着做点小生意养家糊口。没想到越做越大，现在带动大家致富，很累，但值得。

　　她当了七年的村委会主任。这期间她才有机会了解和思考芭茅村每一块山丘、每一土地，也了解了每一户村民在想什么。因为了解了家家户户心里惦记的、期盼的事情，自己的想法也变得越来越多。

一位村民还告诉笔者，其实，不要说本村的事情，邻村的村民遇到难事，也会打电话向她求助，而她也无一例外地一口应承，全力帮你协调处置，绝对不会因为你并非本村村民而置之不理。这样一来，她忙得更是脚不点地了。

他们找我，就是信任我，我怎么可以推却？一个人被信任、被肯定，这证明大家都需要你，你是一个有价值的人，这份信任就是一股动力。对于任何一桩村民事务，能帮着做的都要做到、做好，龙建英认为，这一点义不容辞，当然要一直坚持下去。

她说，基层一线，我们肩负着社会的责任和使命，无论风吹雨打，还是阳光明媚，我们始终坚守在岗位上。在这地方，我们真切感受到人民的温暖和对我们的信任，这是我前行的动力所在。

机制创新让德治知行合一

文明是乡村活力的灵魂。乡风文明、治理有效并不是轻轻松松，敲锣打鼓就能实现的，它需要有效治理，需要加强农村基层工作，健全法治、自治、德治相结合的乡村治理体系。

以善治为基，大沿村成为盘石镇推动形成乡风文明的一个侧面。近年来，盘石镇配合推广以和善村民、和美家庭、和睦邻里、和谐村庄、和德大爱为主要内容的品德，并成立乡村振兴工作队、科技人才服务队，全面指导和服务乡村振兴，培育文明乡风、良好家风、淳朴民风。

文明的乡村还需要现代治理体系的建立。健全行之有效的乡村治理，既要传承农耕文明中的优秀传统，形成文明乡风、良好家风、淳朴民风，还要建立党委领导、政府负责、社会协同、公众参与、法治保障的现代乡村社会治理体系。

要想治安好，先要管好治安。浇铸出社会治安的铜墙铁壁，是盘石治安形势一年比一年好的法宝。

如果到盘石街头转一转，你就会强烈地感受到这里独特的氛围：

从晚7时开始到次日凌晨7时，镇政府、各村及协防队员组成的夜巡队的辛勤操劳，带给人们一个又一个的平安夜；外来务工人员和常住居民和睦相处，可要是有不速之客来临，却逃不过一双双警惕的眼睛；在复杂地段，通过对过往车辆的例行检查，堵住了外来流窜作案者的通道……虽然盘石派出所只有几位民警，负责盘石的这么大一片地方、这么多人的安全，他们有什么法宝？

龙先明介绍说，盘石坚持确保有人管治安和专群结合的原则，充分调动社会各方面力量，为打牢人防基础而建立了三支群防群治队伍。由镇政府牵头于2021年4月成立的协防队伍，120名队员分别由各企事业单位的保安人员、村级治保干部组成。

"真想不到，我遇到的纠纷，没花一分钱这么快就解决了。"在镇调解工作站，为女儿问题伤透了心的村民龙嵩满怀感激地说。

有了联动调解中心，改变了以往调解工作无力、无序的局面，初步形成了以司法、公安为主力，部门、村居参与的大调解格局。

为确保联动调解中心规范、高效运作和联动成员的通力协作，盘石镇还建立了统一受理、分口管理、依法办理、限期处理等四理工作机制。统一受理：规定统一的受理标准，设立一个窗口对外集中统一受理案件，建立值班人员昼夜值班制度，负责受理当事人提出的书面（或口头）申请。受理公安 110 接警处理后不够治安处罚而移送的，以及办事处等有关单位部门调解组织调解不成后移送的案件，接待到访群众来信来电，做到有访必接，有案必受；分口管理：联动调解中心受理案件后，按照案件涉及内容范围，根据镇属部门的行政职能，由联动调解中心及时确定案件管辖部门，将案件分流至有关主管部门调处后，由联动中心调解回流案件；依法办理：调解工作坚持依法调解、自愿平等和尊重当事人权利的三项基本原则，实施庭式调解模式，在合法的前提下，合情合理处理纠纷。

限期处理：村（居）、企事业单位对案件应在 15 日内办结或向上移送、办事处调解工作站在 7 日内办结或向上移送，镇联动调解中心直接调处的案件或下面移送的案件在 15 日内办结，疑难复杂案件必须在两个月内办结。

有了正确的工作路线，干部便是决定的因素。而要锻造一支能打硬仗的干部队伍，必须花大力气。

龙先明说：工作做得好不好，干部是决定因素。特别是在农村向城市化转轨的时候，更需要一支作风过硬的干部队伍。

为了建设这样一支过硬的干部队伍，盘石镇党委采取了一系列措施。

2018 年开始，盘石镇党委、政府针对由部门或其上级主管部门聘任行风监督员缺乏横向比较，且易受制约等因素的情况，决定由镇里统一聘任行风监督员。

有关情况除反馈给各单位外，还在镇人民代表大会、党代会上通报，并报给其上级主管部门。至今，对被评为诫勉的 5 个单位，上级主管部门都采取了有效措施，对其领导有的降级、有的调出。

还有 20 个村通过择优下派、回请、交流等途径选拔了 21 人进入村级领导岗位。同时，经村"两委"、办事处推荐，镇党委组织考察、书面考试后，公示无意见的，进入村后备干部人才库。在今年举行的村换届选举中，有 85 位后备干部当选村干部。

当造村是铜仁市 110 个乡村振兴示范村之一。村党支部充分发挥两个作用，像吸铁石一样把乡亲们紧紧凝聚在一起，让支部有吸引力、凝聚力。

所有村干部联系群众活动实现常态化，并通过民事收集、会办、反馈，确保小事不出组，大事不出村，矛盾不上交。截至目前，当造村民事村办受理登记民事 98 件，办结率达 100%。

有了民事村办服务，我们真的省心不少，以前需要跑几趟费时费力的事，现在只要和代办员说一声就办成了，方便又周到。提起民事村办，村里的群众赞不绝口。

更高水平的平安乡村建设如何推进？

副镇长石启志这样解释改革动因：干部群众参与平安创建的主动性、积极性不高，一度成为平安乡村建设发展的瓶颈。通过责任共担、群体共建、风险共治、成果共享，让干部群众从要我创，变成我要创。

提升乡村之治的颜值。穿村而过的道路带来了大量车流，汽车呼啸飞驰，各种垃圾也随之飘落。同时，随着生活水平的提高，村民的环保意识却没有及时跟上，房前屋后、田边路旁都扔着垃圾。

各种颜色的塑料垃圾随处可见，偶尔还有几只鸡在上面觅食，与农村幽静、干净的形象格格不入。村域面积大、人手少、处置不及时、村民参与环境整治积极性不高曾是困扰当造村乡村治理的几大难题。

基层治理的质量和成色，要靠人居环境铺就底色。村党支部坚持党建引领提升村域环境，带领广大群众投身环境治理各项工作。

创新形成三清单一流程运行机制，建立村级小微权力事项清单八大类38条，建立村级班子主要负责人责任清单，建立村组干部负面清单30条，制定村级小微权力事项规范流程，绘制村级权力行使路线图，实现了群众一图在手、办事不愁。

积极打造普法讲师团、普法宣传联络员、法治宣传志愿者3支队伍，以人民群众关心的热点和焦点问题为重点，从不同普法对象、重点对象的个体需求出发开展因地制宜、方式多样的普法宣传。

迄今为止，全镇成立运行文明实践中心11个、文明实践所4个、文明实践站20个，推出常态化服务项目820多个。以点带面，星火燎原。文明新风深植盘石，开始迸发出强大的生命力。

新时代文明实践中心志愿服务两个一工程聚合起强大的志愿服务力量，累计组建志愿服务队50多支，开展志愿服务活动500余场次。

一屏观全镇，一网管全域。盘石镇以安全监管驾驶舱深度融合智慧安监、智慧消防、智慧用电等智慧管理平台，一图统揽全域安全，全力守护着城镇平安、百姓安宁。安全监管数据底座互融互通，以全镇20个微网格实现对多家单位的安全监管全覆盖。

进一扇门，解千百难。盘石通过政府主导、多元共治、群防群治的实践，全力打造盘石镇社会矛盾纠纷调处化解中心，以一站式接收、一揽子调处、全链条解决的矛盾纠纷化解运行模式化解各类矛盾纠纷，化解成功率达99.6%。

基层治理关乎群众的日常生活，解决好群众身边的烦心事，才能切实提高群众的获得感、幸福感、安全感。盘石镇有关负责人接受采访时表示。

2021年4月，盘石镇探索创建乡村治理模式，即以党建引领乡村振兴为主线，以党员服务队品牌为引导，坚持自治、法治、德治融合，推出了包含党建引领、文明实践、乡村治理等36个模块在内的数字乡镇平台，构建起镇、村、组、网格长四级网络治理体系，按4到10户划分网格，将全镇20个行政村4431户群众纳入网格。

镇、村、组干部担当十大员，即基层普法的宣传员、法律文书的审查员、依法自治的服务员、矛盾纠纷的调解员、社情民意的联络员、红白喜事的监督员、村规民约的引导员、道德文化的评议员、禁毒禁赌的守门员、乡风文明的治理员，以自治增活力、法治强保障、德治扬正气。

路边出现乱堆乱放，从拍照反馈到清理，需要多长时间？

在盘石镇，答案是：不到10分钟。

盘石镇，正是抓住了这一破解基层社会治理难题的技术密码。

对多个行政管理部门进行横向衔接，联通了7个由各办独立运行的APP，串联起20个独立运行的90项具体工作，实现数据融合、应用交互、资源共享，将城镇管理融合为一张网。

这张网覆盖基层人口、房屋、自然资源等10余项治理要素的精细化治理，涵盖综合治理、事件处理、社会事务、党建工作、自然资源等7个板块，真正实现乡镇工作一网统管。

响水洞模式深刻影响一个基层治理理念与技术的流变，那么，拂去时代风烟，响水洞模式历久弥新，到底精髓何在？

响水洞经验，持续深化支部带村、发展强村、民主管村、依法治村、道德润村、生态美村、平安护村、清廉正村 8 个村建设，大力提升全镇基层治理现代化水平。

满树繁花照眼明，是我一路见证各村在党建引领下探索、创造新时代响水洞模式的最深感受。在务乖村，这是大力发展社会组织、密切联系群众的多元调解纠纷解决机制和帮教工作传统；在盘石村，这是建民情档案、定期沟通民情、为民办事全程服务的三民工程；在粑粑村，这是率先深化完善村务监督制度的经验；在十八箭村，这是以自治内消矛盾、法治定分止争、德治春风化雨的三治融合模式；在桃古坪村，这是党员干部积极绘制民情地图，立体化服务群众不离心；在四龙山村，这是打通基层治理最后一米的全科网格建设；在沃里坪村，这是互联网之都探索大数据时代的在线矛盾纠纷多元化解平台……

在他看来，党建引领是响水洞模式的政治优势，总结、提升、推广新时代响水洞模式必然要固本强基。同时，务必牢记为了群众是一切的出发点，更是响水洞模式万变不离其宗的根本要义。

当我奔走在盘石，实地观看当地迭代升级创新基层治理的样本，目睹恬静宜人的美丽山村，直观领悟到大道至简，十载历久弥新，明白了有效助力乡村善治的真谛在于：为了群众，发动群众，依靠群众，服务群众。

见微知著。这样的故事只是盘石近年总结、提升、推广新时代响水洞模式的一个缩影。2019 年以来，该镇通过升级村规民约、制定居民公约、独创企员公约，不断适应时代要求，解决涉及群众切身利益的问题，如今全镇 2 个行政村村规民约全面升级，每月无矛盾纠纷上交村达到 10 个。

归根到底，新时代响水洞模式的精神实质，就是解决好群众最盼、最急、最怨的突出问题，在加强与群众的沟通联系中增进与群众感情，在真心为群众办实事、解难事中赢得群众信任，在维护群众权益中获得群众支持。

民心可嘉，民气可鼓。传承响水洞模式精髓，响水洞人几年前发动群众，达成民主决策，走上生态文明建设之路。十多年后，响水洞人又发动群众献计献策，以锣鼓和鲜花成功取代烟花爆竹，实现禁售禁放，并将双禁写入村规民约。

跟响水洞的治理实践异曲同工，盘石村也是坚持问题导向，发动群众、信任民众，走上三治融合之路，催发新时代响水洞模式的又一朵并蒂花开，探索出大事一起干、好事大家判、事事有人管的乡村善治新路径。

群众首创是响水洞模式的动力源泉，总结、提升、推广新时代响水洞模式，更要始终坚持人民主体地位，尊重群众首创精神。

村务监督委员会制度向其他领域延伸，全面推行居务、校务、院务、企务监督制度，实现城市社区、公立学校、公办医院、国有企业监督委员会全覆盖，成就新时代响水洞模式独树一帜的又一盘石样本。

情为民所系，利为民所谋。依靠群众新风育民的尝试，在盘石的沃野乡间花开遍地，早已成为各地总结、提升、推广新时代响水洞模式的德润人心版。

提起响水洞模式服务群众的便捷高效，无独有偶，盘石镇芭茅村网格员付真伟也是滔滔不绝。

的确，在盘石镇，响水洞模式微信公众号真的很火，七成以上农村群众微信关注，持续关注人数逾上万人，覆盖全镇 20 个行政村，基本实现村村通、户户联。有了响水洞模式，村民办事最多跑一次，跑也不出村。

响水洞模式从草根创新一跃成为基层治理的掌上法宝、群众参与的便民神器。盘石镇及时升级优化系统，后来更扩展融合成覆盖全镇域的盘石通，无缝对接全科网格团队。

至此，响水洞模式以其创新基层治理智慧系统的鲜活实践，蹚出一条低成本、可复制、可推广的基层共建共治共享治理之路。

基层治理智慧系统的神通广大，离不开训练有素的全科网格团队建设。日均发现上报基层治理四平台（即综治工作、市场监管、综合执法、便民服务）分流办理的事项达 500 起，绝大部分事项解决在镇村两级。

在响水洞村委会大楼前，静静伫立着 4 块石碑，分别镌刻：民主响水洞、平安响水洞、法治响水洞、幸福响水洞。漫步全村，文化长廊、农户围墙、路边长椅等处，也举目可见法治漫画、法治谜语等，响水洞人就用这样朴素直观的方式昭告世人：靠什么守住绿水青山？说到底，只有民主法治才能绘就山青水绿的优美画卷。

田周成介绍说，这些年，响水洞干群对法律服务的需求，也在不断发生变化：过去最常见的是婚姻家庭纠纷、劳动争议、土地纠纷等，如今最常见的则是旅游纠纷，甚至还涉及了知识产权纠纷。纠纷类型的演变，折射出响水洞群众法律意识的不断提升和对法律服务的需求变化。

在响水洞党群服务中心的墙上，响水洞人已经迎来基层治理的司法便民利民新时代。用响水洞村支书、村委会主任田周成的话说就是，法律顾问都是推动响水洞和谐发展的重要力量，通过他们及时参与村务决策合法审查、合同风险防范、矛盾纠纷法律把关，响水洞人一步步学会用法、习惯用法，办事依法、遇事找法、解决问题用法、化解矛盾靠法，已经成为干群共识。的确，新时代盘石人践行盘石模式，赋予了更多法治内涵……

第八章　特色产业风生水起

盘石镇的改革如火如荼向纵深推进，真正让老百姓得实惠，实现全社会共同富裕。

金叶撑起一片蓝天

进入 7 月，烤烟生产全面进入烘烤阶段，在盘石镇烟区随处可见烟农忙碌的身影。烟田里，烟农们正在采摘烟叶；烤房前，烟农们正在有序将烟叶编竿烘烤，呈现出一派繁忙的景象。

烤烟是盘石镇支柱产业之一，是农民增收的主要来源。

为更好地服务烤烟生产，盘石镇坚持早部署、早发动，积极组织专业技术人员加强田间地头、烘烤现场的现场指导，并结合实际加强大田生产、采收、病虫害防治、烟田防汛等日常技术指导，及时帮助烟农解决烘烤中遇到的问题，盘石镇烟叶长势良好，烟农丰收在望。

灵气·硬气

近几年，盘石镇充分发挥土地、设施、劳动力等资源的综合效益，将传统的分散种植模式转变为集中连片种植，将种烟大户发动起来带动群众积极种植，大大提高烤烟产出的效益，带动农民增收致富。

面对前所未有的经济发展挑战，盘石再次直面风雨、展现坚韧。在突如其来的风险挑战中迎难而上、化危为机，在变幻莫测的市场大潮中披荆斩棘、主动求变，在烤烟行业的起起伏伏中专注主业、埋头耕耘，这样的故事始终贯穿这个烤烟重镇改革发展全过程。

走进盘石，透过这面折射贵州烤烟业发展变迁的显微镜，感悟风险挑战下贵州经济的韧性之基与动力之源。

如今正是烟叶采摘、烘烤的繁忙时节。连日来，盘石镇5000多亩烤烟相继进入收获和烘烤的黄金时节，各村烤烟种植基地随处可见烟农采收、烘烤、遴选烟叶的繁忙景象，烟农们积极赶烤，喜迎丰收。

邓现村的烘烤房里，每天等待加工的烤烟被排得满满当当。有10多年烟叶种植经验的烟叶大户麻长贵正在和工人们一起将烤好的烟叶下炕秸秆、去青去杂和分类打捆。在他的精心管理下，今年他种植的60多亩烤烟长势良好，烘烤的烟叶品质优良。看着一片片绿色的烟叶正在变成致富增收的黄金叶，麻长贵脸上洋溢着喜悦的笑容。

今年烤出来的烟叶每秆平均都有 1 公斤多，我栽了 60 亩，每炕大概有 400~450 公斤，今年大概有 10 多万元的收入。

麻长贵表示，在家乡种烟叶不仅自己赚钱，还可以带动周边待业在家的老年人就业，让他们脱贫之后防止返贫，对于乡村振兴来说也大有裨益，来年我想和村干部商量一下，看能否帮我再建一个烤棚，让更多的老百姓参与烟叶生产。

盘石镇今年完成烤烟种植 5000 多亩。截至目前，全镇所有烟叶均已上炕烘烤，预计产量可达 52.5 万公斤，可实现总产值 1500 余万元。

除此之外，在烟田里，随处可见的是旧地膜回收站点和 STP（烟叶可持续发展）管理杂物回收桶；陈旧腐烂的木头、玉米秸秆则被制成一袋袋生物质颗粒燃料，破解了传统烧煤烤房用工多、能耗大、污染重、环境差等问题，让群众在生态农业、绿色产业中实现增产增收，获得持久的生态和经济效益。

盘石的烟草产业真的大不一样了。站在烟田往远处眺望，镇烟草站站长吴超不禁感叹。

10 年前，吴超刚刚参加工作，为了推广漂浮式育苗，动员会开了一个又一个，最终只得到两位村民的支持，好在技术带来增收，第二年就开始大规模推广和种植。往后不管推广什么技术和机械设备，都非常顺利。吴超眼见着村民的思想更加开阔，种植热情逐步高涨。

更有意思的是，我们的育苗大棚，综合利用起来都能给附近的老百姓带来好处，吴超兴奋地表示。据了解，全镇通过育苗大棚完成秋冬季蔬菜育苗 2 万余盘，带动 2000 多人就业，累计为农户带来收入 800 多万元。

依靠新技术、新理念，盘石镇不少村民加速向新农人转变，过洲村的龙兴治就是其中一员。

因为收购稳定，有技术培训的原因，龙兴治从一开始种植 8 亩的小散户，变成了种植 70 多亩并且取得证书的职业烟农。如今，龙兴治不仅能依靠自己轻松完成烟田种植管理，还带动 20 多个年迈的村民在家门口务工。

在盘石镇，像龙兴治这样的烟农，全镇有 680 余人，一个个有文化、懂技术、会经营、善管理的职业烟农，助力盘石烟草向现代烟草农业转型升级，更绘就了乡村振兴图景中最出彩的一笔。

他们敢于在困难面前迎难而上，既有权衡大势、机敏识变的灵气，又有顽强拼搏、攻坚克难的硬气。

2022 年大干旱，田地里人挑马驮去浇烟水的群众络绎不绝，一路上零星晃洒的水，把干裂的村中小路滴淌得湿漉漉的，如同画家的重彩画布。一两个月的时日，烟苗就长得有人腰高，开出了粉色、白色的小花，烟叉上也郁郁葱葱地发出了数不清的嫩芽。

50 多岁的老烟农吴绍玉说：过去种烟，费时费力，而且道路也不好走。现在好了，公路通到了田地和家门口，旁边就有灌溉设备、育苗工场、密集烤房，省力又赚钱，这在过去可是想都不敢想的事情啊，今年我家栽了 70 亩烤烟！

我们不仅围绕烟水工程进行大力投入、支持，在烟路、育苗工场、密集烤房等方面也建起了配套设施，为全镇注入了更多的发展活力。

龙老五是一位有多年烟叶种植经验的烟农。从最开始种四五亩到今年种 76 亩，他靠种烟获得的收入越来越高，今年预计纯收入可达 20 万元，这让他家成为村里最早一批奔小康的家庭。

龙老五感觉种烟正在发生巨大的变化。龙老五笑着说："连片种植规模越来越大了，各类机械用得越来越多，还有有机肥、蠋蝽防虫等新技术也在推广，我们烟农省工省力，烟叶质量越来越高。"

他说的这一切，跟当地政府、烟草部门正在推动的一项工作有关，那就是烟叶高质量发展。

前几年，盘石镇烟草产业受烟草双控政策和各种自然灾害的影响，产业发展一度陷入举步维艰的境地。尽管发展环境艰难，镇党委政府仍然高度重视烟草产业的发展，投入大量的资金，制定各种扶持政策，使得产业健康稳步发展。

改善农业基础设施，增强农业发展后劲，对于发展农业特别是烤烟特色产业尤为重要。

通过努力，制约产业发展的水、电、路等基础设施建设不断改善，极大地增强了发展后劲，为烟草产业健康持续发展奠定了坚实的基础。

应变·求变

烟站负责人说，面对困难，我们不慌。每一次危机都蕴含着转型的良机，咬紧牙关、积极应对、冲出困境，就会发现烤烟已经驶入了快车道。

石荣华说：创新、绿色、时尚的理念，将引领盘石烤烟业在攻坚克难中实现转型升级和高质量发展。

发展好烤烟产业，育苗是关键。盘石镇在烟草技术人员的指导下，严格推行漂浮育苗、专业化育苗和商品化供苗举措，目前，全镇烤烟育苗工作顺利完成，进入管理育苗阶段。

为抓好烤烟育苗工作，盘石镇深入实施三强化举措，取得了良好实效。即强化烤烟育苗技术指导，把好育苗质量、时间关；强化育苗大棚管理，把好温度调控和消毒、水肥管理、病虫害防治关；强化物资保障，把好烤烟育苗所需的薄膜、种子、基质、托盘、农药等物资供应关。

拉线的时候注意避弯取直，到时候烟叶才能四面都采光，种出的烟叶品质才好。

为不误农时、不误农事，提高烤烟种植基地的起垄覆膜质量，盘石镇的烟草技术人员入村到户，在田间地头展开了培训工作，通过现场实操、技术讲解等方式，进一步提高了烟农起垄覆膜的水平。同时，要求烟农采取边施肥边起垄边覆膜的方式，加快起垄覆膜进度。

狠抓择优布局规划，烟叶种植向适宜区域地块发展。按照合理轮作、水源、烤房、道路、技术四个配套、集中连片、适度规模等原则科学合理做好每年的择优布局规划，为生产优质烟叶，打造品牌奠定了坚实基础。为充分调动农民种烟的积极性，制定了一系列优惠政策，鼓励、支持烟农发展烤烟生产。

10年来，镇党委、镇政府投入烤烟基础设施2236万元。与此同时，镇党委政府每年将烤烟生产纳入年度目标责任制考核，兑现各种奖励。这些措施的出台极大地调动了干部抓烟、农民种烟的积极性，烤烟种植面积逐年增加，烟农收入稳步增长。

以质量求效益，以质量求发展一直是发展烤烟生产的指导思想。科技水平不断提高。充分发挥富硒优势、光热充足优势、生态环境优势等三大生产优质烟叶的优势，推行烟叶标准化生产，即烟田冬耕冻土、集中育苗、平衡配方施肥、地膜烟生产、移栽技术规范、病虫害综合防治、不适烟叶处理、密集烘烤、预检初分、专业分级散叶收购均实现100%。稳步推进集约经营。

韧劲·闯劲

聚焦实业，做精主业，不断提升企业发展质量，才能不惧风雨向前进。

融入盘石烤烟业人血液的，除了几十年如一日专注一个领域默默耕耘的韧劲，还有敢于瞄准核心技术自我革新的闯劲。

优化种植品种。全镇种植红花大金元和白肋烟两个品种，实行集中成片，做到一村一品，一组一品，坚决杜绝劣杂品种。100%漂浮育苗，确保培育壮苗。针对盘石在育苗期间有低温冻害袭击的现象，镇党委、政府加大行政力度，全面推广漂浮育苗，及时采取防冻保暖措施，成功抵御了低温冻害的袭击。同时，还针对育苗后期苗情较弱，及时采取多项促苗技术措施，成功培育出好苗、壮苗。

5月27日，清晨的第一缕阳光洒向山坡时，仁广村村支书、村委会主任唐建超跟我聊种烤烟，聊种烟后村里发生的惊喜变化。

数据显示，2019年以来，盘石镇每年种植烤烟3000亩。2022年种植4000亩。2023年种植5000亩，收购烟叶120担，完成计划的102.3%；全镇烟农售烟现金收入1.35亿元（含结构补贴），户均收入2.3万元，同比增加21.3个百分点，创烟叶税862万元。全镇烟草产业收益水平稳步提升，带动农民增收致富效益显著。

盘石土地土壤肥沃、光照充足、雨量充沛，独特的自然条件和良好的生态环境，让这里成为典型焦甜香型烟叶的核心区，是县级烤烟的示范基地。盘石镇是松桃的烟种大镇，烤烟生产是该镇的重要产业。多年来，烤烟生产在改善民生和助推乡村振兴方面发挥了重要作用。2024年，实施松桃县2023年度高标准基本烟田建设项目。项目由烟草行业投入，总投资320多万元。

项目土地整理180多亩，改造机耕路10条，新建泥结碎石路机耕路2条。新建流桶提泵站1处，100立方米高位水池

1 口，新建育苗基地 100 立方米的蓄水池 1 座。烤烟生产基础设施进一步完善，烤烟生产能力得到极大提升。

创新成就示范园区

第一个吃螃蟹的人

喂，王经理吗？第一批生猪可以出栏了，体重 14 公斤 1 头，2000 头左右，今天你们公司要早点来，多调整点车才行呀。

盘石镇黄连村生猪代养场场主龙玉高，拨通了松桃苗族自治县德康牧业科技有限公司（亦称铁骑力士集团）负责人的电话，欣喜地向他报喜。

今年 53 岁的龙玉高，黝黑、干练、身板硬朗。给我的印象是一个勤恳、机敏、能干的苗家汉子。

他谈起规模养殖生猪的经历，眼中充满着骄傲和希望。他感动地说：高中毕业后去沿海打工 8 年，没有奔头。看到家乡迅速发展起来了，便毫不犹豫地回乡创业。

2014 年 2 月，我是第一个与德康牧业签合同开始大型养猪的人。2016 年，我修建了占地 4 亩的商品猪家庭农场，贷款 10 万元，自筹 22 万元。养猪场按德康牧业公司统一要求建有饲料间、消毒室、沼气池、化粪池、发酵池等。公司负责养殖技术、防疫、供应饮料和回收产品。当年，我光荣地加入了中国共产党。

我与妻子田妹芝每天的工作只负责把猪饲养大，再由公司统一回收。龙玉高沉默了片刻，再次抬头时，脸上绽开了笑容。他说，这个 2000 头规模的生猪代养场，有我妻子一个人照料就足够了。想象不出整天与猪为伍的龙玉高说话时竟然还有些腼腆。

我问，对于养殖户来说，代养模式有什么好处？

龙玉高说，生猪代养有三大好处，一是规避了市场风险，无论行情好坏，收入稳定，除去成本，每头猪可以净赚 80 元左右；二是无市场行情低迷风险、无重大疫病死亡风险、无巨大流动资金负担，可实现轻松快乐养殖，获得持续、稳定、可观的收入；三是有专人技术指导，减少防疫风险，还实现了就地打工。

德康牧业有限公司总部在县城，规模化、现代化养猪基地在盘石镇。他们大力开展公司+家庭农场的生猪代养模式，加快建成 4000 头商品生猪体系。

眼下，杂交猪出栏价每公斤 35 元，猪出栏价每公斤高达 36 元，养猪户对喂养生猪积极性高涨。

龙玉高说，猪舍恒温调节，分阶段为母猪配营养餐。母猪舒适了，多产仔、产壮仔，猪场效益就好。

从原种母猪、健仔率、新增数等指标来看，盘石母猪跑出了加速度。

龙玉高说，生猪代养，政府很重视，我们更着急。猪价这么好，谁都想多养猪。两个猪场满负荷生产，年内每个猪场至少可出栏 3000 头生猪，还要选留 300 头母猪。

对中小规模猪场而言，防疫是一道难过的坎。市里扶持新湘农公司，打造5级防疫样板，探索可推广的经验。

在猪场，员工从两公里外就开始对运送猪饲料的车辆喷雾消毒，为猪场构筑第一道防线。

紧接着，猪场大门前设置方形消毒池，进场车辆涉水而过，对轮胎消毒；进入猪舍必经喷雾消毒间，所有人都必须消毒三分钟；猪场招聘来的技术员要隔离居住两天；猪舍一周消毒三次。为防带病毒的蚊虫叮咬，猪场还用上了防蚊网。

按照镇政府的安排，德康牧业公司抓紧制定防疫标准。一旦种猪、栏舍、防疫等环节全部标准化，公司就选择加盟户，带动中小规模猪场饲养沙子岭猪，迅速做大做强养猪产业。

龙玉高很自豪地说：2020年，我同田碧亚、田树云每人分别投资50万元，修建一个两栋养猪场。我们除自家人饲养外，还请了一对夫妇做员工。2021年开始受益。每年出栏4500头肥猪让德康公司回收。

淳朴憨厚的龙玉高凭借生猪代养，让自己的人生迎来了逆袭。前几年，每年纯收入16万元，现在10多万元。

短短几年时间，就让他从一个无人问津的草根人物，逆袭成了盘石无人不知的"明星"。

他还说，现在我盖了别墅，有两部小轿车，4个子女已有自己的事业。我是共产党员，我的帮扶户就是我的伙伴田树云。

龙玉高认为，回归乡村是一种情怀，人才振兴、环境引才很重要。他说，在现行教育和就业体制下，压力无处不在，创业就业竞争十分激烈，因此很多高学历、高水平的年轻人愿意回归乡土，逐梦田园。

他说，人才返乡下乡，往往会受到在城市体会不到的尊重和待遇，会使他们自身的学识、尊严和价值得到认可，从而激发回归乡村创业就业的激情和动力。

他认为，目前乡村需要改善用人环境，建立引导机制，鼓励有乡土情怀、向往田园生活的年轻人回得来，让甘愿放弃原有专业，去一个全新领域重新发展和奉献的年轻人工作有方向，生活有保障，创业有支持。另外，要着重培养行业带头人。

对整个盘石镇而言，龙玉高家的生猪规模养殖仅仅是一个缩影。我甚至感到，这块土地上的每一个生猪养殖场都是一块令人爱不释手的宝玉，它光鲜明艳，又各具特色，享受一次，就会回味无穷。

一大早，趁着去村委会的当口，盘石镇盘石村党支部书记、村委会主任杨俊峰习惯了到两个正在建设的养猪场工地看看。

连绵清秀的山间，一个年出栏 8000 头生猪和一个年出栏 4000 头生猪的养猪场已有了雏形：标准化的圈舍、现代化的喂养设备、规范化的干湿分离系统……

虽然阴雨连绵，天公不作美，但按期建成投产问题不大。

杨俊峰说，这两个都是和德康公司合作的养猪场，虽然是生猪代养代管模式，但效益可不一般，是我们村的聚宝盆。

让杨俊峰对猪场发展如此笃定的便是前期合作的成功经验，给他吃下了定心丸。杨俊峰以已于今年 6 月投入运营的

3000 头种猪场为例算了笔账，以代养模式进行，一年除去成本，保守估计都有 30 万元的利润。

2012 年，镇党委、镇政府就"三农"问题多次展开热烈研讨。通过反复比较分析，大家一致认为，大力发展畜牧业是增加农民收入、带动多产业发展及振兴农村经济的最好出路。但又有人提出，靠传统养殖方法来发展畜牧业，显然不能适应市场经济的要求。过去，畜牧业发展不起来，主要原因是受品改、兽防两大克星的严重制约，如果能攻破这两道技术难关，发展畜牧业的其他难题就能迎刃而解。

战略转移怎么转？镇党委、镇政府提出：以市场为主导，科技为依托，效益为中心，增收为目的，立足资源优势，大力发展优质肉牛、生猪、鹅、兔等草食畜禽。大力培植养殖专业户、专业村，努力实现规模化、专业化、生态立体化养殖。大力推广畜牧养殖实用新技术，提高畜牧业科技含量。建立公司+农户+基地+市场畜牧产业链，闯出一条市场牵龙头、龙头连基地、基地带农户的畜牧大镇之路。

德康牧业是个标杆。

2012 年 3 月，德康农牧有限公司投资 8000 万元在盘石镇碉边林场修建了一座年产 10 万头猪崽的高端种猪繁育场。并按照龙头企业+合作社+农户的养殖模式，在松桃培育了 119 个家庭代养农场，覆盖松桃东部片区的盘石、正大等 10 个乡镇。

盘石村香炉岩生猪代养场正是 119 个代养场之一，由村集体经济合作社负责领办，养殖大户负责具体管理和经营。

杨俊峰说，上个月第一批生猪出栏，一个养殖场就赚了40多万元。这样的养殖场村里目前已建成投产2个，此外，1个4000头和1个3600头养殖规模的养殖场正在建设中。

我有些好奇，问："建设养猪场的钱从哪里来?"

杨俊峰说："我们负责出场地，县级平台公司投资建设圈舍，并通过租赁的方式交给村集体经营。"

2013年，德康牧业集团为了尽快扩大生猪产业规模，按照五统一的运作模式，积极组建龙头企业+规模养殖场的生猪产业代养，打造盘石生猪产业航母。从最初的盘石本地6家企业抱团开始，到2023年年底发展代养企业29家，年肥育猪的生产能力达到6万头，将代养成员的养猪效益提高了30%以上。

龙晓慧说，镇党委、镇政府把生猪产业作为农业调结构、转方式、提效益、促增收的主导产业，坚持面向市场，政策激励、大场大户、龙头带动、品牌增效的方针，采取各种途径和手段扶持现代生猪产业，确实使盘石生猪产业取得了显著的成绩。

近年来，盘石生猪规模养殖实现了快增，产业新型经营主体实现了猛增。这也直接导致了畜牧业可持续发展能力、科技服务水平和安全防控能力的不断提升。

由于猪场刚建起，第一批只调入了500头母猪，到6月底，3500头母猪全部上满。吴晓艳说，要按以前的喂养方式，这3500头母猪得要100多人，将来不到40个人就可以全部搞定。

德康是品牌，生态是品牌，盘石现代生猪产业的品牌意识，也在这里开始扎根。

而以科技支撑为显著特色的盘石现代生猪产业，也早已成为一张名片。集大跨度圈舍、全自动饲喂、负压式通风、漏粪式地板、规范化操作、专家式服务、信息化管理为一体的国内先进现代养殖集成技术正在兴起。

龙头企业带动，生猪养殖蓬勃发展，龙头企业+合作社+农户养殖模式正在盘石大地遍地开花。

镇人大主席杨通平说："我们立足资源禀赋，以企业为龙头，倾力打造 70000 头生猪养殖基地、2000 头肉牛养殖示范区，不断拓宽农民增收渠道，有效推动现代畜牧业高质量发展。"

杨通平说，2012 年，盘石人就开始辛勤耕耘，规模化、现代化养猪，一步一个脚印地稳步发展。

在参观养殖场时发现，这里的每一头肉猪耳朵上都配有数字编码的感应器，可在线检测原料奶的乳脂、乳蛋白等指标，且信息自存，可随时查阅。

2014 年、2017 年、2020 年，盘石镇被列入贵州省 100 个现代高效农业示范园区之一。核心区在盘石、黄连、芭茅、十八箭、桃古坪等村。

盘石镇省级重点农业科技园区的建设，强力推动了全镇农业现代化的快速发展。从而强化园区的产业支撑能力和区域经济服务能力，成为促进山区农业产业结构调整、传统农业转型升级、农民增收致富、农村繁荣稳定的重要载体，为盘石后发赶超提供动力支撑。

2013 年以来，盘石镇积极落实生猪保供政策，组织实施一批标准化改造提升项目，肉猪养殖稳步发展。连续 10 年，每年生猪出栏 60000 头，存栏 30000 头。

盘石镇将努力打造创新示范引领高地、种猪育种高地、畜牧前沿生物产业高地、畜牧业高端品牌高地和以生猪大数据为核心的现代新兴产业高地，加快省级现代畜牧示范核心区的建设，助推畜牧业走向更宽广的未来。

牛产业，一路走红

在代董村，绿水青山的怀抱中，一排排整齐的圈舍，一头头壮实的肉牛，一道道规范的流程，构成了一幅现代化规模肉牛养殖业的美丽乡村新画卷。

梳子山麓，牛棚、饲草堆，几十头牛倚槽而立，仿佛向我们行注目礼。

龙朝轩是个标准的中年汉子，个头 1.6 米左右，瘦瘦的，但精明灵活，是那种一看就什么都会的人。跟妻子吴春丽站在一起完全相反。春丽嘻嘻哈哈，朝轩轻易不冒一句话，一旦冒出来就不得了。这种男人做生意一定是一把好手。

龙朝轩感慨万千地说："别看我的养牛场规模这么大，但我只聘请了 3 个工人。以前，养牛场比现在小得多，却要雇十几个人才忙得过来。"

龙朝轩说："当时没有货车，路也不平坦，为了喂牛，来来回回得运输好几趟，一趟下来浑身酸痛，但我都咬牙坚持着！一开始，人工拉运饲料，工作效率极低，聘请的工人也很多。"

由于没有经验，加上没有完善的养殖技术，运营起来非常吃力。面对这种情况，龙朝轩的亲戚也劝他收手，但他性格倔犟，认定的路就要走到底。之后，龙朝轩总结失败经验，积极完善养殖技术，到处学习养殖方法。

镇疫情防控站不定期举办的肉牛养殖培训班，他都积极报名参加，而且如饥似渴地从书本上学技术，经常思考琢磨。他用最快的速度掌握了牛犊选择、饲料搭配、疫病防治等关键技术。

龙朝轩说，从2014年开始，投入8万元钱购买本地牛26头。2016年，我从威宁县小海镇购进35头西门塔尔肉牛。威宁县小海镇是供给云贵川肉牛的大市场。

那这么多的牛，它们每天吃的草怎么解决？龙朝轩说，养牛效益起来后，我把板板车换成了机动三轮车。后来，又换成了小货车。我采用的是循环经济的原理发展畜牧业，把外出打工农民撂荒的土地利用起来。

这一举动，不仅充分利用了空余土地，还带动了周围老百姓的劳动力。最重要的是节能环保，秸秆再次利用。牛粪可以生产沼气，牛粪生产出的沼气可以照明和做饭，降低能源消耗。沼气生产后的废渣废水作为有机肥，真正做到了又环保又健康。

龙朝轩高兴地说，现在饲料的运回、牛粪的运出，都用货车。这为我节省了不少劳力和成本，收入也随之提高了。

我是土生土长的代董村人，我的腰包鼓起来了，就应该带动大家一起致富。10 年的打拼岁月，凭着吃苦耐劳、敢打拼的精神，他由一名普通的农民工，一步一步成长为致富带头人。

龙朝轩心想，自己还很年轻，不能这么无所事事下去，一定要干出点名堂来。坚定了这个信念，龙朝轩就出去考察学习。他了解到，农村大力发展畜牧业，附近就有人靠养牛羊发家致富，经过了龙朝轩仔细的咨询和思考。他决定——包地建厂，养殖肉牛。

1995 年，龙朝轩高中毕业后，只身一人来到福建泉州的一家汽车修理厂当修理工。

车间里温度很高，龙朝轩每天至少要在里面工作 9 个小时，空闲时，他跟组长学习管理技术，一天下来疲惫不堪，累得连饭都不想吃。

别人上班时他在思考如何提高效率，别人下班时他在无偿加班，最终得到老板的认可，从小组长、科长、车间主任一直干到主管。

在当管理的几年时间里，龙朝轩与各行各业的人都打过交道，见过不少世面，人变得更加内敛，也更清楚自己心中想要的是什么。

2014 年，龙朝轩回家过年。春节前后，村干部、镇干部像亲戚一趟一趟来家里，鼓励他返乡就业，荒山都踩成白路了，可他依然心灰意冷，他麻木得太久了。可是日子总不能老这么过下去呀，老婆整天埋怨他，干部说得挺诱人的。于是，他抱着试一试的心态，听了干部的话。

决定易做，项目难选。龙朝轩想开一家线带厂的话，虽可方便乡亲们就地打工，但成本太高，不划算。他父亲说我们村很适合养牛，现在不是可以利用资源优势规模养牛？父亲的话点醒了龙朝轩，水源地不太适合一般工业生产，而养牛可带动农户的发展。

2016 年，龙朝轩用自家的房产做抵押贷款 20 万元，加上年初售卖肉牛的钱，购买了 40 头牛，新建了一栋厂房。

他现在有了持续增收的产业，腰包也越来越鼓了，就应该在力所能及的范围内为老乡们提供就业机会，大家一起挣钱。创业成功的龙朝轩并没有忘记他当初回乡创业的初衷。

龙朝轩说，每年的 3 月至 7 月是最忙的时候，草场每天都需要 10 多名工人来打理。2022 年，我支付了 10 余万元的务工费。

他正在帮助芭茅村龙开成、大坪村麻金堂、禾梨坪吴远谋、麻建兵等 8 户人家指导养牛技术。他不仅养牛，还在县城开了家汽车修理厂。养牛场日常事务交给父亲打理，修理厂由妻子负责，自己两边跑。感动之下，我写了一首打油诗：

多年打工苗家汉，挣少花多生活贫；
可喜脱贫带福荫，回乡创业好光景；
村庄县城天天跑，养牛修车两经营；
小车嘟嘟路上叫，奔上小康笑盈盈。

从代董村回来，龙通顺乐意地接受了我的采访。

谈起肉牛产业的发展，他如数家珍：从定位肉牛养殖全产业链发展的那天起，盘石镇便以肉牛养殖产业的稳量、提质、增效为主攻方向，在充分发挥市场资源配置的基础上，创新环境、优化环境，认真落实"放管服"改革措施，消除不合理壁垒，补齐畜牧业发展短板与弱项，建立适应市场的利益联结机制，增强发展活力，带动畜牧产业高质量发展。

他说，盘石镇发展肉牛产业历史悠久，民众养殖基础深厚。过去，这项产业由于市场等原因一度走向低谷。

如今，盘石镇党委、镇政府积极策动肉牛产业转型发展，大力实施政策牵动、项目拉动、龙头带动、品牌驱动、市场推动发展战略，当地肉牛产业续写了又一个春天的故事，再度牛起来了。

走进盘石镇大坪村肉牛养殖户钟萍的家庭式肉牛养殖场，整洁干净的养殖棚里健硕的肉牛悠然自得地嚼食草料，钟萍和龙海清正忙着清理牛舍、添加草料。从最开始的粗放型养殖到现代精细化养殖，养殖场越办越好。

钟萍说，我们现在有100多头牛，能消耗秸秆近200吨。要在以前谁能想到，秸秆还能变成牛肉。

龙海清说，饲料化让秸秆有了新出路，牛粪还能做农家肥，养牛种地两不误，这产业真是不错！

在沃里坪村的养殖场，新投入使用的圈舍里一头头肉牛膘肥体壮，饲养员正在有序地忙碌着。通过改扩建，进一步提高肉牛养殖的规模化、集约化和标准化水平，确保肉牛品质得到进一步提高。

沃里坪养殖场经理李均说，我们养牛场设计规模是200头，现在总的存栏是120头。去年年底，我们的新场地已经正式投入运营，现在主要以育肥牛为主，销往周边城市的大型屠宰场。

如何行而不辍，继续做大做强做优肉牛产业？

笔者：为增加肉牛养殖数量，盘石镇采取了哪些措施？

龙通顺：盘石镇落实扶持龙头企业的各项优惠政策，鼓励龙头企业打造一批享誉省内外的牛产业品牌，发挥引领作用，增加农村散户肉牛存栏量。采用政府投资建场后租赁给企业的形式，扶持龙头企业发展，并带动周边群众参与肉牛养殖。

要发展肉牛养殖业，就必须发展饲料加工产业。盘石镇积极推广人工种草和秸秆养牛技术，保障饲草料供给，并加快饲料加工厂建设进度，充分收储农户种植的玉米秸秆、甘蔗尾叶等，带动群众种植饲草料的积极性，引导更多群众投入肉牛养殖产业链。

笔者：那么技术问题如何解决？

龙通顺：培训技能，把牛养好。养牛数量增多后，盘石镇还致力于提高牛的质量，让牛肉更好吃。切入点就是推进牛品种的改良。

刚开始养牛经验不足，一边摸索一边养，只要有养殖培训的机会，我都积极参加，从中学到了很多养殖技术。经过不断的努力，现在牛场初具规模，附近村民经常来观摩。

笔者：你们采取什么措施加强肉牛发展？

龙通顺：拓展市场，把牛养值钱。

要让我们养的牛变得更值钱，就必须建立完善的肉牛养殖全产业链。

养出来、卖出去，还要追求高效益。除了结合资源禀赋因地制宜、市场需求选择产业之外，还立足比较优势、追求差异化发展农业产业，促进现代农业高速发展。

第九章　文化滋润好乡风

特色和个性，是盘石镇一直保留的血脉。这种血脉在千百年的盘石社会发展史中，一直扮演着推动历史车轮前进的角色。

不得不说，源远流长的非物质文化遗产、民族文化与原汁原味的匠心精神，正在盘石镇建设中释放新的活力，展现新的芳华，为盘石打造腊尔山区韵味浓厚的人文特色城镇奠定了坚实的基础。

延续乡村记忆　弘扬传统文化

无论社会如何发展、时代怎样变迁，唯有守住文化根脉，才能丰富小城镇的内涵。

2023年农历二月二。苗族人又迎来了一个传统的节日——二月二。街上，宾朋欢聚在这一天，红石边的横幅和飘飘的彩旗，大红灯笼高高挂，熙来攘往的苗民披上五彩缤纷的民族服饰，涌向广场，组成一个欢乐的苗乡海洋。

大量丰富多彩的新歌，在苗乡广为传唱，在二月二苗族文化节上达到高潮。你听，抒情的歌词，优美动听的曲调，让人们经久难忘。嘹亮的歌声萦绕在苗乡上空，余音袅袅，不绝如缕。每届二月二歌会，宾客用餐时热情的苗家主人都拿大碗，唱着敬酒歌，歌词大意是欢迎远方来的客人，多吃酒菜。

客人们纷纷以红包为赠。会堂内灯火辉煌，一排排、一对对男女歌手拉开架势摆歌台，一唱一和，比睿斗智，通宵达旦。他们出口成歌，此起彼伏，激情昂扬。女歌手唱得清婉嘹亮，男歌手歌声高亢雄浑，歌词都委婉比喻，语带双关，纤徐有情，自然合韵。

场地不大，临时搭建的主席台上装点得绚丽多彩，主席台右侧，挺立着两根旗杆。主席台左侧竖幅上写着推陈出新，苗汉同唱世纪新歌。右侧竖幅上写着改革开放，友邻共创千年伟业。主席台两侧彩旗迎风招展。主席台对面的一个充气拱形彩虹门上双龙戏珠，吉祥如意。彩门上2023年二月二苗族歌会的字样格外引人注目。

广场的四面挂着横幅，上面写着龙腾虎跃展苗乡风采，载歌载舞扬民族文化。促进苗乡交流，加强民族团结。展示苗乡风情，弘扬民族文化。该操场容纳几千名群众。上午8点左右，就有群众队伍陆陆续续进场了。

　　从四面八方赶来的车行人流拥进会场。广场上，熙熙攘攘的人们，红男绿女，穿着五彩缤纷服饰，成了一片人海，穿梭走动像海上的波浪。

　　石荣华用流利的苗语致热情洋溢的讲话。他说，本次活动是进一步弘扬传统民族文化，增进民族乡镇之间的友谊，提高民族地区的知名度，达到文化搭台，经济唱戏的目的。

　　宽敞的广场上，大大小小的车子，各式各样的货摊，接龙似的绕着场地圈了一圈又一圈。歌声浮起阳伞，笑语戴着草帽，三三两两，结伙成伴奏。夫妻和家人，展示着恩爱和睦的生活；情侣和朋友，表现出情笃意厚的亲密。可以欣赏五颜六色的民族服饰，品味每个人不同的穿着打扮，可以参与不同年龄的笑谈，听到不同经历的故事。

　　伴着歌声，四位须发斑白的老人擂响了四面大鼓，咚咚——咚咚哒，咚哒咚哒……

　　那神态，庄重而肃穆，犹如威严的将军；那鼓点，激昂而响亮，宛如催征的战鼓。

　　漫山遍野是黑压压的人群。那广场中间，竖着一根高高的旗杆，八株松柏像八支巨大的绿色火炬擎在旗杆四周，树身缀满了五颜六色的鲜花，宛若镶嵌着一颗颗珍珠玛瑙。苗家姑娘穿戴着平日舍不得穿的盛装，五个一伙、八个一群地聚在一起，时而把头凑在一块儿窃窃私语，时而格格格地扬起一阵开怀的笑，逗来一伙伙腰挂芦笙或唢呐的后生子在她们身边游来荡去。

　　山歌唱来别有情。

运动场上，苗汉群众挤得水泄不通，沉浸在一片浓郁的民族文化氛围之中。主席台上，竖幅飘扬，歌手穿着五彩缤纷的民族服装，轮流在台前一字形排开，用苗语苗调引吭高歌《我们盘石处处歌》，欢迎来参加歌会的贵宾，拉开了歌会的序幕。

苗族人热情好客、勤劳刻苦、团结互助，谱写了一曲社会主义的新赞歌。

> 阳鸟报春山花开，请你到我苗乡来。
> 彩虹流云传喜讯，二月二日摆歌台。
> 手把伞子迎贵宾，歌句唱来表表心。
> 感谢专家来指导，今天相会格外亲。

对歌现场，男女歌手各排一行，周围人头攒动，热闹非凡。苗民惯于以歌代言，陈志趣，抒衷情，争巧愚，尚美德，比睿斗智，即兴演唱，此起彼伏。

> 巍巍盘石蛮清秀，传统文化得保留。
> 板龙马灯苗乡美，还有狮子滚绣球。
> 党的政策暖人心，十分感谢众贵宾，
> 苗汉各族团结紧，四化路上奔前程。
> 心想唱歌尽情唱，全面振兴进山乡。
> 句句讲的知心话，点起明灯亮堂堂。

腊尔山台地是中国苗族聚居的核心地带之一，松桃苗族自治县的盘石镇、长坪乡、盘信镇、正大镇、大兴镇与湘西花垣的吉卫镇、雅酉乡，凤凰县的两林乡、禾库镇更是腊尔山台地原生态文化的核心地带。

由于这里长期封闭，这里的村民依然还保存着苗族传统的生活习俗，传承着千百年来的民族密码。苗族传统习俗文化在与外来文化发展变化中相互交融渗透。

中华人民共和国成立前，民歌唱的是苦难，迁徙和受压迫。中华人民共和国成立后，苗民们在党的民族政策的阳光沐浴下，继承勤劳勇敢的传统，劳动之余仍喜爱唱歌。民歌虽来自民间，但其内容更加丰富多彩。歌是苗族人民的传家宝，是苗民的百科全书。

正午时光，代表们兴致勃勃地看了龙腾虎跃的狮子舞，下午观看文艺演出《民族团结舞》《苗乡唱晚》，一首首歌曲在苗乡山峦回荡：

> 党的恩情比海深，苗民跟党心连心；
> 刀山火海紧跟党，海枯石烂不变心。
> 党是日头我是花，阳光雨露勤浇洒；
> 花开十重因日暖，党暖苗乡千万家。
> 神镇天地红旗飘，锦绣江山分外娇；
> 灿烂前程无限好，中华崛起在今朝。
> 喜鹊飞来叫喳喳，苗汉团结似一家；
> 党的民族政策好，全国遍地开红花。
> ……

有个姑娘唱着《花鼓舞》：

一槌槌打呀一声声情，
热血沸腾红透了高天厚土；
一面面鼓呀一腔腔爱，
催开百花催香五谷。
甜美美的舞姿寄春梦，
甜美美的鼓声催激情。
甜美美的眼神荡春水。
啊，火火的大鼓，
打来了龙飞，打来了凤舞，
打来了父老乡亲的希望和幸福。

一锤锤敲呀一声声雷，
春雷滚滚响彻高天厚土；
一面面鼓呀一声声吼，
万马奔腾八方开路。
火辣辣的山地绽春雷。
火辣辣的笑容庆丰年，
火辣辣的汗水抖神威。
啊，红红的大鼓，
舞动了七洲，舞响了四海，
舞出了中华民族的精神和风骨。

她的歌声犹如她的舞蹈，犹如她的容貌，极为迷人，却难以捉摸，可以说，蕴含着纯净、激扬、空灵和缥缈，听起来是一阵阵美妙的旋律，一阵阵动听的节奏；继而歌词单纯，间有呦呦尖厉的音符；继而音阶轻快跳跃，足以让夜莺退避三舍，但音韵始终那么和谐；继而八度音跌宕起伏。

盘石历史文化悠久，苗歌、傩戏、上刀山、下火海、舞龙、舞狮等100余种民族民间绝活的传承和保存完整，苗族服饰、刺绣、印染、挑花、雕刻、银首饰加工等世代相传。

节日的举办，不仅促进了区域交流，还展示了盘石的形象和品牌，提升了其区域的知名度和美誉度。

完善文化设施　提升公共服务

推进实力盘石、绿色盘石、宜居盘石、活力盘石、人文盘石五大工程，进一步聚焦项目、聚力创新，提升经济实力，进一步精心建设、精细管理，把盘石建设得更加美好，让盘石人民更加幸福。

在盘石镇，干部的心里都雕刻着两个字——责任，血液里都流淌着两个字——担当。为建设大美盘石镇，全镇上下拧成一股绳，党的根基在这里愈发牢固。

擦亮用好年味盘石情满城、浪漫盘石花满城、逍遥盘石乐满城、水韵盘石香满城的四季旅游品牌，做实响水泉飞欢乐游、红石城堡舒心游、黔东草海和梳子山生态康养度假游、美丽乡村休闲游四条精品旅游线路。

盘石以文化解题特色小城镇发展思路，充分挖掘民族文化资源，有效激活和合理运用优秀历史文化、革命传统文化、民族民间文化等资源，着力增加文化要素、提高文化含量、彰显文化品位，为小城镇建设注入灵魂。

特别值得前往体验的是盘石镇的二月二节日、苗族蜡染技艺、苗族刺绣、苗族银饰锻制技艺等。

人因文而优雅，镇因文而厚重。为了鼓励文艺创新，打造精品力作，盘石建立文艺创作基金的长效激励机制，4年前就出台了《盘石镇文艺创作激励机制办法》，同时积极创造条件，鼓励支持乡土文化人才成长，每年都组织文化创作人员深入生活，开展文学艺术采风和文艺讲座活动。

如何以社会主义核心价值观为引领，在富口袋的同时，富脑袋、丰内涵，提升乡村文明软实力，让文明乡风、良好家风、淳朴民风在乡村蔚然成风，让农村不断焕发新的活力？

杨通平说，乡村振兴，既要发展产业、壮大经济，更要激活文化、提振精神。

据介绍，镇里建立了20个乡村文化苑，集老年日间照料中心、文化大讲堂、农家书屋、文艺宣传队和志愿服务队等六位一体，村村订立村规民约，成立红白理事会、新乡贤理事会、村民议事会等群众自治组织。

发挥新乡贤、基层宣讲员、群众文艺团体等人才的骨干作用，盘石镇发掘民间艺术、民俗活动等乡土文化的时代价值，把弘扬优秀传统文化和践行社会主义核心价值观教育渗透到乡村振兴、乡村治理的方方面面，弘扬全社会崇德向善的正能量。

龙子荣羞涩地说，当初，确实有一部分村民参与的积极性不高，但我们充分尊重村民的意愿，激发内驱力，强化村民我制定、我承诺、我执行的约束意识。紧扣森林防火、治安联防、环境治理、村风文明、邻里和谐等管理难点，通过宣传动员、形成初稿、村民讨论、合法审查、张榜公示、表决承诺、公布实施七步工作法，将群众反映最多、最集中的意见写进村规民约，成为大家共同认可、共同遵循、务实管用的村规民约。

现在的盘石，狮舞、花鼓、戏剧、书画等文化活动丰富，群众参与热情十分高涨，曾经习惯观看演出的农民，如今成了参与演出的主角。仅去年，就组织开展了舞台艺术送农民活动 39 场，农村公益电影放映 256 场次……覆盖全镇的公共文化服务来到了每一位群众的身边，乡村文化活动越来越丰富，群众的生活也越来越滋润。乡村文化振兴，不仅扮靓了村容村貌，更厚植了道德文化、培育了文明乡风。

在走好乡村文化振兴之路上，要扬正气、压歪风、富头脑、丰内涵，提升乡村文明软实力。同时，要不断丰富和创新形式，组织群众喜闻乐见的文化活动，让乡村文化真正活起来。

二十大的政策正享用，二十大的春风吹进门。条条都是为人民，句句都是高水平……伴随着自编自唱的音乐声，黄连村唐银莲的舞蹈队队员，身系绸带、斜挎腰鼓，时而欢快、时而轻柔地跳了起来。

打竹板心里亮，盘石土地把歌唱。"门前三包"落实好，美丽乡村人欢笑……这是我们镇的文化站站长创作后教给我们排练的，刚表演完快板的村民龙成洪对我说，别看我们这里是小山村，但环境卫生一点儿也不比城市差。

黄连村党支部书记田井文指着文化广场旁边的宣传栏对我说，刚才他们打的这快板名字叫《村规民约要牢记》，这宣传栏上都有，他们都快背熟了。

盘石镇打造盘石·知礼文化品牌。最美知礼人评选是这两年的重头戏，全镇各类人群的榜样，都是评选对象。

镇长刘伟说，每个城镇人一生都会带着一根隐形的剪不断的脐带，那就是自己的城镇史。每个城镇人都在折射所置身城镇的烙印，那是鲜明的文化胎记。一座城镇都在彰显独特的个性气质，一座城镇的历史文化犹如这座城镇的流水，浸染润泽着这座城镇人的精神气质。

自觉与自信下的摇曳多姿

大沿村在培育文明乡风、良好家风、淳朴民风，提升农民精神风貌方面持续发力。

在推动文化振兴方面，当造村最先主抓的是加强公共文化建设，提升文明水平。

龙建宇告诉我，经过前期的不断努力，当造村目前已建成下沉文化广场、民俗文化广场、健康文化园、267直播网红打卡地等多处公共文化设施，这些公共场地成为村民日常活动的聚集地、文体活动的娱乐场、展示村容村貌的金名片。

包括已运营的当造农家书屋、忠义广场小戏台等文化设施，在寓教于乐中提升村民的文明素养和集体荣誉观念。

与此同时，当造村还着力建设智慧当造，加强文明治理。

龙建于说，当前，数字当造建设正在稳步推进，其中智慧当造村级管理小程序开发已经完成，正在与相关系统进行对接。以后，来当造村旅游的游客可以通过相关二维码了解当造村的历史；而当造村干部和村民则可以通过智慧当造小程序，实现收发通知、实时缴费、一键呼救等各项功能。当造村治理水平正在向数字化、智能化、规范化迈进。

为了丰富乡村文化生活，提振农民精气神，当造村还计划和组织了小戏班、乒乓球比赛、拔河比赛及舞蹈队等文体活动，进一步提升了当造村百姓的幸福感和获得感，为当造村乡村振兴工作提供了持续的内生动力。

山歌美，美在文化，美在精神。一首山歌中，饱含着久远的乡愁和百年的文化积淀。习近平总书记指出，乡村振兴既要塑形，也要铸魂。实施乡村振兴战略，润物无声的文化精神力量振兴必当在乡村先行。依靠文化的力量，山歌治村成为当造村的一张靓丽名片，渗透到方方面面。通过文化治村，实现基层治理、乡村振兴的做法值得借鉴。

一首山歌究竟能做得多大？

山歌频道开起来以后，《神奇当造》等村歌将借助互联网，漂洋过海传播的世界。让世界听到中国美丽乡村的声音，我们的声音最嘹亮！

一首山歌，就是联系民心的家歌

设神理以景俗，敷文化以柔远。王融在其《曲水诗序》中的这句话，道出了文化在人的精神思想、社会能力培养等方面的深远影响和作用。山歌是基层治理有效的一味良药。

龙建宇有感而发，最开始当造用山歌管理村庄，别人觉得好笑，觉得村歌的力量有那么大吗？实践证明，文化的力量是最深沉的力量。

在龙建宇看来，一首山歌就是一个村的历史，传唱山歌，就是传唱村子里近百年的孝道与爱的文化，文化的传承，学山歌，唱山歌，演山歌，有三个好处：一是促进人的心理健康，二是凝聚民心，三是一个村庄管理最好是人与人面对面沟通。

每当表演前，龙建宇就问村民，我们这个村庄未来怎么做？我们这个村庄卫生怎么搞？村庄就是一个家，把家的文化、家的理念通过山歌表演，灌输到村民心中去。让老百姓懂得，乡村振兴首先要家和万事兴。

龙建宇说，把村庄当成自己的家，首先要把村庄打扮漂亮，村容要整洁，垃圾分类，其次乡村要绿化，庭院要绿化，要尊敬老人，懂得礼节礼貌，而这些都是通过山歌来传播的。

一首歌，日日吟，天天唱，成了百姓心中的一首家歌。现在村民们都知道，在当造村要这样做，互学互比互看，大家形成统一理念，那就是觉得当造美，美在心灵，美在行为，美在语言。让大家慢慢感悟到小我与大家的关系，大家与国家的关系，自然有了主人翁的责任感。

一首山歌，衍生出村庄振兴的脉络

今年，当造村迎来了唱响山歌十周年，山歌经济提上了议程。从山歌开始，把产业振兴做到实处。

山歌不是为编而编，也不是为唱而唱，而是我们明白，未来就是要用祖宗的文化和现代的文明相结合进行传播、沟通、传承，才能达到乡村治理最有效的效果。

龙建宇认为，当造村的环境通过几年改造确实不错，但是产业还不够扎实，摆在面前的挑战和压力就是招商引资。这次来贵阳，就是要把项目引回来。

这些年来，当造村一年举行山歌晚会 60 多场，每个星期至少有一场，场场爆满。村民自然的表现，感染着来到当造的每一个人。由此迸发的是蓬勃的乡土文化力量和源源不断的创造激情。这几天，当造村正在起草总体规划，谋划以当造村为中心、辐射带动周边乡村的产村文旅全域融合发展格局。

用山歌，用这样一种独特的具有自身优势的形式，既实现了乡风文明、熏陶了村民，又能激发出文化的活力，由此走出一条乡村融合、文旅融合、农旅融合的乡村振兴新路子来。

龙建宇深谙文化支撑作品，作品带出项目，事业产业真正融合的道理。

山歌+党建开拓治理新模式

最美现象的背后，社会主义核心价值观春风化雨。厚德崇文的古风一直在此延续。新世纪，公民道德建设在盘石镇扎实推进。最终凸显出务实、守信、崇学、向善的8字箴言，时刻提醒我们对真善美的追求。

深耕农村文化建设，使精神之花开遍乡野。盘石镇有下乡种文化的传统。2023年，盘石镇党委、镇政府建设了20座文化礼堂。投资金，增设备，配人员，一时间，文化礼堂遍及村寨。这些文化之殿传播新文化，涵养新风俗，普及新的生活理念，在盘石村寨播撒美丽盘石的种子。

美丽盘石，不能没有精气神。当今，精神涵养、道德提升的紧迫感尤为强烈。越是靠近现代化，我们越要着力培育和弘扬社会主义核心价值观。

如何让山歌真正成为一种根植人心的基层文化？最近的一次机会，令龙建宇兴奋不已——通过山歌+党建，松桃县小百花艺术团与村党支部结对了。

依托文明实践中心、所、站三级组织机构，盘石镇大力倡导全民志愿、全域志愿，努力提高基层群众参与文明实践志愿服务的人数。

盘石镇通过全面深化开展文明村镇、文明单位、文明家庭、文明校园创建，以覆盖各行各业的创评活动，推动全民加入建设文明城镇的队伍中。积极挖掘、推介身边好人的感人故事，突出示范引领。

走进当造村，一幅幅精美的图画，一行行优美的书法，社会主义核心价值观、优秀家风家训等内容跃然墙上……这样接地气的文化墙在盘石镇比比皆是。

文化墙图文并茂、直观明了，易于百姓理解认知。据镇文化站介绍，全镇书画界各级会员 300 多人及民间群团书画爱好者近 1000 人。

缘定盘石，永恒之恋的旅游文化主题。

全力打造新时代盘石印象：文明、诚信、友善、淳朴、勤劳的良好风尚。

第十章　大地的诗情

以一颗洁净之心去感受盘石，倾听盘石，就会听到流水般的旋律和荷花开放般的声音。

红石堡　绝世奇观

现在的当造村，俨然是一座公园。

村支书、村委会主任龙建宇，中等个头，土生土长的80后。一开口，就能看出他的干脆利索，感受到他对当造村满满的豪情。

龙建宇告诉我，当造村的干部出勤率相当高，一年有350天左右，只有春节那几天可以放松一下，其他时间都围着村里转，围着群众转。这只是面上的变化，真正的变化是村民内涵和观念的变化，这才是当造村发展的内在动力。

当然，一个地域的发展，总是离不开带头人。

盘石镇的蝶变，因为时代，因为政策，也因为村民的观念、智慧、汗水和勤劳。

盘石镇在阔步前进，但有些特质，从未离开这片土地。

或许，这就是事物继承与创新的统一，也是盘石镇能够阔步前进的内在动力。

与大众垸其他村一样，盘石镇一直继承着大年三十大清早就祭祖吃年饭过年的习俗。

记得小时候，每到农历十二月二十九日晚上，父母和爷爷奶奶就开始做好吃的，基本上一宿没睡。大概凌晨 3 时多，父母就叫我们起床吃年饭。此时，大众垸的鞭炮声，伴随着鸡鸣犬吠，此起彼伏。

盘石镇这几年之所以发展迅速，归根结底，还是思路的问题。特别可贵的是，镇党委、镇政府把生态文明建设放在首要位置，努力改善村居环境，全镇上下一心、积极开展美丽乡村建设。

说起盘石镇，县政协退休干部田如刚就来劲，特别让我感动的是，镇党委、镇政府有远见，吃透绿色发展理念，从长远发展的眼光来建村，这点非常难得，他们走的是一条可持续发展的道路。

我们要让游客一进村，就能看到一个立体的、历史的、多元的村庄。

整个村子被连绵起伏、幽幽碧绿的群峰和漫山遍野的绿树所包围着，绿杉、茅草青翠欲滴，绿水相依，娇花吐艳，置身其中犹如身在翠绿的森林。

当造村美则美矣，从当造举步皆奇峰、展目如画图的万千景色之中，不算景致的极美。红石堡才是当造村的核心，或者说美女峰堪称当造的标识和文化符号。

步入红石林核心区，在日月精华的滋润下，石林如雨后春笋般生长，大有生命奔腾欢舞之势。矗立突兀，线条顺畅，石林以奇、大、怪、绝而著称于世。那褐红色大森林的巨石群，有的像大象，有的像狮子，有的像宝塔，纵横连成一片，如千军万马驰骋疆场。观看每一座石峰，如同一支支兵器，直插云天，恰如人们所说，盘石十八怪，石头长在云天外。

穿行石林之间，如走迷宫，一会儿曲径通幽，一会儿峰回路转，真是别有洞天。一路细数，石林里有许多个景观，如莲花峰、七仙女，像龟石台、幽兰深谷、凤凰梳翅等，造型别致，形象生动，让人啧啧称奇。

我们左转右转，上上下下，弯腰曲背，碰头擦臂，不知道走了多远，然而站下来，定睛一看，却又回来了。

我左观右看，眼花缭乱。眼前这一片红石林仿佛活了起来。它们有的指天戳云，像利剑似的直指九霄；有的巍峨雄峻，活像力大千钧的武士；有的耸峙挺立，活如忠于职守的哨兵；有的亭亭玉立，如同姣美的玉女；有的如东方巨人指点江山。

有的如神龟探海、鹰击长空；有的像城堡、楼兰古城；有蜀犬吠日、乳燕待哺、蜗牛搬家、七彩迷宫等，另外还有地下溶洞、绝壁天坑、千年古木等。

我转眼看看对面的红石山，洋溢着无穷无尽的力量，威慑地挺立在我们眼前。形态各异，或层层叠叠，或嵯峨嶙峋，气势雄伟；或形如楼阁，或状如宝塔，窠巧玲珑，形成高峰，令人震撼。

我对浩瀚石海中的绿色植物产生了遐想，我以为山石之刚烈，源于这些绿色植物的依附与衬托，其实柔美的绿色植物也只能在坚硬顽强的山石呵护下，才能茁壮成长。尤其是小石林山口上的一块巨大峭壁上，攀附着一株巨大的藤蔓，让我突发奇想，这也许是苗家姑娘的化身，巨石则是刚强的阿哥，看他们彼此间的依靠与牵附，刚柔相济，美丽动人，演绎着石林之中另一种动人心魄的大美。

盘石红石堡核心区包括当造村、仁广村，占地约30平方公里，色彩鲜艳，造型优美。最珍贵的是，盘石红石林保持了原生态之美。

龙正书一阵爽朗的大笑后，认真地盯着我说："奇特的还有的是，我们不妨到仁广村去看看。"

我高兴地说："那好呀，去吧！"

我们爬上盘石镇仁广村后山山顶，看见一堆熠熠生辉的红色蘑菇石，被当地人称之为品字石，又称为丹霞蘑菇石。占地面积约为80平方米。主体由三块石头组成，两块并排竖立，在离地面50厘米处，有两条白色的平行线，上面平放着一块大石头，像是人特意安排的，若有阳光照射，极为美观。仁广的品字形红石林，具有中天挺孤秀，佳气接滇茫的雄壮。

我们醉游了一番，似乎从此怀疑世界上还会有其他什么美景让人如此陶醉。

游人如织，有的拍照、有的绘画、有的吟诗、有的畅游……

龙正书很神秘地说：只有你们这些真正搞文学艺术的人才知道这片红石堡的价值和意境！

他的这句话，让我回味良久。

我问，您是怎么发现这片石林的？

他曾经当过老师，曾经在县教育局、监察局工作。

正当他的事业如日中天时，他的弟弟龙正明考上了成都大学地质学院。

20世纪80年代，偏僻落后的山村有人考取大学，是一件天大的喜事。可龙正书一家就是高兴不起来。

为什么？对于世世代代面朝黄土背朝天的老实巴交农民，食不果腹，衣不蔽体，哪里找钱供儿子读大学？龙正书虽然有稳定收入，也是入不敷出，哪里有钱给弟弟上大学？

1991年1月，龙正书放弃准备提任县监察局副局长职务，经陈建萍介绍，去她老公曹玉江的松桃县锰矿工作，他欣然答应。次日，他辞去公务员，去县锰矿任办公室主任。1991年9月升任常务副矿长，1994年1月任矿长，党总支书记。1996年，任县经贸局副局长兼锰矿矿长。

2011年2月，松桃县锰矿国有企业改制民营企业，改为贵州省梵净山锰业有限公司。改制成功，得到了全市推广。2011年3月28日，他被评为贵州省十佳民营企业家之一。

在落后、封闭、贫瘠的土地上，与其说是搞改革，毋宁说是进行一场观念上的深刻变革……

龙正书刚从贵阳领奖回来，县委书记找他谈话。他说："龙老板，您现在有钱了，松桃是个穷地方，您不能往县外投钱。"他叫龙正书投资潜龙洞，龙正书投了 1.2 亿元开发潜龙洞，开启了从黑色矿业到绿色旅游的转型发展之路。

2015 年 5 月，盘石镇党委书记张学斌、镇长麻程找到他。对他说，老家那么穷，您不帮忙？他说："我很想帮忙，但目前没有钱，一下子帮不了。"他们找了七八次，他才答应。选择在当选村腊尔山人工打造全国面积最大的美国红枫。

在种植红枫的过程中，发现了许多层状红色巨石。经过不断刨挖和清理，就出现了漫山遍野的红石林。此后，腊尔山的红石堡经过网络的传播而成了网红。

发现红石林，龙正书像哥伦布发现新大陆那样无比高兴。

于是，他像黎明一样朝气勃勃，像日出一样拥抱着未来……

2015 年 9 月，他成立贵州腊尔山旅游开发有限公司，依托当造村的山地、草地、湿地、湖泊等资源，他投入 9300 万元开发红石林景区。

2016 年 10 月，县政协副主席龙昌新通过贵州省人大常委会副主任王世杰，把当时已经 84 岁高龄的中国科学院院士、西南大学教授袁道先请到盘石镇来视察红石林。

袁教授目睹漫山遍野的红石林非常兴奋，说，这是世界奇观，市值 150 亿元人民币，可申报国家地质公园。看后，他改名为红石堡。

为何改为红石堡呢？

袁教授爽快回答，因为红石林中有的景观像宝塔，整个景区很古朴，像一片辽阔的城堡巍峨地挺立着，故改名为红石堡。

同时，龙正书主持编制完成了《盘石镇红石堡旅游建设专项规划》，该规划科学定位了盘石镇的生态优势和文化优势，指明了盘石镇旅游开发的发展方向，制定了以山水旅游为主体，深度挖掘历史传承，保护生态环境，文化深度融合旅游，实现可持续发展的景区战略愿景。

当造村村民龙爱兵入股 100 多万元，刘猛也入股开发红石堡。

我说："想不到你很执着和坚守。"

龙正书一脸笑意地说："我还告诉你们，盘石可不是我一个人的盘石，盘石可是咱全松桃人的盘石，甚至是贵州的盘石，是全国的盘石，我领着干，干好了，那是咱松桃人的骄傲。"

"我现在干或不干，我的财富吃他几辈子也吃不完，可是娃子们，你们想了没有，就让我天天吃香喝辣，我一天能吃多少？我一年能吃多少？我现在干呢，就是给娃子们你们干的，知道不知道？以后你们好好干，把日子过好，过幸福，才是我想看到的，算我没有白忙活盘石这场事儿。"

不用多说，我们能读出这位共产党人的大胸怀、大境界、大格局。作为盘石风景区的掌舵人，龙正书心里不光装着开发建设的事情，还总是装着游客。

我问："盘石红石堡与湘西古丈县红石林有什么异同？"

龙正书："同样是大自然的鬼斧神工，盘石的红石堡并不比古丈石林逊色，古丈县的红石林没有盘石的面积宽阔！"

可能因为一句话，可能因为一张图，可能因为一部剧，就会让你想要出行，去看一看前所未见的景象，很多时候你没见过这番景象，便不能感受自然的神奇和伟大，盘石红石堡，就像是神的创作。

古丈红石林苍凉而原始，散发出耀眼的光芒，把身后的蓝天衬托得更加深邃。可谓鬼斧神工，令人叹为观止。

盘石红石堡，那千姿百态的造型，和外界格格不入的色调，都会让你像是走进了一个蛮荒的远古世界，有一种强大的吸引力让你着迷于这里的自然风光。

古丈红石林没有盘石红石堡面积宽阔。

让我感动的是，那些正在开发红石林的村民们，每天有700多人开挖、清洗石林。问起他们苦不苦，工人们非常诚实地说，吃点苦不算啥，石林公园建好了，大家都来旅游了，我们的生活也就更好了。

每天都有游客来，一拨一拨的。游客们在这里呼吸清新的空气，拍摄亮丽的风景，品尝农家菜的香甜，聆听红石源远流长的美妙故事。

红石林不仅风景好，吃得也很有特色。游玩结束后，我们商量着去景区农家院里吃农家菜。菜上来了，有盘石卷煎、当造炒鸡、红薯面条，无论是菜色、味道、搭配等都拿捏得恰到好处，让你不禁大快朵颐。

数百年来，村庄的风味美食被传承下来，并保留至今，成了村庄又一张响亮的名片。村庄水草丰美，羊只都是自然放养，肉质鲜美，远近闻名。羊肉是当地百姓热爱的一种美食，可烹炸炒涮，吃肉喝汤，怎么都是一道绝佳美味。每逢春节前夕，村庄户户都吃酸汤鱼，寓意年年有余。年糕以黄米和豇豆做原料，年糕软糯香甜，老少咸宜，是村庄标志性的美食。村庄盛产豆子，磨豆腐是古老的传统手工技艺，每到春节前夕，百姓家家都推磨做豆腐，预示福到农家。

《红石堡之歌》在腊尔山区回荡：

美丽的红石堡

那一片爱的圣地

是谁改变了世界改变了天与地

是谁忘记了日月忘记了风和雨

仙女下凡人间解开圣衣

用甘甜的乳汁滋润着万物哺育着苗家儿女

从此诞生了一座红石堡一片爱的圣地

你说红石堡多么壮美

可在她面前失去了妩媚

你说红石堡多么威名

可在她眼里不懂得高飞

红石堡

一个令人浮想联翩的名字

一段叫人赞不绝口的故事

哦，那一片爱的圣地

裸露的是苗家人的真诚　创造了无限的奇迹

让所有的美丽　诱惑着你

五湖四海的兄弟姐妹们呀

如果你来到这里

这里的油菜花

定为你盛开一朵朵笑容　奉献鲜活和美丽

一个令人心跳不已的名字

一段叫人时常怀想的故事

哦，那一片爱的圣地

流露的是苗家人的热情　写满了无限的画意

让所有的神奇　迷恋着你

五湖四海的兄弟姐妹们呀

如果你离开这里

这里的红石堡

定为你流淌一声声爱语　值得你永远记忆

朝阳把整个当造村笼罩了一层红色面纱，更加神秘、姣美，就像蒙着盖头的新娘，又像朦朦胧胧的梦。我们依依惜别，我想揪一块红石留作纪念，但没有，我不忍心破坏这完美的当造。忽然想起了徐志摩的诗：我匆匆的走了，就像我匆匆的来，挥挥衣袖，不带走一片云彩……

响水泉飞　古今靓丽

响水洞，贵州、四川、湖北等地都有这个地名，也都是著名的风景胜地。

而我今天要说的响水洞，是贵州省松桃苗族自治县盘石镇响水洞。

这个响水洞村镶嵌在大峡谷里，保存了最完美、最丰富的山地居民形态，就是一座文化宝库，一所村庄博物馆，是乡土文化保存与发展的舞台。

在东西相距3华里的对称的溶洞规模很大，洞口能容几十人进出，一股清凉的泉水，一年四季从洞里流出，响声如雷，因此得名响水洞。

2018年12月，响水洞被命名为中国少数民族特色村寨。

村庄造型神秘。依山而建，三面环山，背风向阳，村庄前面被田地包围，千年前就有人选择这个地理位置优越、资源丰富的地方建家立业。古村庄整体形似一把太师椅，从远处看又形似一只簸箕。村庄主要是以自然山体为主，村庄里有一条贯穿南北与外界相连的主干道，北侧还有一条东西走向的主干道，其他道路主要是根据地势和村庄顺势修建。

人丁兴旺、五谷丰盈是村庄最大的夙愿，灯火村庄、繁盛家园是村庄最大的希冀。在苗族飞歌里走起来，在花鼓群里擂起来，在高桌舞狮现场热起来……各种民俗文化让村庄的人们行走有力，日子安稳。这是一种颜色，纯洁而多彩；这是一种风情，绚丽又缤纷。风情的民俗、风情的日子、风情的村庄。晨阳下，我清晰地看见不远处那一片片谷子黄和高粱红。

再看眼前的响水洞村，置身如此人间美景之中，怎能不情不自禁地感叹：此乃天上人间！

此话是我由衷而发的。响水洞村党支部书记、村委会主任田周成听后兴奋地连声应道："这话有根据！"

多次造访响水洞，每一次都有不同感受，从不了解到深深地喜欢上它，甚至想留下来安居，这就是响水洞村的魅力。

以前很难想象，一个小山村怎么能让人流连忘返、心旷神怡，有种安身于此的冲动？来到响水洞村，我竟然渐渐地对它有了一份不舍的眷恋。问我恋它何处？我要告诉你：是响水洞村群山里的那一泓水，和响水洞村边的那个托向云端与天际的池。

有的游客在游览梯田。经过响水洞祖先年复一年，一代又一代人的耕耘，用他们的智慧和辛勤的劳动，开垦出景色秀丽的梯田。从而体现苗家人认识自然、利用自然，与大自然融为一体，和谐相处。

层层环绕的梯田，宛如一片波海，泛着粼粼波光，远看如天落碧波，侧看像天梯凌云，俯瞰似大地版图，线条流畅交错有致，在平淡中凸显柔和与清新。有如大自然鬼斧神工造就的交响曲，那么的温馨与和谐。

更让人惊喜的是，响水洞梯田是一位四季美人：春来水满田畴，如串串银链挂山间；夏日佳禾吐翠，似层层绿浪排苍穹；金秋稻穗沉甸，像座座金塔顶玉宇；隆冬雪兆丰年，若环环白玉砌云端。

响水洞有句话：山有多高，水就有多高；水有多高，梯田就有多高。梯田最早开发于唐初，兴于元、明，距今有1000多年的历史，景区拥有梯田、云海、山村、竹海、溪流、瀑布、雾凇等自然景观。

有的旅客在游览瀑布，瀑布飞流直下，旋湍拍崖，飞珠溅玉，咆哮如雷。势如万马奔腾，犹如有游龙在天，纯白似玉的溪水从天而降，拍击着深谷的山石，竟像一支雄壮的交响乐。

广场是人们聚集的地方，这里每天都定时有表演。一些苗家老人穿着民族服装，低声吟唱，一支似乎从远古传来的歌声，在苗寨上空飘荡。他们用自己独特的方法，记住过去的一切：花鼓、芦笙、歌声、刺绣、蜡染，乃至所有能够寄托他们情感的东西。

我徘徊在寨子里的小路上，老人们安静地做着针线活，看着一针一线绣出的花卉，看着他们平静的面孔，我深深地感受到他们内心那种坚韧和执着。

因为这里是整个松桃文化精髓的渊源所在，世世代代苗家人所承袭的精髓——苗家文化，苗家亘古不变的民族传统都自然、真实地展现在人们面前。

广东来的国家级竹工艺大师全明鹏，站在一个民间草编艺人的摊子前，一句话不说，一看就是一个多小时。

老先生，想买点什么？民间草编艺人问他。

全明鹏双手抱拳回答，什么都不想买，就想拜您为师！

"我对苗族的草编竹编工艺非常感兴趣，天然的材料，传统的工艺，在这里能看到您编制的全过程，这是很好的体验，我自己本身也是做竹工艺的，您的民族技艺给我的启发很大。"

公司通过举办乡愁节、元宵节、四月八、六月六、中秋节、响水洞等月月主题活动，吸引了大量游客集聚到集市，成功地带动了当地村民自主创业，经营凉卷粉、炸洋芋、臭豆腐、烤苞谷粑等盘石周边知名小吃，实现每户月净利润达3000余元，年收入达4万余元。

全明鹏越听越兴奋，拍着龙崇江的肩膀说：还有哪些当地村民增收的好喜讯，赶快说出来，让大家听听。

通过发展乡村旅游业，推动了当地经济发展，群众有了稳定收入，生活环境得到改善，生活更加美满。

我们来到龙崇江家，同他们打招呼。我知道龙崇江的妻子田春香从事苗绣30多年了，技艺高超，产品精致。

我轻轻触摸着绣品，细致的纱线，精致的图案……

缕缕丝线间交错纵横，图案栩栩如生。

当凝视自己亲手做的样板，目视那些五颜六色的图样，轻抚雪纺、棉布、纱质、骨绳、网织、锦纶等各种材质的面料，细捻成各种纱线，颜色有几百种，丝丝缕缕地缠绕在人们的手指间。

你看看，那蕾丝般的花裙子，便如一只只翩翩起舞的蝶儿，招摇着整个夏天；婉约而柔美的衣服上装点着一条条水绒花边、网底花边、绣布花边、棉布花边、掀布花边、经编花边……

随着时间的流逝，工作的变更，我由一个间接工作人员转变成一个直接面对刺绣的工作人员。如此一来，便有更多的时间和机会接触刺绣。

我走近一看，这些绣品不紧不松地有条不紊地编织着，突然问起田春香，您为何不把它绷得紧紧的，做起来方便些，看起来也细密些？

田春香说：我们苗族女人，哪个没有练下一手刺绣的绝活，你看卖的东西，那刺绣活中有多少能比得上我们的，我把村子上的姐妹们招呼到一起，大家一商量，选好花色集体刺绣，刺绣出来的东西由我负责出售。刺绣是苗族妇女的传统手艺，产品一上市就很受欢迎，生意就火了。

我知道，田春香创业的成功感染着周边的人。更多的女人走出家门，做起了生意，从服装、刺绣、家产品到小家电、小五金等。

响水洞的美不仅是依山傍水错落有致的吊脚木楼，不仅是香甜的米酒，醉人的飞歌，还有浓郁古朴的民风民俗。响水洞的花鼓舞、芦笙舞、高桌舞狮曾在日本、韩国、匈牙利等国精彩绽放，打棒棒、傩巫活动先后获得了联合国教科文组织、美国、日本、法国、新加坡等外国游客的惊叹。

响水洞的长桌盛宴让您流连忘返，响水洞的糯米糍粑又香又甜。响水洞的夜色美，响水洞的村邑美，响水洞的山美，响水洞的水美，响水洞的人更美！

在村民家里，扬起木槌在糍粑槽里尽情地擂上几槌，吃上一口香甜绵软的糯米糍粑。欣赏了神奇的吊脚木楼，漫步在青石板上，欣赏着街道两边琳琅满目的银饰和身着艳丽服饰满脸笑容的苗族姑娘，然后到独具风格的露天舞场近距离感受那神秘、热情奔放的苗族歌舞，这就是响水洞的美！

苗族服饰样式之多，做工之精湛，造型之精美，在世界范围内亦可圈可点。苗家人的生活，每一个细节都在展示着民族元素，诠释着民族文化的深远魅力，彰显着民族文化的深厚底蕴。

古代苗族人在不断征战和迁徙中遗失了自己的文字，但创造了丰富多彩的民间工艺。其服饰传承着民族的迁徙文化，她们以针当笔，用彩线为墨，将刺绣的绣片用在了响水洞，一幅如幻如梦如诗的水墨画卷，一个民族陈酿千年的圣地，一座宁静而朴实的古老村寨。

在秀美山庄前，苗家人大方地摆起了长桌宴，跳起欢快的苗家舞蹈，山歌响彻村头寨尾。

我几次参加响水洞的长桌宴。知道真正的长桌宴是露天的，数十张桌子连接得好长好长，在重要节日或重要游行团来访时，才会摆这种正宗的长桌宴。既然远道而来，怎么能不吃一回长桌宴？普通游客一般十几人拼一桌，三五桌连在一起，各色美食一一端上来。

2020 年 10 月 15 日，响水洞村被贵州省文化和旅游厅、省发展改革委列入全省乡村旅游重点村。能歌善舞的苗家阿哥阿妹走到每张桌子前，用清亮的嗓音唱起苗歌，跳起漂亮的舞蹈，给客人助兴。

我们采访结束时，村委会响起优美的村歌《看见响水洞》：

你追着白云来

来到山门外　山门外

梯田满山坡

米酒香苗寨　苗家寨

你踏着歌声来

走进苗家寨

咱笑脸对笑脸

吊脚楼门双面开

歌声一浪　一浪又一浪

拍打着山崖

追着瀑布走天外

舞步一排　一排又一排

踩在你心怀　踩在我心怀

越来越快　越快

快乐一趟　一趟又一趟

汇成了大海

喊着月亮出门来

幸福一载　一载又一载

　　甜蜜满山寨　甜蜜满山寨

　　停不下来　哎呀

草海牧歌

　　我们走进这片令人魂牵梦萦的黔东草海，一睹她的盛世容颜。

　　辽阔的草海绿浪涌动，花海延绵；轻风拂过，泛起绿色的波涛，尽显纯美与空灵。

　　盘石镇的美丽源于盘石人对绿色的坚守。对于这片绿色净土，当地干部群众小心呵护，倍加珍惜。

　　为了夯实绿色根基，发挥绿色优势，发展绿色产业，推进美丽发展，盘石镇谋定而动，蓄势而发。

　　盘石镇政府经过不懈努力，从制度到实践，让绿色发展提速增效。石漠化治理，仅仅是盘石生态建设的一个缩影。从黔东草海到油茶林海，更大范围地保护与建设一直在进行之中。

　　在盘石镇，常常能听到人们说：走进盘石镇就像走进一个天然氧吧，呼吸空气就是养生。

　　2023年，盘石镇空气质量优良天数比例达到98.6%。

　　眺望着朦胧的远山，起伏的群山将草海拥在怀里，散居的村庄犹如夜空的繁星，丰富多彩。整个草海变得空旷而辽阔，饱含着一种久久的期待和无法言语的情感。

　　吴文玖系黔东草海建设者之一，他如数家珍地说：2009年，松桃县利用省科技扶贫种草养畜项目资金1500万元，整合石漠化、国土整治等涉农项目资金 5600 万元，全力打造黔东草海，建成高标准人工草场 2.3 万亩。

黔东草海先后有匈牙利格拉德州，中国农业农村部、国家民委、国家发展改革委、水利部、住房和城乡建设部的领导和专家实地调研，给予了充分肯定。

突然，几头健壮的黑白相间的牛犊走来，边走边嗷嗷地叫着，惹得旅客们高兴，情不自禁地举起相机，焦点对准牛犊，咔嚓……

有位年近花甲的放牧男子，穿着朴素，皮肤粗糙，面容慈祥。他悉心地看守牛群，轻轻地唱着动听的苗歌。

一会儿，他趔趔趄趄地向吴文玖走来，说：吴部长，今天有空来看我们？好久没看见您了。

吴文玖风趣地回答：我滚下山去了，3 年多了，哈哈哈。

那人说：那好，免得在高山上转，吃不胖呀！

我对吴文玖说：您怎么群众基础那么好，哪个都喊您喊得甜的。

吴文玖说：我在盘石摸爬滚打 14 年，群众不认识我那怎么行呢？

我问那个人：你是哪个村的？

那男子腼腆地回答：我是芭茅村的，我叫龙照田，我家有 7 口人，原来日子过得十分艰难。

我问：你现在生活咋样？

他说：2019 年 10 月开始，我家养了 30 头，卖掉 15 头，现存栏 15 头。都是党的扶贫政策好，不是政府帮我们建起养牛场，估计到现在我生活都是问题。

说着，他的眼泪情不自禁地流了下来。

我随便走近身边一个看管的中年男子：你家里是个啥情况？

他介绍，这里一群牛是桃古坪村的，那里一群牛是过洲村的，前面那群牛又是芭茅村的。那群水牛是我村谭必全家的，那群水牛是我们村龙求春家的。

草海深处传来了优美动听的姑娘的歌声：

> 大雁在草海上降落
> 是为了寻找安乐
> 轻轻地我来到你的身旁
> 牧童的短笛吹出春草香
> 欢快的群群牛羊
> 晚霞染红了山岗
>
> 轻轻地我来到你的身旁
> 感悟你淳朴的思想
> 眼中充满你高大的模样
> 是你用真诚创作的完美篇章
> 让信任的声响回荡
> 让幸福的生活地久天长
> ……

盘石镇已实现全域景区化，原汁原味的田园风光，别有洞天，美不胜收，每一个角度都能成为一幅优美画卷，不愧是休闲度假旅游的绝佳之处，这就是盘石镇的一大亮点。

提升品质，满足精致、多元的旅游消费需求，成为发展共识。

精致从何而来？浑然天成的盘石镇风貌是最大的优质资源。居民、店主、景区，三者共享资源，也同担责任。全镇两万多居民，在倡导全民参与发展思路的全域旅游时代，这种景社区合一的模式，让生于斯、长于斯的盘石人，在家门口充分享受旅游业带来的红利。而他们，也更愿意像保护自己家一样保护资源。

第十一章　实力之变：经济发展行稳致远

集体经济新引擎

党的二十大报告强调要发展新型农村集体经济。

盘石镇针对农村集体经济发展要素支撑不足、资源分散，村合作社运营规模小、发展能力弱等问题，充分发挥党的组织优势，强化党建引领，突出市场导向、抱团发展方式，探索走出一条村集体经济壮大提质的新路径，促进集体资产增值保值，实现集体经济共同发展。

组织联建，提升发展动力

龙小琴一如既往地起了个大早，开始了她一天的工作，打扫牛棚卫生，给牛栏消毒、添草、加水……

一般牛犊长大到1000斤以上我才会卖，会有老板直接上门来买。去年我喂了30头，卖了22万多元！

今年，我们又扩大了养殖规模，喂了 70 头。

戴泽斌说，盘石镇近年来积极探索新型农村集体经济发展路径，注重发挥市场多元化、专业化、集约化优势，整合资源资金资产，推动村集体经济挖潜力、激活力、增实力，走好乡村振兴共富路。

由镇党委统筹，成立镇级专业合作社总社，分别从各村党支部书记、村委会主任中推选出合作总社理事长、社长，吸纳优秀村干部、退伍军人、大学生村官、村民代表等进入理事会。

合作社总社负责统筹各村合作社的项目、资金、人力等资源，因地、因产、因人实施全镇产业发展项目，打破行政区划限制及行业壁垒，形成党委领导、村村联盟、各司其职的抱团式发展格局。

2018 年以来，盘石镇在推动农业供给侧结构性改革的具体实践中，充分发挥党组织的政治引领和服务两大功能，以发展壮大村集体经济为突破口，纵深推进农业领域的改革创新，大力促进传统农业转型升级，初步蹚出了一条具有盘石特点的发展新路！

资源联合，激活发展潜力

对全镇闲置固定资产、国有建设用地储备、旅游、生产加工厂房、山塘水库等资源进行摸底和分类分析，采取技术引进、合作承包、闲置资产处置等方式，有效盘活闲置、优质资源。采取龙头企业+公司+村专业合作社模式与松桃德康牧业公司合作，盘活 5 个闲置生猪代养场，创造产值 150 万元，村集体收益 138 万元，公司盈利 16.5 万元。

采取租赁经营方式，将粑粑村肉鸡养殖场、响水洞鲟鱼养殖基地、响水洞人工湖以及盘石镇桃谷坪水库、岩桑坝水库等出租，村集体经济收益 10 万元，公司赚取租金 14 万余元。采取闲置资产处置的方式，按程序处置闲置资产 18 处，处置资产 358.5 万元。

通过村社合一，探索可持续发展分红模式，在扣除股东分红后，剩余利润按照"532"（50%滚动发展资金，30%贫困户分红，20%办公及公益资金）模式分红，实现效益联享，2019 年共分红 193 万元；带动群众就业增收。根据产业发展需求，由合作社统筹组织各村劳动力到产业基地务工，促进群众就近就业增收，2023 年，合作社带动就业 1200 余户，发放劳务费用 350 万元。

发展联动，凝聚发展合力

我来到水源村，见到村民唐莲英时，她正在免费领种的村合作社蔬菜大棚里忙着培土。

现年 58 岁的唐莲英个子不高，人精瘦，一把锄头在她手里欢快地翻腾，一畦一畦的田土便培好了。开春后，就可以种上新一茬的西蓝花了。

看着脚下这块田土，唐莲英的眼里流露出希望和喜悦，现在党的政策好，种菜免费领苗子教技术，还包销路。党和政府这么关心我们，我自己也要努力。

心怀感恩的她，坚强又乐观，独自挑起家庭重担，领种了9个蔬菜大棚。如今，唐莲英除了操持一家的日常生活，就是做村里保洁员和侍弄这几亩菜地，虽然天天忙碌，但她心里头敞亮着：政府扶一把，自己挺一把，生活难不到哪里去。

水源村的蔬菜产业在盘石镇小有名气。进得村来，放眼望去，只见蔬菜大棚一个接一个，拼出村民勤劳致富的幸福版图。

脚下土地能生金。水源村的土地，每年一部分流转给了我市蔬菜产业龙头企业——农业发展有限公司，一部分流转给了村合作社，以土地入股的农户保底分红。不仅如此，村里农户可以免费领种大棚，成本由村合作社承担，贫困户只需投劳，按产量收益。村党支部书记龙昌志一脸自豪地告诉我：通过龙头企业+合作社+农户的形式，水源实现了户户有增收项目、人人有致富门路，2023年，村集体收入每户达8.18万元。

采访中，水源村民吃苦耐劳、积极向上的精神面貌，给我留下了深刻印象。龙昌志说，平日里，你要是去敲村民家的门，是找不到人的！因为他们都去菜地里干活了。

龙昌志告诉我，现如今，村民们聚在一起谈论最多的就是种菜方法、增产窍门，大家伙干劲足着呢。村民们手头有活干，心里有奔头，把浑身的劲使在了发家致富和文明建设上。

工作联管，增强发展效益

同志，帮我们多拍一些现场照吧。

龙明建也在现场忙碌。今天除了来送钱，还想问问村民明年想种什么，听听村干部准备怎么花钱——今年仅农业订单一项，强村富民公司就帮助全镇 7 个村集体增收约 50 万元，其中，芭茅村的集体账户上，将打进约 16 万元，创下了村史纪录。

从输血到造血，从单一领域破题到综合推进，作为一种新兴的集体企业，强村富民公司现已成为盘石壮大村集体经济的主要举措之一。

在即将过去的 2021 年，强村公司为各地增收出了什么新招？带来了哪些收获？

大姐，你们这儿山茶籽产量很高啊！

是的，马上就要榨油了。你们有机会来尝尝。

门内热闹，门外也是一片忙碌。芭茅村六七名村民正在村文化礼堂门口广场上翻晒山茶籽。通过与村民的攀谈，我们得知，芭茅村今年预计可产山茶油 5000 公斤。眼下油还没榨，四成已被预订，收购价每公斤 96 元。

我们这里农产品质量好，但山高路远，产业做不起来，好产品卖不出好价钱。

3 年前，盘石镇成立强村公司，帮助各村因地制宜搞产业，芭茅村主攻农业订单，供需两端终于对上了话。

在飞涌而来的订单、拿到手的分红的激励下，这个偏远的小山村，终于越过阻碍发展的重重大山，跳入市场的大海。今年，村里提供的订单上，产品从 3 个增加到近 20 个。

一个简单的展览室内，我们看到了茶叶、大米、山茶油、蜂蜜等多种产品。

产品是走出去了，新的挑战又来了：老百姓的思路怎么走出来？

在龙明建眼里，村集体经济要发展，产品质量可不能差。村民们乐意参与并努力学习现代化生产方式来推动集体经济的发展，比单纯接几个大单还重要。

龙副镇长，你看明年我能不能多种点番薯？

芭茅村口，龙明建被65岁的郑宝文拦住了。可在一年前，却常是伍群拦郑宝文。

去年，龙明建请县上的专家来教大家如何科学种番薯，自视老把式的郑宝文怎么都不听，龙明建等镇、村干部好几次做他的工作都无效。直到番薯产量比其他村民差了一截后，郑宝文才开始虚心请教，成了村里半个农技宣传员。

龙明建告诉我们，这一年中，已经有十来拨市县专家受邀给大家上课了。在芭茅村采访，我们也感受到了实实在在的变化：有机农业已深入人心，少用或不用农药已成为共识，听听子女介绍城里人喜欢什么蔬菜，也成为家庭聚会聊天的内容……

三十六计走为上，说的是怎么有效转移。在芭茅村，我们看到的是走进来的活力、走出去的动力。

在芭茅村转了一大圈，我们发现，村里基本都是白发苍苍的老人。村统计员会付真伟笑着说，全村1900多人，常住人口不到900人，九成以上村民的年纪在65岁以上，自己今年52岁，是年轻的一辈。

我们在一户村民家采访时，不少群众闻声而来。有村民看到付真伟也在，插话说，真伟，你上次跟我说的事，我儿子认为很有前途。

现场迅速掀起讨论的热潮。

原来，芭茅村今年启动一个现代化规模农业项目，要流转 400 亩梯田，一开始会引发一些担忧。有人觉得签约时间太长，有人担心收益无法保障……付真伟和村干部们挨家挨户上门做工作，把流转的规章制度和具体合同翻译成大白话，还举了周边的案例。最终，流转涉及的签约两天内全部完成。

芭茅村委会主任龙建英说，工作联管，不能只是一味地输血，还要帮助他们提升自我发展的动力源。为实现抱团发展，芭茅村与其他村积极完善基础设施建设，打造农旅融合的景点，以此激发自我造血功能。

大坪村把盘活闲置资源与美丽乡村建设相结合，充分挖掘村内外荒片、荒宅的潜在价值，壮大了村集体经济，带动村民增收致富。

风险联担，提振创业信心

构建利益共同体。将村集体经济化为股份，按照村集体占 50%，村干部、致富带头人、农户以土地和资金入股 50% 的方式共同参与村集体经济管理，形成利益共同体，有效破解村干部不敢领办、村民不敢参与的难题；建立风险担保金。以盘石村为试点，创新建立风险担保金机制，由龙头企业担保，村干部以个人名义向银行贷款，贷款所得资金存入专户，无论盈利亏损，均不可取出。目前，已有 260 万元的风险担保金；压实产业发展责任。

成果联享，实现强村富民

在盘石村，以土地入股项目，村民获取利润分红，壮大村集体收入的做法自 2012 年实行以来，目前已相对成熟，盘石村积极探索，做大了集体经济这一蛋糕，并让村民们都尝到了甜头。

谈及 2022 年前的村集体收入，盘石村党支部书记杨俊峰直摇头：村上一没有资产，二没有门面，哪里来的收入？而如何增加村集体的收入，完善村上基础设施这个问题也一直萦绕在他的脑海里。

2019 年，盘石村创新采取土地入股的方式，通过村组流转 400 余亩土地，入股当地的鑫联蔬菜种植专业合作社，发展规模农业，以增加村集体收入。第二年，村集体就获得了 3 万元的红利。杨俊峰回忆道，红利收入主要用于水利设施建设、硬化村级主干道，完善基础设施。

我们在整合各村资源的基础上，规划建设了壮大村级集体经济设施农业园区，确保村村都有优质项目、有稳定收入、有发展活力……

发展壮大新型农村集体经济乡村党组织书记的擂台赛上，盘石镇人大主席杨通平激情讲述，现场掌声阵阵。

盘石镇坚持发展壮大农村集体经济，是促进农民增收、农业增效、农村发展的重要基础，确立以发展循环农业和乡村旅游为主线的发展方向，组织化推进、项目化实施，2023 年全镇村级集体经济收入达 10 万元以上。

飞地经济，大胆探索求突破。飞地抱团发展模式是盘石发展壮大集体经济一种新的探索方式，将村与村之间土地、人力、技术、市场等优势资源进行有效整合。

2023 年，全镇实现经营性收入超 10 万元的村达 100%，全镇村集体经济创收达到 270 万元。

响水洞村将 1130 万元摆在县扶投公司平台，2022 年分红8 万余元。

盘石围绕地推进农村产权改革是基础，围绕人推进村民自治改革是关键，围绕钱推进农村经营制度改革是保障。

镇长刘伟说，一系列的改革，充分发挥了村党组织的凝聚力和战斗力，突出了群众的主体地位，增强了群众的主人翁意识，提高了群众的生产积极性，壮大了村集体经济，增加了农民收入，才在短时间内发生翻天覆地的变化。

刘伟一连用了四个好来概括：一是镇党委、镇政府决策好，盘活了地方的土地、气候、劳力资源，通过发展设施农业，实现了地方依靠产业振兴的新突破。二是科技创新好，用现代农业技术发展了地方的产业。三是五化管理好。将重点项目纳入五化管理，即工作目标化、目标项目化、项目工程化、工程责任化、履责考核序位化，将责任落实到领导、到个人、到单位、到内容、到时间节点，确保项目建设提质增效。四是运行机制好，园区以企业、合作社为运营、生产的主体，实现了蔬菜产业的规模化经营，增强了发展的内生动力，真正实现了镇村在产业带上振兴。五是抓住可持续发展的好产业。总体来说，运用现代的生产技术、规模化的生产经营、全产业链的运行，打造了充满活力的产业和品牌。

我们因此有了五大支撑体系。这就是：土地储备体系，金融信用体系，风险防控体系、重点项目管理体系、市场经营体系。

民营经济：发展的另一风帆

随着各重点功能区建设全面开花，产业聚集效应也不断增强，成为推动盘石全面高质量发展的源源动力。

面对新形势，盘石不断探索民营经济发展新路，最主要的就是土地集约化、开发集中化、产业集聚化。盘石严格投资强度标准，明确新批民营项目投资不低于20万元，注册资本不低于80万元。

商人重利，看似无可厚非。但需要深想一步：看重的究竟是什么利？是纯粹的经济利益？还是也包含着社会效益？而社会效益假以时日，可以超越经济利益，并且转换成更加久远、更见分量的经济利益。

一边理顺利益的逻辑关系，一边高歌敢闯能拼，盘石人深谙收支平衡的道理。

走过风霜雨雪，历经沧海桑田。如今盘石镇仍然是民营经济发展的重要阵地，是盘石的活力所在；仍然是城镇化的战略延伸，是盘石的潜力所在；仍然是大量人口生活和就业的地方。

盘石民营企业相对小而全，技术层次较低，产业升级困难，如同蚂蚁兵团一样，不断提升企业国内国际竞争力。

下午，我和龙新走进一家超市，货架上摆满了当地农副产品，其中土特产占一半以上。

简单说明来意后，黄有香便给我们沏上茶水，围桌而坐聊了起来。说起创业的冲动，黄有香若有所思。她说，对于从小就生长在芭茅的人来讲，每个人都对这片土地有一份特别的情感！

黄有香说，我做生意20多年了，赶转转场，臭脑、吉卫、松桃我都去。自己进货自己卖。我曾经到过怀化、吉首进货。嘿嘿，我进来的货好卖。鞋袜、布料、服装，人们的日子好过了，生活水平提高了，讲究美容了，对化妆品的需求越来越旺盛，我就经营化妆品，啥都经营过。

她说，当时交通不方便，进货受罪，提一回货，来回得两天。为了省钱，搭手扶拖拉机、皮卡、大汽车，碰到什么车坐什么车。住小旅舍，天热的时候，干脆就把货放在车站马路边，一直守到天亮，脚都肿了。又没有钱，银行也不给贷款，提一回货卖不了几个集……

她还说，刚开始摆地摊受苦，都在露天地里，风稍大点，卖的东西就跟风跑了，风能把人吹死，但我不怕，坚持干下去，干着干着，有了点钱，也有了想法，就开了超市。

2013年12月，开超市投资30万元，每年收入12万元。

2021年，她与二哥黄军各投资1300万元开办方圆商品混凝土有限公司，简称搅拌站，她任经理兼财务总监。搅拌站现有员工30人。她上午在芭茅超市上班，下午在搅拌站上班，整天忙得团团转。

2021年，黄有香任村监委会主任。黄有香深有体会地说，群众的需要就是我们工作的方向。所有的工作都要把群众的利益放在第一位，切实维护群众的利益，老百姓心里才踏实，村干部才放心大胆地去工作。

她以强烈的责任意识和认真负责的态度，充分履行着一名基层工作者的责任，体现着一名基层监委会主任的硬核担当。

经济实力稳步提升

都说脚步有多勤，心就有多靠近。所有的点滴付出都会有所收获，所有微不足道的给予都将获得最温暖的回应！那一刻的温暖也让人深深认识到：乡村振兴是一份沉甸甸的担当，坚守发展和生态保护结出的硕果正为这里带来全新的经济内涵。

石书记还掷地有声地告诉我，我们从思想上破冰，在实干中突围，在实施改革强镇、产业立镇战略过程中，持续改善营商环境、大力培育新兴产业、不断加快转型升级。

全镇围绕新型经营主体培育，提质倍增计划细化，推动生产主体从家庭转向新型农业主体，生产方式从锄挖瓢洒转向机械化、智慧化，产业模式从一亩三分转向了规模化、园区化。要发挥好三量齐发路径，注重农业三链同构，推动三生互动，用好新三驾马车等示范效应，拓宽增收渠道，推进共同富裕。

盘石镇通过深入实施藏粮于地、藏粮于技战略，立足实际，精准施策，确保现有耕地应种尽种，将一块块撂荒地变成致富田，解决了农村土地撂荒现状。

为进一步落实耕地保护政策，坚决遏制耕地非粮化流出，盘石镇积极探索有效途径，分类组织、科学复耕，整治后的土地重点种植粮油、蔬菜等农作物，同时加强基础设施建设，统筹整合政策支持。

如今，一项项优化营商环境的体制机制相继建立，一个个重大创新平台开始发挥积极作用，一批批新产品正拥抱广阔的市场，一个个重点项目积蓄起强大动力，一项项民生工程赢得了群众的灿烂笑脸。

笔者说，建设和谐、幸福、活力的盘石已成为全体盘石人的共识，活力盘石的内涵怎样概括？

石荣华说，盘石镇发生了翻天覆地的变化，最直接的变化是农业现代化迅速壮大，最明显的变化是综合实力更加强劲，最深刻的变化是经济结构不断优化。活力的来源归根结底还是盘石广大群众，就是人人争创业、个个兴家业成为全镇人民的自觉行动，成为推动盘石经济社会跨越式发展的强大动力和不竭动力。

2023 年，全镇生产总值达 2 亿元，是 2016 年的 1.87 倍，年均增长 8.9%；实现农林牧渔总产值 1.69 亿元，是 2016 年的 2.1 倍；完成固定资产投资 9 亿元，年均增长 2.8 倍；农村居民人均可支配收入 15895 元，年均增长 8.2%。全镇经济实力稳步提升，经济活力持续增强，经济发展多方面成绩亮眼，实现了圆满收官。

盘石镇成功引进国电龙源集团、中核集团两个省级重点项目，总投入达 20 亿余元，光伏一期项目已如期实现并网发电，光伏二期项目建设稳步推进，项目推动速度全县第一，得到了市、县主要领导的高度肯定。

新能源产业的崛起，不仅为盘石现代化产业体系增添新鲜血液，也将进一步壮大盘石经济体量，为高质量发展增添了新引擎。

8.9%，这是盘石镇取得的一个颇具含金量的增长数字。10 月 23 日，盘石镇公布的数据显示，全镇实现生产总值 125 亿元，同比增长 6%。盘石镇这一 GDP 增幅，高于全县的幅度，比去年扩大 2.1 个百分点。

在闯过前一轮改革的阵痛期，盘石表现出的经济韧性令人眼前一亮，放在绿色低碳高质量发展的标尺下，8.9%的增幅背后所体现出的转型意志和决心或许更值得探究。

盘石做对了什么？

有效是投资的灵魂。

经济数据是改革成效的写照。对于盘石镇来说，工业一直是经济的压舱石。在新一轮变革启动之初，盘石镇特别注重工业投资对经济的拉动。

镇长刘伟介绍，"四新"经济投资增长 6.5%，同比提高 3 个百分点，其中，绿色化产品产量增速均在两位数以上。

特别值得一提的是，盘石镇民间投资企稳向好，高于上半年 3.3 个百分点，高于全县 2.9 个百分点。

正如镇长所说，持续推进新旧动能转换，加快产业结构升级步伐，盘石镇传统动能不断塑强，新兴动能不断集聚壮大，经济高质量发展取得新成效，支撑起盘石镇经济快速回暖。

这个 8.9% 的含金量还在于为未来留下了持续发展的空间。产业项目从落地开工到建成投产，一般需要一两年。现在落地的项目、形成的投资，一两年后就会转化为现代化产业体系的拼图，形成先进生产力，为高质量发展提供源源不断的支撑。盘石镇党委、镇政府认为：今天的投资结构就是明天的产业结构，今天的投资质量就是明天的产业水平。

在总结经济发展特点时，盘石镇把推动服务业企稳回升摆在更加突出的位置，聚焦重点领域精准发力，服务业增加值增长 6.0%，对经济增长贡献率高达 54.2%。

服务业不仅是推动经济增长主动力、吸纳就业主渠道、促进消费主阵地，更为深层次的原因是，盘石镇领导发现，服务业中潜藏着制约工业发展的因素，服务业不升级将直接影响产业链价值的跃升。

服务业是一个大系统，与农业、工业息息相关，涉及国民经济 4 个行业门类 8 个大类。其中，镇里最薄弱的是生产性服务业，涵盖制造业产业链的研发创新、物流配送、金融服务、数字技术赋能、电子商务等方面。

其中，针对服务业的优势、短板和新领域，盘石镇政府制定出不同的发展策略：围绕先进制造业强省建设，对发展基础较好的现代物流、现代金融、软件服务、工业互联网等六大方面，巩固提升、放大优势。在补短提升行动中，盘石镇首要任务是发起产业深度融合行动，推动现代服务业与先进制造业、现代农业融合发展。在新领域方面，盘石镇将在大数据、人工智能、科技服务、节能环保等六大新兴服务业提速布局。

目前，盘石生产性服务业已显现快速增长的苗头。前三季度，盘石服务业 4 个行业门类中 8 个实现营业收入增长，增长面为 80.0%。上拉规上服务业增长 2.0 个百分点；科学研究和技术服务业增速 7.8%，上拉规上服务业增长 0.7 个百分点。前三季度，高技术服务业投资增长 32.6%，高于全部投资 27.1 个百分点。

按照规划，盘石镇将加快构建优质高效的服务业新体系，到 2025 年年底，全镇服务业增加值三年年均增长 5.5%以上，达到 1.5 万亿元左右。规模以上服务业企业数量每年增加 10 家以上，总量超过 5 家。

服务业很大程度上决定了一个地区经济发展的势头、活跃程度，农业与工业则很大程度上决定了一个地区经济的底色、抗压程度。在部分学者看来，一直以来，盘石镇的优势在于服务业，盘石镇的强项则在于农业。

石荣华书记认为，服务业作为现代化产业发展的重要引擎，是一二三产业加速融合的催化剂、助推器。绿色低碳高质量发展先行区建设是个系统工程，需要工业、农业、服务业全面实现高质量发展。

盘石镇以形成城乡绿色低碳生产生活方式为主攻方向，涉及产业转型、能源结构优化、城乡人居环境和居民生活品质改善等方方面面。

这是一场涵盖农业、工业和服务业多个领域的社会综合性变革，对改革者提出了更高的要求——既要保持经济持续增长的速度，又要兼顾绿色、低碳、高质量发展等维度。

盘石经济表现出的强劲韧性，不仅验证了新旧动能转换的成果，也给新一轮改革的持续推进增添了动力。

第十二章 格局之变：挺起跨越的脊梁

跨出家门进厂门

惺忪的太阳刚刚从东山顶露出个小圆脸，天地间便是一片漠漠的嫣红、绯红或胭脂红。此时的盘石镇像一位正在对镜梳妆的姑娘。

一些居民，不！是盘石镇的工人们开始走出家门，去上班。

你到哪里去？

上班。你去哪里？

也去上班。

你在哪里上班？

我在黔松酒业有限公司。

我在黄连搅拌站。

我在盘石贡米公司。

……

这样的对话，往往出现在盘石镇早上7点半左右。原来的盘石人如果不是赶上抢收稻谷、苞谷，一般至少8点以后才慢条斯理地从床上爬起来，或下地、或放牛或赶场、或走亲访友。自从镇里的企业增多了，不少居民的时间犹如鏊笼一样重新编织了一遍，突然间就有条不紊了。

上班族们或三三两两，或三五成群，他们步履匆匆。工厂敞开的大门，工人结束了一天的工作。

下班了？

下班了。你也下班了？

下班了。

……

这样的对话，往往出现在盘石镇的下午6点左右。是盘石镇的工人们走出公司，披着绚烂的晚霞回到自己的家里。这全然不是下地归来、放牛归来、赶场归来、走亲访友归来的样子，这是他们脱下工作服、摘下安全帽、撸掉手套的样子。饭桌上的一家人，说说笑笑，其乐融融，家里多了一位工人。

一个居民对我说：我现在是黔松酒业有限公司的技术工。

在他的印象中,工厂、车间、机器、上班、工作服、工作证……那都属于城里人，压根就和盘石镇没有一毛钱的关系。

不不……啊啊，你真是与众不同。李甘浩这才知道，龙明芬利用打工的间隙，早已完成了南京农业大学农业资源与环境专业自学考试的全部科目，两年时间一举拿下了大学本科文凭。

没有啥与众不同的，只是觉得您是文化人，我才提到了故乡的人文底蕴。

那么，再冒昧地问一句，能告诉我您的名字吗？

龙明芬。

杨雯？是中药材里的那个杨雯吗？

嗯。让你笑话了吧。我爸给我取的，弟弟叫明鹏。

哈哈哈。嘿嘿嘿。

李甘浩本来想告诉父亲在松桃的经历，可他打住了。

龙明芬不忘补充：告诉你，我给任何客人都没有透露过我的名字，更别提弟弟的了。

为啥？

你让咱放心。

临走，李甘浩郑重其事地给了我他的名片。说："谢谢您！我也放心您。"

龙明芬乐了。嘻嘻，老板居然姓李啊！

哦，这值得大惊小怪？

唯独对龙明芬提出的这个问题，李甘浩或多或少觉得有些无聊。但他还是郑重其事地向龙明芬发出了邀请：如果不介意，请到我公司来上班，以后就用不着回贵州了。可龙明芬却谢绝了：谢谢您！我必须要回去的。

忘了是后来的哪一次，还是李甘浩一句话吸引了她：你不是对你们盘石镇的杨雯产业念念不忘吗？我这里作为医药企业，与全国很多的中药材市场有业务，说不定会让你大长见识呢。

龙明芬眼睛一亮，说，谢谢你，我答应啦。

这也用谢啊！你的故乡在盘石，我的老祖宗也在盘石呢，根子上，咱好歹算老乡了吧。

你终于醒来啦，龙明芬乐了。李甘浩也憨憨地乐了，少有的那种憨。

龙明芬就这样到了健泰。她对中药材与生俱来的悟性和镶嵌在骨子里的情结，变成强大的工作动力，而她的朴实、执着、坚韧和凡事能一竿子扎到底的姿态，是公司里那些众多具有硕士头衔的白领们不具备的。3年后，就一跃到了管理层，年薪12万元。记得有次某个身在管理岗的博士生表示不服。一个半吊子的大专生，凭什么……李甘浩平静地问他：那我问你，与龙明芬相比，你不拥有的是什么？

一句话，怼得对方哑口无言。

李甘浩不止一次地在父亲那里提到龙明芬。父亲说，你能在公司里接纳龙明芬这样的女性，说明你拥有了一种难得的人文情怀，我欣赏你这一点。我前半辈子一贫如洗，后半辈子又成了富翁。钱多了，内心反而空了。

您现在颐养天年，无忧无虑，为什么会空呢？

我也在寻找这个答案，可至今找不着，我非常担心，这种空荡荡的滋味儿，很不自在。

难道，仅仅因为您提到的情怀？

好像不光是个情怀问题，我所担心的是，这种空，是否会遗传到你们这代人身上。父亲说，当年我们离开盘石镇的时候，有的人用手帕包了一撮黄土，有的人带了几根青草，有的人带了一块小石头……

那，您带了什么？

我只带了一张小纸条。

小纸条？

对！小纸条。我临走时，从工作组那里要来的。

有什么意义吗？

不提了吧，我们这代人酿的苦酒，只能由我们这代人咽了。

吴恒江西装革履，红色的领带工整精致。汪雯婷秀发披肩，驼色的工作服大方庄重。分立两排的礼仪小姐个个身穿红色旗袍，艳若桃李，仪态万方，这是盘石镇人第一次看到这么多从城里来的妹子。很多村民都看傻了：我的天，咱盘石镇也有今天！

龙鑫也去围观了，他纵有一万个不愿意也得现身，心里却像是打翻了五味瓶，不，六味、七味吧。他隐隐觉得，吴恒江像笼子里飞出的一只鸟儿，他只能眼睁睁地看着，他想咋飞，就咋飞。

当天，吴恒江来家里看望了他，脚步有些杂乱。每逢开会苦苦思索或心情激动的时候，喜欢找别人要一支烟在手里玩弄，间或嗅一嗅。仿佛没有这支烟他的思想就不能集中。他不看别人，只盯住手里的香烟，饱满的嘴唇铁闸一般紧闭着，里面坚硬的牙齿却在不断地咬着牙帮骨，左颊上的肌肉鼓起一道道棱子。临走，吴恒江从衣兜里掏出了 600 元钱。伯父，最近忙得焦头烂额，这点小钱填补一下伯母的药费。

钱就不要了，你也不容易，搁钱干啥嘛。留给你爸你妈，他们老两口正是用钱的时候。

龙鑫执意没收这笔钱。这种关系，一沾钱，就有种怪怪的意思。啥意思？说不好。吴恒江只好把钱收了回去，然后匆匆告别。

龙鑫送吴恒江出门，吴恒江的车早已停在院门口。龙鑫赶紧叮嘱：就不要返回市里了，既然公司在镇里挂牌了，就住镇里吧。

驭风而舞搏长空

我们驱车翻一道道山峰，我的眼睛遽然一亮。一台台高耸洁白的风机如雨后春笋般在这片土地上蔓延开来，巍然矗立在云雾之巅，与高原的蓝天、白云相映生辉，这就是盘石镇开创全新高质量发展道路的标志性工程项目。

龙新笑呵呵地指着一列机组说：这下把我们这地方的脉号准了，把门道摸着了，我们这里啥都缺，就是不缺风，你摸摸你的后背，让风吹得凉凉的。它不光能挣钱，还能为国家做贡献哩，该项目年减排量为 92304 吨二氧化碳当量。

我嘿嘿一笑说：当量，哪样叫当量？

他说：我当年不就是差 10 多分吗？

我们都大笑了。

这家伙很幽默的，动不动说个笑话，比如说一个坐墩子，沟蛋子摔成了两半，说闯祸了，嘿嘿，连个血都不流。

3月14日一大早，在盘石街上还感觉不到有风，可出街一路向东南方向爬坡，20分钟左右的车程后到了海拔1100米左右的黔东草海，风呼呼直吹。同行人开玩笑，瘦点的人怕都能被吹倒。在手机上一查，风力5级往上。

近处，这点风对习惯在山顶草甸吃草的牛羊没啥影响，它们一会追逐打闹，一会蹿上公路，路过的车没辙，只能干等着；远处，分布山顶四周的风机快速旋转，在蓝天的衬托下，构成一幅绝美的画面。

来到风机下，抬头仰望，70米高的风机像巨无霸风车一样直插蓝天。再看直径近90米的风机叶片，迎着风转动，哗啦啦响，共有25座。

王锋不合时宜地把我拉回现实。

龙源松桃公司盘石风电场项目负责人王锋说，风力发电成为新型工业。由龙源贵州风力发电有限公司打造的盘石风电场，不仅让盘石的风资源得到有效利用，更促进了地方经济发展。盘石风电场建设25台单机容量2000千瓦和1台单机容量1500千瓦的风力发电机组，总投资4.4亿元，全年工业产值达9000万元，为地方纳税约670万元。

王锋说，由于风力发电是风能—机械能—电能的新型工业，因此建成投用的盘石风电场每年还可节约标煤3.58万吨，减少多种大气污染物排放，减少灰渣排放量约1.12万吨，节能减排效果显著。风力发电不仅清洁环保、可再生，基建周期也短，装机灵活，运行成本低，每台风电机组的设计寿命达 20 年。

龙源松桃公司盘石风电场项目负责人王锋说，不要小看转动的叶片，单只长度 59 米、重达 12.5 吨，虽然很重，但是只要 3 级风，满发状态下转一圈，能发两度清洁电能。

王峰喟然感叹说：盘石已跻身中国风神榜了。

封神榜？我一时没明白，有点愕然。

王峰笑着说：就是大风的风，火神的神啊！

我还在懵懵懂懂中，王老板解释：2022 年 8 月，松桃盘石风电场项目成功入编《全国百县千项清洁能源示范项目典型案例目录（2022）》，成为贵州省首个入选的示范风电场项目。

我豁然开朗，说："了不起，了不起！"

在盘石的风力员工中有 30 名都是高学历的。

吴胜斌说，自新能源项目实施以来，镇政府专门组建了新能源工作专班。能源专班负责协调、动员、对接和宣传工作，让光伏、风力央企在盘石依程、依序、依法、依规高效推进。为进一步提高光伏扶贫电站管理水平，确保风力、光伏电站稳定运行，盘石镇多措并举，做好光伏电站运行维护管理工作。

好不容易找到了发展的突破口，盘石镇把风电产业当成眼珠子、心尖子，满怀深情，举全镇之力，一心扑在发展风电产业上。

盘石镇发展风电产业得天独厚，40 米空中，每秒风速 6.8 米，65 米高空，每秒风速 7.8 米。发展风电，让大风刮来了资源，刮来了产业，刮来了财富。

吴胜斌说，我们为国科新能源有限公司协调流转土地10200亩，土地流转费1800万元。为龙源公司征用25个塔机用地和便道用地500亩。

风机发出的电只有960伏，到箱式变电站升压到35千伏，经过220千伏站，通过220千伏线送到500千伏变电站，只有电压升到500千伏之后，才能达到少浪费、少流失的输送标准，通过高压线送到松桃县后，并入国家电网。至此，盘石风电才能冲出重围，打通外送通道。

为了这个项目，松桃县成立了推进组，专题研讨会、项目推进会、现场调度会……问题一个个破解，进度一点点推进。

10月27日，我采访这天，正赶上松桃县召开风电产业推进会，定任务，倒排工期，挨个企业过筛子……

风车一转，风电自然来。56米长的叶片，80多米高的塔筒，运行起来可真不是个容易事，何况长途跋涉。

本着特事特办、急事快办的原则，及时解决项目建设中遇到的困难。盘石风电项目建设进度能够在同类项目中遥遥领先，从根本上要得益于领导的高度重视和部门的配合支持。他们全程为项目建设提供保姆式服务。镇书记、镇长等领导多次调研项目、多次现场督查。作为调度重点，县政府建立了分管领导包挂、部门包抓、项目业主运作的两级负责制，以及多方碰头调度机制，确保项目建设按计划推进。

如今，风资源成为盘石的宝贵财富，风电产业成为盘石镇的发展希望。越来越多的游客慕名前往盘石镇风电场游玩、观光，产业融合之路前景广阔。随着盘石镇旅游产业的发展，必将带动周边地区旅游、服务等相关产业的发展。

据了解，项目从开工直到竣工、并网发电，仅用了一年的时间。从一片荒地蜕变成了热气腾腾的光伏发电站，充分体现了盘石项目引进的贵州速度。

盘石风电，风华正茂，更将风行万里。

让阳光变成财富

在沃里坪、十八箭、桃古坪村，我的眼睛遽然一亮：一排排密集的湛蓝色长方形的太阳能光伏板在山间列队整齐，向远方延伸。银光闪闪的光伏板倒映着碧蓝的天空和洁白的云朵，不时有飞鸟的身影划过，安静、美丽，蔚为壮观。

更让人们惊奇的，所有的光伏板都像葵花一样，最大程度地接受光照，产生电能，就像蓝色的海浪一样涌动，创造着源源不断的绿色财富。现代科技与农耕文明竟然如此和谐，构成一幅旖旎的山乡风景图。

光伏发电全产业链的清洁低碳更是让这种修复效应得到了进一步放大，随着技术不断进步，电池、组件生产与电站施工所消耗的能量已经越来越低，每瓦只要 1.3kWh 左右，25 年不断为低碳可持续发展作出贡献。

进入电站场区，错落有致的光伏组件像一群穿着格子衫的少女，在阳光下翩翩起舞。这个电站用到了千千万万块隆基高效单晶 PERC 组件，1200 台逆变器，110 台箱变，占地

10000 余亩。

龙新嘿嘿一笑说，现在太阳是财神爷嘿。

初识国科新能源有限公司项目负责人叶飞龙先生是在公司办公室，他是浙江温州人，今年 51 岁，帅气、阳光、很谦和。我们一见面有种很熟识的感觉，叶飞龙详细地把他的企业成长娓娓道来。

叶飞龙说，国科新能源有限公司以投资、设计、建设、运营、维护光伏发电站为主要业务，为用户提供高效、安全、贴心的解决方案和技术支持，对光伏电站的收益提供安全保障。熟悉现代企业管理的他，深知光伏电站的安装和运维市场。

叶飞龙介绍，光伏发电对于松桃县来说，无疑是一条易推行、见效快、稳增收的乡村振兴之路。按照国科新能源有限公司高层的顶层设计，示范区将打造成为清洁能源综合示范基地、绿色工业旅游基地、产业示范基地。

项目经理程斐燚说，把盘石镇定位成光伏发展新能源基地，随着光伏项目不断推进，新能源的接入、消纳、送出对电网承载能力、优化配置资源能力都提出了更高的要求。

针对这一情况，松桃公司全面梳理电网承载力，加大农村电网改造力度，并将光伏项目建设并入电网。先后新建 35 千伏线路 60 公里，配置 15 万千伏安和 20 万千伏安各一台，总容量 35 万千伏安，为光伏项目落地做足了准备。

负责盘石镇光伏发电公司的 50 名员工都是大学本科学历，很敬业。

前不久，一场大雪把盘石镇变成了白茫茫一片。

上午，身穿工作服的小伙子，正忙着检查、检测光伏电站的支架及设备运行情况。

该公司程斐燚经理说，这几天，虽说天晴了，但光伏板上的积雪还没有完全融化，每天的发电量只有 10 来度。

程斐燚经理一边说着，一边把能随时监测发电量的手机递了过来。

项目经理赵洪激动地说，镇党委、镇政府给了我们太多的关心，镇领导经常光临现场、一线施工、现场指导，帮我们破解难题推动工作，让我们这些外来的企业非常感动。我们把盘石镇当作了第二故乡。

走进大门，两栋小楼是员工工作、休息的地方。电站的工作人员交代了安全注意事项，领着我们向生产区走去。生产区就是我们刚才在坡上看到的那一排排太阳能电池板矩阵。

该项目系贵州省重点建设项目之一，位于松桃盘石镇十八箭、禾梨坪、桃古坪等 7 个村，项目装机 35 万千瓦，投资 6.5 亿元，2023 年年底建成；该项目建成后，年发电量 3.4 亿度，年平均日照 857 小时，按 0.3515 元/度上网电价计算，预计年收入达 13000 万余元。

光伏发电项目可起到一地两用的作用，在同等面积的土地上形成一个立体的生产系统，以光伏农业框架结构大棚为载体，形成农业和光伏产业的聚集，有效地利用土地资源、空间，实现设施农业种植、养殖和发电两不误、双受益。

没有先进的文化理念，超前的思维，没有以人为本的和谐管理，没有掌握高新科学技术的人才，就没有松桃光伏品牌的创建！

经理叶飞龙的话，展现着豁达，暗含着自信。

工程勘察、设计、施工、试验监测、监理；高山、深沟、荒漠；光伏、风力人用诚信开拓市场，用质量铸就品牌，用智慧驱逐蛮荒，用勤奋书写人生，用知识设计蓝图……

盘石镇被称为光伏城镇。是贵州新能源+新农业+新农村+新生活+新旅游的产业项目示范点之一。

把风电和光伏、农业、旅游业结合在一起，更好地促进当地经济发展，把盘石镇塑造成新能源模范城镇。

看到眼前的光伏发电板闪闪发光，看到清洁电力的中枢调控中心焕然一新，看到干部员工书写的清洁电力精彩答卷时，不禁感慨：这片土地，又焕发出新的生机。

这座占地面积 55 亩，年发电量 420 万度的发电站，是项目部积极抢抓难得历史机遇、开展项目建设探索实践、集中收获工作叠加成果、快步走向全面开发建设的关键一步，标志着清洁电力发展迈出了新步伐，绿色转型发展蹚出了新路子，新能源建设有了可复刻的新样板。

多年来，盘石镇在实施光伏发电项目建设中对工程质量进行统一把关，认真落实管理措施，保证工程最大限度地惠及民生事业。

走进光伏发电控制室，只见电表箱里一个个跳动的数字，实时记录着这个光伏电站的发电量，也标志着光伏发电为这个山村带来了新的希望。

万事开头难。这是一个平均年龄不到 30 岁的青春团队。

他们有朝气，有理想，敢于创新，成立突击队更是将他们这种精神发挥出来的最佳方式，项目支部书记这样评价。

巨大的困难激发巨大的斗志，只要我们树立起精神旗帜，坚定目标，一切都不是困难。公司领导铿锵的话语激励着大家。每个人都像打了鸡血，团队的战斗力很快就凝聚成一股正能量；在项目上发光发热。他们群策群力，积极提出解决方案。于是，他们勇挑重担，以身作则，以更高的热情投入工作。

光伏电池板仰角 33 度，是根据山体的坡度，经过科学测算后确定的，能保证它最大限度地吸收太阳光能。

另一名运维工程师唐书良说，即使有时太阳被云层挡住，它也可以吸收云层的散射光发电。

我问，有防风抗震措施吗？

赵洪和说，有，我们是按照能抵御 9 级地震的标准来铺设的。单块光伏电池板 20 多千克，一个方阵 40 块电池板，再加上固定支架，总重量有一吨多重，一般的风都不会吹翻。

生活条件虽苦，但从不畏难。

每天早上太阳没出来前，电站运维部的值班人员就要起床，在中控室的电脑上检查主界面的电压和断路器，监控后台数据等。之后，他们就要戴上安全帽，拿上巡视记录本，去升压站巡视，对主变压器、SVG 变压器等逐一检查，确认所有设备运行正常。

唐书良说，等太阳升起来后，电站就可以发电了。下午 2 点到 4 点之间，我们还要重复一次早上的检查工作。

问起原因，他解释说：那时是光照最强的时候，也是各个设备负荷最高的时候，如果有什么问题，第一时间就能发现。

太阳落山后，值班人员要把当天电站的所有电量报表做完上传，还要最后巡视一次设备。

并网前，我们运维部的 7 个人包括电站的领导，连续熬夜加班了一个多星期。

吴胜斌说，虽然前期投入大，运营好几年才能回本，但带来的生态效益是不可估量的，这也是国家大力倡导的原因。

一连串优化环境的组合拳实实在在，掷地有声，全镇形成了亲商、安商、富商的浓厚氛围，真正实现了投资者、经营者、创业者的投资零忧患、入驻零烦恼、服务零抱怨。

麻天才说，光伏发电和风力发电同样是将自然资源进行转换，主要优势除环保外，更在于一次投入便能实现 20 年以上运行，其间只需保养、维护。

工业是经济的脊梁。如何在守住美好生态的同时，加快发展工业、促进经济腾飞呢？

石荣华书记给出了答案：既要金山银山，又要绿水青山。在加快推进工业化进程中，我们将建设资源节约型、环境友好型社会摆在突出位置，引进环保型、生态型企业，实行清洁生产，发展生态工业。

在发展生态工业方面，盘石镇遵循生态、集中的原则，重点发展带动能力强、辐射范围广的龙头企业、龙头产业与龙头园区。龙明建告诉我，他们结合工业功能区的资源、环境与发展定位，合理调整产业布局。

　　石荣华说，现在的年轻人一般都在城市务工、就业，但如果还是回农村居住、生活，本质还是城乡二元体制，我们要利用盘石区位、交通、生态等优势，发展生态工业，提供大量就业岗位，让农民有稳定的收入，并提升完善良好的基础生活设施，让农民来了就能安定下来。

　　大力实施工业强镇战略，坚定不移地走新型工业化之路。镇党委书记石荣华、镇长刘伟一言概括。

　　投入不足是制约盘石工业发展的严重阻碍。要实现工业的跨越升位，必须在投入上跨越升位。

　　明晰的思路带来一系列大的动作。

　　近5年来，全镇工业重点投资项目达20个，完成投资14亿元，初步形成了电力能源、酿酒、食品饲料等五大特色优势产业，其工业增加值占全镇规模企业增加值的39.6%。

　　努力构建服务型政府。全面推行一条龙服务；300多条惠民、便民、利民新举措出台；设立投资者投诉中心和民营经济发展投诉中心；亲商重商扶商在全镇蔚然成风。

　　盘石镇引进中核汇能贵州能源开发有限公司和龙源松桃公司入驻开发，实现了高原工业的新突破！

　　石荣华总负责并当装配式建筑产业链的链长，镇长刘伟当经济链的链长，人大主席杨通平当农业一二三产融合产业链链长，副书记伍群当新能源产业链链长，副镇长龙明建当文旅产业链链长，副镇长石启志当农业产业链链长，大家各负其责，做好建链、延链、强链、补链工作，跟企业积极沟通，为企业提供优质的服务，全方位保障在盘石发展的企业利益，促进各企业成为产业链条中的重要力量，尤其要将龙头企业作为链主企业，共同肩负产业链健康发展的使命。

盘石工业一步一步发展壮大，从过去的乡镇企业、国有企业发展到如今工业化和信息化相互融合的现代化企业，走出了一条科学发展、加快发展、创新发展的路子。期间，一些企业被市场经济逐步淘汰出局，但更多的高精尖现代科技企业在改革开放的大潮中应运而生、脱颖而出。

可以说，盘石工业的发展历程就是不断改革、不断创新、不断转型升级的过程。

省长点赞

2022年夏末秋初，松桃遭遇旱灾严重，惊动了省委、省政府。

8月20日，贵州省委副书记、省长李炳军赶往盘石镇，深入村寨，走访农户，慰问群众，到田间地头察看灾情，与干部群众共商抗旱救灾大计。

因为干旱，展现在李省长面前的是一片片绝收的枯干稻田。看到有老乡正在田里干活，李炳军走过去和大家攀谈起来。省长：今年大旱。老乡：我们都很少遇到过。省长：3个月没下一场透雨，现在就盼雨呢！老乡：大家都盼着下雨！

李炳军来到桃古坪村竹子山自然寨，听说全村上下在村党支部、村委会的带领下克服了交通不便等种种困难，实施节水灌溉，大旱之下成功挽救了部分稻田，把损失降到了最低，非常欣慰。同时要发扬桃古坪村艰苦奋斗的精神。

省长：帮助我们这个乡这个村解决路的问题，我刚才提到了，不是解决一个镇一个村的具体问题。而是要树立一种精神。这种精神就是艰苦奋斗的精神，让各地来学习你们的精神。镇干部：谢谢省长的关怀！

谈到志愿送水服务，仁广村副书记麻安贵连连道谢：感谢党和政府为群众办实事，为我们送水。最近这段时间天气炎热，村里饮用水也很缺，还好有专人给我们定期送水，解决了我们的燃眉之急。

十八箭村禾梨寨组有 42 户 228 人存在人畜饮水困难，是该村水资源最缺乏的自然寨，水源已干涸 20 余日。为了让村民用上水，村支书杨长喜采取组织十八箭寨对口帮助禾梨寨组，每天送水一次，确保群众生活用水有保障。当日，世昌光伏项目部负责人彭宝新得知后，也驾驶自己的小车参与送水。

十八箭村党支部书记杨长喜介绍说：我们村固定一辆大卡车送水，由唐再华负责驾驶，村委负责油费，购买水桶和抽水泵，每次可以送水 5 吨。除了负责本村禾梨寨组外，他们积极配合镇政府参与给盘石、大坪、桃谷坪等村的缺水自然寨送水。

为确保人民群众的生命财产安全，盘石镇申请了县消防大队、县特巡大队、县水务局及农技专家给予送水、送抗旱物资、送技术等支援。

盘石镇已找到水源点 16 处，政府送水 72 车次，送饮用水 500 余吨，配送水泵 25 台。

李炳军说，抗旱保民生夺丰收是当前的第一位工作，奋力拼搏，目标只有一个：不能让一个人没水喝！千方百计抗旱夺丰收！

急！急！急！争分夺秒，日夜奋战。党员干部扑在第一线，和灾区群众一起不眠不休想对策，跋山涉水寻水源。

松桃汇新能源有限公司负责人从 7 月上旬开始，用小货车每天坚持早中晚三次自费给 120 名缺水群众送水。送水老板叶飞龙说：只要有共产党，就不会让群众无水喝。

风力发电老板王峰驱车为群众送水。

走进盘石镇桃古坪村竹子山自然寨，顺着一条整洁平坦的水泥路，很容易就找到了龙志先家。房前屋后，院里院外，干净利落。

李炳军走进大部分已经干枯发黄的稻田，详细察看作物受旱损失程度，向当地干部和农民了解抗旱工作进展、地下水源、生产自救等情况。

考察途中，遇到盘石镇抗旱物资下乡服务运输车，李省长来到运输车辆前，与负责同志了解抗旱物资补贴形式、分配方式等情况，看到整车物资都是即将送到农民手中的抗旱打井用涂塑软管时，李省长十分欣慰，他叮嘱当地干部，要认真研究具体、可行、有效的操作办法，把工作做细、做实、做到户，既为农民搞好服务，又充分调动农民积极性，群策群力搞好抗旱工作。

李省长来到田间地头实地考察旱情，看到许多村民家的稻谷受灾情况严重，他说，在动员群众搞好当前抗旱工作的同时，要着眼长远，积极研究调整种植结构，多种耐旱经济作物。还要认真做好规划，在有条件的地方都要打抗旱井，实行保灌。

石荣华介绍，盘石镇遭遇严重干旱，导致全镇不同程度受灾，其中 8 个行政村 16 个村民组 2628 人受旱情影响导致水源干涸。农作物受灾面积共计 2 万余亩，其中绝收面积 3200 余亩。旱情发生后，镇党委、镇政府及时启动 IV 级应急响应，全力应对当前旱情。

李省长强调，要高度重视持续旱情对群众生产生活造成的不利影响，抓紧抓实抗旱减灾各项工作，尤其要把力保城乡居民饮水安全摆在首位，扎实做好蓄水保水、水源调度和造墒抢种等工作，最大限度降低干旱的损失和影响。

要加强蓄水保水和水源调度工作，集中力量打赢抗旱攻坚战，确保人民群众饮水安全、确保规模养殖畜禽饮水安全、确保农作物按农时播种。

随机走进龙志先家、吴光富家中，了解供水储水情况。

李省长走进村民龙志先家，进厨房、看厕所、拉家常、问收入，了解一家人的生活，在院子里，与盘石镇干部群众代表一起坐在板凳上，同他们交流生产生活、受灾等情况。

如今，龙志先家情况怎么样，又有哪些新变化，有什么新的愿望和打算？一家人娓娓道来。

"李省长那天在我们家看了厨房、锅炉、客厅，还打开锅盖、冰箱仔细看。当时我还想请李省长尝尝咱的手艺哩！"

"坐在院坝上，李省长就握住我的手，进了里屋才松开，一双手厚实又温暖。李省长微笑着问我多大年纪、上没上医保，家里几个儿子、几个孙子，吃啥饭，特别亲切。"

龙志先介绍说，改造厕所花了 3500 元，政府补贴了 3000 元。这种厕所通过微生物降解，不用水，没异味，干净又实用。

在吴光富家，李省长从前厅走到后院，从厨房走到卧室，看到厨房有米有油，卫生间也很干净，连声说好。

省长摸着吴光富挺起的肚子，说：一看就知道生活得很好。

吴光富感激地说，感谢共产党，让我们过上了好日子，我家房子是最近几年政府修建的。

8 月 25 日，十八箭村和沃梨坪村由村干部、党员、群众、企业负责人共 13 人组成的抗旱送水小分队，前往仁广村和十八箭村禾梨寨组为群众送水，得到了当地群众的一致好评。

沃梨坪村用 4 辆卡车轮流送水，4 人一班，每天至少有 4 个人两辆皮卡车送水，当日主要负责仁广村对块寨组送水。

为确保人民群众的生命财产安全，盘石镇党委申请了县消防大队、县特巡大队、县水务局及农技专家给予送水、送抗旱物资、送技术等支援。

盘石镇已找到水源点 16 处，政府送水 72 车次，送饮用水 500 余吨，配送水泵 25 台，引水管 2 万余米。

李省长看到消防队正在为村民送水，他与村民们深入交谈，询问他们生活用水有没有保障、种的作物受多大影响，鼓励他们在党委、政府的帮助下，想办法克服旱情，减少损失。

　　李省长向消防救援人员表示感谢和慰问，希望你们发扬连续作战精神，帮助受灾群众渡过难关。李省长说，遇到这样的大旱，你们能做到这一点很不容易，基层干部能带领群众艰苦奋斗，关心群众，这种做法很好，我给你们点赞。

　　触目远眺，宏伟蓝图已经擘画；畅想未来，砥砺奋进正当其时。站在新时代新起点，盘石正迎着发展的春风，踏着新时代的铿锵步伐，抢抓机遇、乘势而上，推动新型工业化高质量发展，一张充满活力的发展蓝图正在腊尔山区逐步变为实景图。

第十三章　品位之变：浓墨重彩绘新镇

　　21 世纪是城市的世纪。城镇化，成为社会蝶变的助推器、经济前行的重要引擎。

　　而今，放眼贵州大地，大中城市发展由量变到质变，从注重规模扩张的粗放型转向注重内在质量的集约型；中小城市和中心镇，同步呈现爆发甚至裂变发展之势。

紧扣需求，一种理念用到底

　　盘石素有贵州东大门之称……这一系列城镇提升行动的大手笔，让盘石镇从整体上实现了美颜的效果。

　　规划，是城镇建设的灵魂。

　　弹指一挥间，这些规划从图纸走向实践，以惊人的速度向前推进。

从关注速度转向关注质量，从要素的城镇化转向人的城镇化，从空间城镇化转向人口城镇化。新型城镇化理念注入各地城镇规划，融入城镇发展的实践。

只有经济的繁荣，才能推动城镇大发展。镇党委、镇政府提出三化同步构想，在继续大力推进新型工业化、农业现代化的同时，加快新型城镇化步伐。

在新型城镇化进程中，盘石以盘活农村土地资源为抓手，着力释放生产力，调整传统生产关系，让村民留得住、住得起、能致富，在松桃描绘出一幅独特的山水乐居图。

我切身感受到了当地生产空间集约高效、生活空间宜居适度、生态空间山清水秀的新型城镇化道路。

城市所具有的辐射、延伸、带动等功能，在这里都能较好地发挥和体现出来。

走进芭茅村，每个人都会惊诧于商贸小镇的繁华，宽阔整洁的水泥路四通八达，富有民族特色的二层小楼鳞次栉比，令人目不暇接的商品琳琅满目——村民们生意越做越大，日子越过越红火，全村二三产业总产值达到 362 万元，农民人均纯收入达 18532 元。

在一幅家富民乐、人居和谐的精彩画卷背后，我们看到了芭茅村党支部立足中心村的区位优势，村民强素质、选路子、奔小康的生动轨迹，看到了在创新发展中结出的小康示范村、三星级党支部、先进集体等累累硕果。

芭茅村立足实际，明确了商贸富村、建设商贸型集镇的发展定位，形成了一商贸、二农业、三养殖、四劳务输出的发展思路，走出了一条符合芭茅村发展的新路子，逐步实现农村城镇化的跨越发展。

芭茅商贸集镇从事商贸的农户达 317 户，村内主街区共有商贸店铺 300 家，从业人员近 500 人。组建了农畜产品营销协会，培育农民经纪人 45 名。村农畜产品交易日日交易额达 20 多万元，商贸收入已占村民人均纯收入的 60% 以上。

那时候，盘石镇除了省道、县道的 3 条村通公路外，其他村寨还没有通公路。即使通公路，镇政府没有车。下村只能走路。由于工作项目多，有时一驻村就是三五天，甚至一个星期。实行出门一把抓，回来再分家。

笔者在盘石政府工作期间，臭脑（苗语夯高）系世昌区公所驻地，平时，农民忙着种地，街上几乎没有几个人走动，显得很冷清。到了中午、下午，街上屋顶上冒出阵阵炊烟，走到街上就能闻到柴火或煤炭烧后的味道。

赶场的日子，盘石依路成市，店铺沿路摆摊设点，占道经营。上午 10 点左右，正是人潮涌入的时候，四面八方的人如春天上水的鱼儿朝一个地方围过来，平日里稀稀疏疏的小镇就变得异常热闹，两侧万紫千红的摊位货架首尾相连，延绵不绝。

人们熙熙攘攘，叫卖声、劣质音响声、汽车喇叭声等混在一起不绝于耳，犹如鱼场起鱼碰上一篷丰网时那种起网前鱼儿欢快翻涌的感觉。

这时，田如刚先生看着我，幽默地说，前段时间，我们实施小城镇建设的突围之战，从零点出发，破冰前行，找准工作的落脚点和突破点，聘请专家精心规划，高起点启动城镇建设工作，搭建两横三纵框架。折旧建新，扩路绿化，清瘴除弊，由乡村向城镇嬗变。

今日的盘石镇，给人们留下的印象是：街道宽了、道路绿了、房子高了、市面靓了、镇区大了、居民的幸福指数提升了，城镇韵味越来越浓了，一座充满生机与活力的新型城镇屹立在腊尔山台地上。

到了芭茅，无论午后似火的骄阳把小镇的情调蒸发得多么热辣，我们已不惊不乍，平静得只剩下默默地欣赏。我们只拐了一个弯，就找到了我们事先预订的家庭旅馆。

在芭茅，随随便便问一个村民，都知道一个人的名字，他就是浙江省民营企业家——周永利。逐步富裕起来的芭茅人，用最朴实无华的语言，表达着村民们对周永利的感激之情。

在干净、整洁的芭茅村，村南村北有两个特别显眼的建筑，一个是功能齐全、气度恢弘的文化广场——永利广场；一个是楼高 6 层、拥有 100 个床位、占地面积达 1.8 万多平方米的永利医院。广场和医院均为民营企业家周永利无偿援助修建。

周永利是浙江永利实业集团有限公司董事长兼总经理。浙江永利实业集团有限公司是集产业资本与金融资本为一体的大型综合性企业集团，总部位于浙江省绍兴市，现辖下属企业 20 余家，涉及工贸、地产和金融等诸多产业门类。

2011 年 6 月 14 日，时任省委副书记的陈敏尔率部分省直部门负责人在盘石镇芭茅村考察后，提出在当地实施"十二个一"的扶贫攻坚项目，其中一个项目是帮扶一个村。周永利知道后，主动提出愿意帮扶芭茅村，为村里修建一所医院和一个群众文化广场。

在松桃甚至在贵州都没有任何投资的周永利，从此和芭茅人民结下了深厚情谊，与松桃结下了不解之缘。之后，周永利曾3次来到芭茅村，了解项目建设情况，与当地领导和村委会探讨芭茅的可持续发展问题，甚至亲自下到农户家中，访贫问苦。他还动员自己的儿子把结婚收到的礼金全部捐给芭茅医院，用于购买医疗设备。

实现新发展，要有新发展的进取心，要有持久战的精气神。

近年来，盘石镇坚持稳中求进的战略定力，咬定发展第一要务不放松，打基础、补短板、强弱项、谋赶超、促转型、增后劲，以盘石之进贡献全县之稳。

奋斗充满艰辛，成绩来之不易。回望来路，我们收获的不仅是经济数据的上升，更是盘石气场的升腾。

气场在哪里？

在火热的项目建设工地上，在重大项目签约的喜悦中，在村民热烈的期待中。

有担大任、行大道、成大器的雄心壮志，盘石，勇往直前。

盘石镇立足资源和区位禀赋优势，把农旅养融合发展作为战略性支柱产业来培育，来优化产业结构。

推进农旅养深度融合，盘石镇党委制定了农旅养一体化发展行动方案，将健康产业作为支柱产业培育，建设黔湘边区生态康养型旅游目的地、养生养老传承创新区。

城镇升级就是要实施优化、整合、提升战略，从政府投入为主向公共政策引导为主转变，从搭建框架为主向整合功能为主转变，从注重硬件城镇化向注重观念、体制等软件城镇化转变。以基础设施升级、城镇结构升级、城镇功能升级、城镇管理升级为抓手，加快推进城镇体系调整、城镇布局优化、城镇功能完善、城镇品位提升、城镇化水平的提高。

身边的一个商贩在吆喝小米。小米黄澄澄的，益肾和胃、除热补虚，安神健脑，被营养专家称为保健米。

他说，你看这小米多黄，绿豆多绿，黑豆多黑。摊主把手插进黑豆里抓起一把往盛着清水的碗里一摞，你看我这黑豆没染过一丁点儿墨汁，不像你们城里卖的，回家一泡，水黑了，豆白。

我笑笑，醋泡黑豆和扁豆是糖尿病人最好的吃头。

我说，暂时不买。

摊主听到我没买的意思，嘿嘿一笑说，你们城里人呀，你说怎么奇了怪了！你说这世道是怎么搞的，你们现在吃的是以前我们吃的粗粮，我们现在吃的是你们以前的细粮。你们说你们的嘴咋就那么值钱，吃什么什么就贵得不行了。

说完他开心地大笑起来。

我也笑了说，生活中你一定是个杠头。

他嘎嘎地笑了说，我们抬一场。

我也笑了，和他握握手。

旁边卖荞面的女人对我们说，称点荞面吧。

戴泽斌说，我们那里有卖的，比你这白。

卖荞面的女人说，那是你们城里用电打的，还增厚了，这是我用石磨推的，哪样都不添加，纯纯的哩。你们城里吃的东西都让机器加工坏了，你们这些人都吃成这高那高了，荞面是三高的克星。

戴组委说，东西好，价格也好。

那女人说，你在城里不知乡下的难处，过去吧，路不好，即使老天爷给个好收成，也卖不上个好价。现在好了，柏油路、水泥路，现在我们这里的产品脚长，走的路远哩，天南海北的人吃哩。

卖荞面的递给我一张名片说，荞面降血糖，你们城里人吃得多，要面的话给我打电话。

我接过名片，说，谢谢。

每个摊位都围着人，桌子凳子有限，就踮着站着做买卖。每个赶场的既是卖家，也是买家，贩子这街头收了到街那头卖去，卖不了的赶到另一城镇去倒腾买卖。

戴组委说，盘石镇有臭脑、芭茅两个集镇，已经成为辐射周边的重要商品集散基地中心、物流中心、边区名优特产品展示中心，电商运营模式商户与厂家直接对接，省去中间环节，降低进货成本，减少库存风险。通过这一平台，松桃的名优特产品走向全国各地。

盘石镇紧紧围绕五美建设标准，采取十有九无两特色三亮点的创新举措，不断完善城镇基础设施，丰富城镇功能，提升城镇品位，彰显特色风貌，致力于把盘石镇打造成看得见山、望得见水、留得住乡愁的美丽城镇。

展现形象，一股力量干到底

我踏进盘石镇政府大院，七层的政府大楼映入眼帘，它在晚霞的映照下显得更加雄伟壮观气派，白净的墙面，雅致的墙裙，干净的路面一一呈现。

崭新、漂亮、大气的镇政府新大院，坐北朝南。大院俨然成了盘石镇的骄傲，其巍峨、挺拔、秀丽的外观成为一道新的靓丽风景线。

后面是矗立的高山，左边是一列特色鲜明的砖房，右边是苍翠的山，前面是一个宽阔的广场。

镇政府机关大院于 2018 年修建，2022 年竣工。

原镇政府大楼系世昌区区公所住房。修建于 20 世纪 70 年代，由于破败，就连停数十辆车子也很困难。加上使用时间较长，墙面破损较严重，每逢风吹雨打，墙壁粉片就会脱落，内外墙变得斑驳不齐，前来办事的群众常会弄得一身白灰，心中不爽。再加上办公条件差，室内光线阴暗，门窗已不能正常使用，机关干部也有意见。大院内坑坑洼洼，杂物横七竖八，环境不雅，影响了大院的整体外观，有损政府形象。

镇党委书记石荣华感慨地说：改善机关干部办公条件，激发大家的工作热情，建设服务型政府，更好地为服务"三农"和经济发展创造良好的工作氛围；要想改善城乡面貌，提升人居环境，政府当为村作表率。

2023 年 2 月，搬进新政府大院。

整个院落充满朴实的人文气息。走进大楼门庭，两侧是幽深的廊道，廊道清幽、明亮。平日里，走动的人很少。

有很多人来到这里，把青春挥洒在这里，把学识铺设在这里。

吴文玖年近五旬，中等身材，脸上总是带着淡淡的微笑，一副不以物喜、不以己悲的闲散气质给我很深的印象。

吴文玖黝黑的脸上闪现一丝激动，指着街道对我说：2013 年，盘石镇被列入铜仁市 16 个小城镇建设示范乡镇，正式开启了小城镇的发展道路。看，我们的新街！

回忆在盘石镇工作的时候，他脸上已经看不出任何波澜。

2007 年 6 月，吴文玖从沙坝河乡调到盘石镇工作，任镇党委委员、武装部部长。记得当年乘坐中巴来镇政府报到时，眼前是一条泥泞的街道、一排陈旧的房子。

他说，我无法忘记在这里工作 14 年的情景。那时整个城镇没有一条像样的道路，人流车流拥在一处，烟尘满天，灰土满地；他也无法忘记修路时的艰难，过惯了平静生活的人们，对着铲车怨声载道。

走进新街，我急忙惊醒，揉一揉睡眼蒙眬的眼睛，仔细往外观看：街上人流如织，正是镇上赶场的日子，道路两旁的商品琳琅满目，明显感觉出当地的富饶。

我们一路穿行在新街的巷子，感觉两旁的楼房如山一般向我压来，这不是普通的楼房，是盘石特有的吊脚楼，一排挨着一排，古色古香。几乎看不到缝隙，使我不禁赞叹当时工匠的匠心独运和雕刻水平，楼上的住户在喝茶聊天，抑或干家务，显得那样的闲适和恬淡，与世无争。

他带我到街中心的水厂参观。水厂负责人龙明华介绍：2007 年 5 月，铜仁地区 103 地质队勘探发现，这里的地下水很大，由地区发改局、地区水利局实施打井。投入资金144.98 万元，其中，中央补助资金 98.58 万元，地方配套及群众投劳折资 46.4 万元。

吴文玖说，那天村干部、群众说不清有多少人来到了街上，有的竟提前来了几个小时，等着看水从地底下冒出来这一壮观情景。让我难忘的是，街上几位年过 80 的老人，不知道来了多少趟电灌站，心里在嘀咕这么深的地下，这么粗一点的水管，抽上来水，我们老哥几个也能把它喝……

随着鞭炮声响，电动机带着水泵启动了。水上来了！几位老人同围观的人群一起喊了起来。只见一股清澈的水喷泉似的涌出来了。

人们在欢呼，水在涌出。臭脑的旱田如饥似渴地吸吮着地底咕咕冒出来的水。地下水富含锶，完全达到了矿泉水的标准。从此，几千居民的饮用水不再愁了。

生活用水是经过自来水厂净化处理的，那么净化过程是怎样的呢？龙明华向我们讲解了水如何从地下引上来，并一步步地变为生活用水，讲解员介绍道，水厂净水工艺流程一般需要混凝、沉淀、过滤、消毒这几个步骤，居民边看边听边学。

水厂解决了镇区居民和周围村寨的生活用水和灌溉。

此时此刻，我情不自禁地想起我在臭脑工作期间，盘石镇的居民遇到干旱时，像蚂蚁搬家到几公里外的扁嘎或响水洞挑水或洗衣服的情景。一个个挑水人，肩膀挑着水，步履艰难地行走在弯弯曲曲的山路上，脑门上颗颗晶莹的汗珠淌啊淌的……

吴文玖沉浸在幸福的回忆中。

2008年，我们修建臭脑新街，群众很支持，主动说从我家这里过，我拆房子就是了。涉及的32户人家，所有18岁以上的人全部签字后盖手印支持政府工作。补偿木房4000元至8000元，宅基地10000元。特别是龙六金家、石昌贵家、石昌明家、龙跃明家等大力支持我们。

吴文玖回忆，白+黑是我们工作的关键词。无论什么项目，征地拆迁都是车前炮、排头兵，既要保证按时完成工作任务，又要维护群众的合理合法权益。这看似简单，真正做起来却不仅仅是用苦和累就能概括完的。

雨天一身泥，晴天一身灰。但我们从无怨言，全身心地投入到征拆工作最前线。良好的征地拆迁工作环境离不开良好的社会环境和舆论氛围。为此，工作组充分利用各种宣传工具，包括在沿线贴标语、挂横幅、出动宣传车，发放宣传单，并利用网站、微信公众号等新媒体及时向外界发布征拆要闻，宣传项目的重要意义和优越性，宣传在政策上统一规定、统一标准，宣传优秀事迹，表扬先进征拆户。处处动之以情、晓之以理，在征拆线上很快形成了先进带后进，后进赶先进的生动局面。

吴文玖说，征拆工作不是简单拆除了事，我们不仅要让百姓搬得出，还要能安居、能致富。及时妥善安置好房屋拆迁群众，帮助他们早日重建家园、安居乐业，这对于安定人心，稳定社会，确保项目顺利进行十分重要。为此，征地拆迁工作将继续抓好群众安置、养老保险等一系列工作，进一步提高群众满意度，减少拆迁户的后顾之忧。

得民心者，民亦爱之。由于在征地拆迁中坚持以人为本和公开、公正、公平的原则，再加上工作人员耐心细致的工作，群众由不理解到理解，由抵触到服从，成为支持项目发展、支持新区建设的一分子。

在征拆工作中，广大群众，牢固树立大局意识、服务意识，心往一处想，劲儿往一处使，扭成一股绳，形成合力，征拆工作正有序快速推进。

吴文玖动情地说，征迁工作下来，我深刻地明白了一点，用真情是真的可以换到真心的。老百姓都是明事理的，在征迁工作中把涉及群众利益的事情想细致、想周到，真心地与被征迁户交流、帮助解决实际问题，一定能够争取到他们的理解与支持。

暖心细致服务是和谐征迁的法宝。

对被征迁户反映的一些其他问题，干部们也是能帮就尽力帮，以微笑办、暖心办、我来办、马上办的工作作风，为被征迁户提供暖心细致的服务。

工作做到心里，群众就认可了。

其实作为城镇发展的见证者，也是我们的幸运，希望我们的盘石能越来越美、越变越好！

总的说来，这 32 户人家太好了，有的说，镇政府驻地只有这里没有大变化，我们不支持说不过去；有的说，我们不能丢盘石镇的丑，只要政府做的事我们都跟上；有的说，苗家人要有苗家人的风格，建设家乡我们决不能拖后腿。

他们经过多方筹资，费尽千辛万苦，沐着夏日的雨，披着冬日的雪，挟着荒岭的风，像山石一样坚实。冬季寒风呼啸；夏季，阴雨连绵，泥泞坎坷的道路和断裂的路基，常常使他们与外界隔绝。这些都没有让他们后退半步。他们的手上，厚厚的老茧磨了一层又一层，在那里孕育着他们不可言说的美妙梦境……

这个困难克服了，另一个困难又冒了出来。

于是，我眼前的特写镜头定格到了 2009 年 5 月 31 日：一群盘石的热血男儿们，正在顽强地拼搏、奋斗，那是一场惊天地、泣鬼神的特殊战斗——

喧闹的人潮车流，惊散了满天繁星；飞舞的彩旗横幅，给盘石工地的上空涂上了朵朵彩云。

有项工程进入到了最后冲刺阶段！

今天是盘石人大喜的日子！

今天是他们最盛大的节日！

今天，对于每一个盘石人来说，其所表示的意义已经远远超出了事情本身！

碧蓝的天空里，朵朵白云也不知道躲到哪里去了，也许是被那火红的太阳蒸化了。路上的石子，闪烁着灿烂的光芒，照得人们睁不开眼睛。路旁的柳枝好像被晒懒了似的挂在树干上，一动也不动。天像下了火一样炽热，空气也凝固了，像要烧着了。

然而，就在此时此刻，盘石的领导人！带着他们的一连苦战了数百个日日夜夜的弟兄们，正在烈日下冲刺……

投入650万元的大工程，9个月后，竣工了！新街诞生了。

崭新的新街宛如插在少女头上的长碧玉簪，又像束在少女腰间的一条金腰带，煞是夺目。

路灯璀璨的晚上，给人的感觉犹如盘石是一个长长的梦，梦境中好似街上有人吹响洞箫，思古之幽情刚刚随风飘逝，突然间吊脚楼上已有木叶声激越地响起，期间还伴有手机那几分动听又调侃的彩铃声……极远处，隐隐约约有苗歌声如春雷震动，若近若远。

城镇三分建，七分管。盘石城镇就像一颗颗宝石，经过细心打磨，精心擦拭，绽放出更加美丽夺目的光芒。

长期以来，城乡二元结构如一堵篱笆墙，制约着经济社会发展。新型城镇化的车轮，冲破藩篱，驶向城乡融合的崭新未来。

城乡一体化，必须实现公共服务均等化，这是盘石镇推进新型城镇化的一条成功经验。

伴随新型城镇化的匆匆脚步，越来越多的人从乡村来到城镇。新型城镇化，改变着人们的生活方式，优化着经济社会的结构。作为一个强劲引擎，它正牵引盘石经济社会的列车，向着富民强镇的目标疾驰。

盘石镇面貌发生巨大变化，吸引了周边乡镇甚至相邻县区更多的人前来打工或投资。每天上午 7 时许，成千上万的青壮年从各家各户涌向周边的数百家企业，开始了一天紧张而忙碌的工作；沿街商铺纷纷开门迎客，期待有更多的进账。

在全域旅游发展的实践道路上，面对周边县区在旅游新项目、新业态上的百舸争流，盘石镇有着清醒的认识，只有不断推陈出新，牢牢抓住重点核心景区提档升级、新项目建设这一关键，盘石旅游业才能真正破茧成蝶，新型城镇化建设才能蹄疾步稳。

盘石镇城镇化的味道越来越浓。

第十四章　品质之变：幸福画卷次第展开

盘石镇如何重视经济社会的协调发展？实施了怎样的富民强镇战略？打造民生福祉的特色城镇，经济发展成果普惠于民，究竟让盘石人感受到哪些实实在在的收益？

充实幸福的底色

盘石改革开放前，居民家庭基本没有什么耐用消费品，到 20 世纪 80 年代，手表、自行车、缝纫机、收音机成为部分家庭婚嫁必备的四大件，到 90 年代，冰箱、洗衣机、彩色电视机、电话成为农村居民青睐的四大件。如今彩电、冰箱、洗衣机、手机都已是普通的生活用品，汽车、楼房也成为农村青年谈婚论嫁的大件了。

人们更多地追求绿色食品消费和充实的精神生活。过去小病拖、大病扛，随着农村新型合作医疗制度的建立和完善，农村也开始讲究医疗保健，闲暇遛遛弯、跳跳广场舞，活得有滋有味。

村庄的夜幕黑得透明，中间点缀着一轮圆圆的皓月，山顶有一片眨眼睛的星星，家家透出昏黄的灯火，飘散着淡淡的酒香和菜香。

初夏的一天，我同县农业农村局干部、过洲村驻村第一书记田文华去蓼皋街道滨江社区水塘河找麻秋华。田文华在过洲驻村快满两年了，工作的酸甜苦辣只有他自己清楚，我曾询问几次，他只淡然地说没什么可说的。

年近花甲的麻秋华，虽然个子不高，却身体健壮。事实上，我一路上都在心中勾画他的模样，没想到见了面，真觉得与我想象中有几分神似。

我们朝麻秋华家走去。他的新家在时代天街对面的4栋3单元5楼。

我们进屋的时候，一位妇女正在收拾房间。看见了我们，她赶忙停下手中的活，热情招呼我们坐下。秋华向我介绍，这是他的老婆，叫龙美青。

田文华给我介绍：秋华大哥很本分、很踏实，在过洲当过几年支书，工作认真，辛苦。有一次，他工作中上山时不慎滑倒摔伤了腰，就辞职了。他虽然住在陈旧的木房里，但看到老乡们脸上灿烂的笑容和漂亮的新居，他觉得以前再苦再累都值得。

2019年，麻秋华一家终于搬进了梦寐以求的新房。他说，而且是拎包入住，我们搬进来的时候，政府就已经备好了衣柜、沙发、茶几、电视机、饮水机、电磁炉……

麻秋华边说边弯着指头。

搬进新房那天，老婆给在外地的弟弟打去电话，得意地说："小弟，我们搬新房了。"

小弟问："在哪里？"

龙美青说："松桃县城。"

小弟感到有些蒙，问："房子多大？"

"100平方米。"

小弟问："花多少钱买的？"

"是分的。"

小弟说："你就吹吧。"

龙美青说："真的没骗你，不信，改天你和弟妹开车来看，就在平块加油站附近。"

小弟说："好的，哪天我们来看看。"

我问龙美青："你对现在的生活满意吗？"

龙美青笑盈盈地回答："很满意！"

我又问麻秋华："那你呢？"

麻秋华眉飞色舞地说："当然满意。我觉得现在过的就是幸福生活，就医、就学、就业都很方便，真感谢党和政府！"

我问秋华："你们从过洲搬下来之后，是如何就业的呢？"

秋华高兴地回答："就业方式还是老样子。老婆卖苗绣，我仍然回老家种田种土。过洲距县城不过40公里左右，现在路好，一个多小时就到了。我还是种烤烟的里手呢，每年我都栽烤烟 50 亩以上。我们正在供三个女儿麻思静、麻春红、麻思锐上大学。麻思静就读于南京工程大学；次女春红就读于贵州师范大学；三女麻思锐就读于遵义医科大学。

麻秋华说，近年来，盘石多数人家的房子都很时尚大气，沙发、茶几、液晶电视、饮水机等家具家电一应俱全。厨房里橱柜、灶具、抽油烟机一体化安装，卫生间热水器、淋浴设施一样不少。楼上楼下打扫得干干净净。现在我们的生活条件与城镇居民没太大的差别，住房面积比城镇里的商品房宽敞很多。

过去，我们走的大多是泥路，最好也就是沙石路，如果有车子开过，就会扬起满天灰尘，让人睁不开眼。现在呢，马路全是水泥铺面，汽车、摩托车在街道上快速行驶，多威风啊！

盘石在不断地变化。在我心中，家乡如妙龄少女，越变越好看，我打心眼儿里热爱我的家乡。

年近七旬的田淑珍回忆起 20 世纪八九十年代的生活情景，不无感慨地说：那时连一顿苞谷饭都吃不饱，只有逢年过节才能吃上一顿肉。老大穿不成的衣服，要留给老二穿。现在生活变好了，大米饭吃腻了，隔三差五要做点粗粮来调节调节。经常吃猪肉、鸡肉、鱼肉嫌太油腻，必须配上一两个素菜才有胃口。看到喜欢的衣服随时都可以买。

用鹤发童颜来形容龙金和，应该说是恰当的。别看他已经 75 岁了，气色、精神都很好，走起路来，不说健步如飞，至少可以和有的青年人一比高低。

龙金和于 1976 年从盘信民族中学高中毕业，他说："国家兴，百姓兴，两基攻坚、三免一补、营养早餐、免费午餐、均衡教育、教育扶贫、全面改善……国家心里全在教育上，助学体系越来越完善。20世纪90年代，我当村党支部书记时，教育上的事最多，阻断贫困代际传递，这句话用来说教育，再正确不过了。"

我们过洲村能够快速发展，得益于教育发展，得益于光宗耀祖的文化传承，现在既要比收成，又要比读书，津津乐道的是谁家又多了个大学生，从重点高中到考上大学，都是喜讯，都要庆贺的。

在过洲人的意识中，一个家庭真正兴旺发达，上上策是培养出一个大学生，过洲村人把读书看成改变命运的最重要出路。读书是阳关大道，苦供一名学生，造就一位大学生，孩子走出了大山，不再靠天吃饭，就能带动家庭整体脱贫，过上想都不敢想的生活。

每年高考进入录取时段，过洲村就成了网绀，这个397户1810人的苗族村，已走出118名大学生，特别是2021年、2022年就有27名。

麻和祖家3个孩子都是大学生。

麻和祖说，人活一辈子，总不能老在嘴上抓挖，耕读传家，从小老人就这么讲理，人得活个意思，一辈比一辈有出息，走得远，站得高，才活得有意义。我孩子给我讲过一句话，说人一辈子要是不读书，就跟住在一个没有窗户的黑屋子里是一样的，读书就是在墙壁上开了一扇窗户，哎呀，你说这话说得对吗？

我给他竖了个大拇指，回答，这话说得对！

　　然后，他自豪地说，我和老婆龙玉红再苦、再累、再穷，也要让女儿麻绍梅、麻绍英和儿子麻中良圆了大学梦。

　　开展这样的活动，重在让全镇形成一个重视知识和人才的氛围，让读书求学之风在盘石弘扬，以激励更多的农家子弟发奋求学，实现自己美好的未来。

　　改革开放以来，盘石镇百姓生活发生了十大变化：鼓起来的钱袋子，靓起来的衣着服饰，精起来的饮食，大起来的住房，多起来的私人轿车，高起来的文化程度，快起来的通信方式，热起来的假日旅游，长起来的人均寿命，低下来的恩格尔系数。

　　谈到经济发展，他觉得，先是生态环境改善，才带来了可观的经济收益。之前盘石镇都是民房，随着生态环境好了，带来了游客，这些民房都改造成了农家院。现在，为了满足人们对生活品质的追求，农家院都设计成各种风格的民宿，更加符合城市居民的度假需求，吸引了很多游客。

　　20 年前，那时的盘石镇就像是一个素面朝天的小姑娘，一切都透着淳朴与简陋。平房随处可见，鲜有富丽堂皇的高楼大厦；有限的几处大商场，里面的商品也很单调。

　　而今，一辆辆蓝灰相间的神农富康、捷达、桑塔纳，宛如一道流动的风景，使这张最适合人类居住的城镇名片更加耀眼夺目。

教育的春天

　　在盘石，人们会看到，建筑最漂亮的是学校，环境最优美的是学校，人气最旺的是学校。

就拿盘石民族学校来说吧。

宽敞明亮的教学大楼，先进的多媒体电教平台，学生专用的微机房、实验室，让人感受着学校无处不在的文化气息。

当时，县委落实省委"十二个一"工程的整体规划时注意到，学校的搬迁与建设被列为重中之重。

盘石民族学校于 2012 年始建，建筑面积 18721 平方米，总投资 3588 万元。

这是一座高配置的初级中学，占地 88 亩。操场达 2000 平方米，各种体育锻炼设施齐全，新建教学及办公用户 3200 平方米，并配套完成厕所、校园围墙、校门及操场硬化等附属工程。建成电教室 120 平方米，配备教学电脑 46 台。

一位村民说，每次路过校园，我都不敢相信这是真的。

我非常理解他们，大概只有在盘石镇才会出现这样的叩问，倒不是因为芭茅中学的过去和现在、旧校和新校的时空落差，而是芭茅中学在历史和时代交叉点上令人眼花缭乱地频频转身，实在与众不同。

因为，如今的盘石民族学校，实际上是过去的芭茅中学是 20 世纪 70 年代修建的。

我在教导主任的陪同下，先后参观了计算机室、科学实验仪器室、科普实验室、音乐体育器材室、美术室、心理咨询室、卫生保健室……

校园各类建设日趋完善，满园绿荫，书香飘溢，探索经典诵读、足球文化、生态教育之课程。

翻开盘石镇 10 年的成绩单，教学质量向现代化方向迈进，医疗卫生服务体系健全，就业率显著提高，社会保障体系不断完善，生态环境越来越好……

哪个村都有色彩艳丽、文字醒目、图文并茂的道德文化长廊，成了盘石镇一道亮丽的风景，引得过往村民驻足观看。道德文化长廊内容丰富，通俗易懂，涵盖了社会主义核心价值观、道德文化、中国梦等内容，向群众宣传了健康、文明的新风尚。

群众幸福指数取得前所未有的提升。始终坚持把保障和改善民生放在首位，持续办好民生实事，全力提升群众获得感、幸福感、安全感。

人们永远不会忘记，1996 年 10 月，国家农业部派遣年仅 25 岁的桂党会来到盘石镇支教，并挂任盘石镇人民政府副镇长。用农业部援助的 20 万元资金与松桃按 1∶1 资金匹配，在芭茅修建一所希望小学，建成腊尔山区最好的有示范价值的学校。由于松桃县财政困难，桂党会自费去贵阳协调资金，贵州省教委一次性拨款 15 万元用于修建芭茅希望小学。1997 年 9 月，总投资 35 万元的芭茅希望小学教学大楼竣工，建筑面积 1200 平方米。

竣工典礼上，两名苗族村民向桂党会赠送了"情系苗乡"的锦旗。

扬帆的东风

8 月 30 日，一场励志助学仪式在盘石镇政府隆重举行，获得奖励的学生代表心潮澎湃，志向满满。

一获奖代表说，感谢金秋励志助学基金会和镇促进教育委员会对我们的关怀，我们定不负期望，刻苦努力，以顽强的毅力，坚定的信念扬起长帆，驶向梦之的彼岸，回报家乡，做国之栋梁。

田金明曾任世昌区公所区长，县团委书记、县检察院副检察长，副县长兼县公安局局长，铜仁市公安局副局长等职。

退休后，他积极创办盘石镇金秋励志助学协会。2021年7月17日注册成立，田金明任协会会长，杨俊峰任常务副会长，龙正明、龙再文、龙昌英、龙金姐、龙建伟、龙建英、龙颉、吴兴堂、吴炳贵、张长春、张金顺等任副会长。

为了全力推动教育事业的发展，金秋励志助学基金会和镇党委、镇政府以更大的力度，更实的举措，更广的视野，更高的标准，动员社会各界、乡贤、干部职工捐赠。

金秋奖助学协会共收到捐款80余万元，所募捐到的款项来自各级领导、企业、乡贤人士、社会爱心人士以及全镇的干部群众。田金明、龙志鲜、张金顺各捐款10000元，中铁7局捐款30000元。

有了捐款，切实把每分钱都用到发展教育事业的刀刃上至关重要。为了管好用好爱心捐款，助学基金会从细微处着手，严格管理，使用得当，监管到位，公开透明，切实发挥了润物细无声的作用。

2021年以来，3年共资助小学升初中112名，初中升高中139名，考上二本院校135名，考上一本院校47名，研究生 17 名。

现场资助者代表们与受捐赠学生亲密交谈，从学习到生活，细细关心询问，并用相机定格了富有意义的一刻。

受资助学生代表对资助者的关爱和善举表示感谢，用坚定有力的声音表示会把关爱化为学习动力，在逆境中奋进，树立远大的理想，好好学习，以优异的成绩回报社会。

2024 年 9 月 26 日，盘石镇召开隆重的颁奖仪式。铜仁健康学院党委副书记、院长吴国才出席仪式，并作了热情洋溢的讲话。

志向是生命的风帆，知识是事业的基础，勤奋是成功的钥匙。这是吴国才院长的座右铭。

真情无价，爱心无边，希望孩子们纯净的内心世界可以感受到更多温暖。

梦想改变一切，梦想成就一切。与全国同步全面建成小康社会，是苗家人民的美好梦想。而民生则是丈量现实与梦想之间距离的一把尺子。

幸福，蕴含于暖心的细节

循着幸福坐标，奔小康一个不落在盘石有了更丰富的内涵。不仅是农民、特困群体，在这里有了更多获得感、幸福感、安全感。

龙明建说，紧密型医共体的建立将有效推动分级诊疗制度的落实，更好地满足群众的健康需求，让广大群众就近享受优质、安全的医疗服务。

组建医疗服务共同体，实现镇、村两级医疗机构管理体制和运行机制联动改革、协同推进、同步完善，一体化覆盖率达 100%，镇域内就诊率保持在 90% 以上，区域医疗卫生资源得到进一步优化。

盘石镇还通过开展健康知识普及、基本公共卫生服务补短板、重点传染病专病专防、慢性病地方病综合防治等一系列行动，极大地提高了全县居民的健康素养。

全镇已保证一村一所卫生室，为群众提供更便利的服务，针对患有慢性病的群众一对一服务和定期走访，累计办理县外住院报销 2134 人次，慢性病 1891 人次，共计报销 619 万元，医疗保险参保率达 100%。累计开发公益性岗位、保洁员共计 236 人就业、完成农村贫困劳动力全员培训共 1329 人次。累计发放民政保障金 4920 万元，发放特困供养金 227 万元，发放救助金 93 万元，办理残疾证 1033 人。

2022 年 8 月，十八箭村龙金凤因病在松桃县人民医院住院。医疗总额 36314 元，符合范围金额 31314 元，基金支出总额 31030 元，统筹基金支出 21639 元，大病补助医疗保险支出 5804 元，医疗救助 3585 元。

2022 年 10 月，大平村龙三高因病在贵黔国际总医院住院。医疗总额 147958 元，符合范围金额 127834 元，基金支出总额 69484 元，大病补助医疗保险支出 41742 元，医疗救助支出 11625 元。

2022 年 12 月，臭脑村田老妹因病在长沙市第一医院住院。医疗总额 79911 元，符合范围金额 64064 元，基金支出总额 61027 元，统筹基金 34410 元，大病补助医疗保险支出 19531 元，医疗救助支出 7086 元。

说起老百姓的生活变化，今年 68 岁的大沿村村民龙兴强乐不可支。

他说，小汽车、小洋楼、互联网……如今城市家庭有的，农户家里也基本都有，就连村里收购物质的都用手机支付了。

出行靠两条腿，少则走几里路，多则走十几里甚至几十里路，这是改革开放之初农村群众出行的真实写照。龙兴强告诉我，在当时的农村，谁家要是有辆自行车，那是让全村人都羡慕的事情，比现在的私家车还金贵。那时候做梦都想拥有一辆自行车。赶上了改革开放，当年的梦想才得以很快实现。

龙兴强记得清楚，1981 年，农村实行分田到户政策，乡亲们劳动的积极性空前高涨。龙兴强也起早贪黑忙农活，几年下来，家里的经济状况明显好转。那时候有些许积蓄了，我便买了一辆自行车，当时一辆要 100 多块钱呢。

回忆起当时的情景，龙兴强还一脸兴奋。当时我骑着自行车，绕着村子转，别提有多高兴了！

之前的苦日子，他还历历在目。他说，我们之前靠山吃山，一年挣不到几个钱，住着土坯房，漏风不保暖，交通也不方便，出门非常麻烦，孩子们上学也困难。

龙兴强高兴地说，最近几年，随着和美乡村、乡村振兴战略扎实推进，盘石镇的变化节奏越来越快。村里接入了互联网，完善了基础设施，修建起了广场、公厕……村民开始像城里人一样跳舞健身，乡村也吸引了越来越多的游客。现在国家发展得这么好了，我们要当新时代的农民，更大的变化还在后头呢！

镇长刘伟说，盘石坚持把加大投入作为保障和改善民生的关键，致力于将民生事业项目化、数据化、载体化，切实加大有效投入，启动实施了一批为民利民的工程，织密了全民共建共享的普惠网。投入各项民生工程4亿元，建设了镇卫生院、永利医院、华康医院等项目，城镇功能日益完善，人居环境不断优化，人民生活质量显著提升。

船的力量在舵上，人的力量在心上

人与城相依，小我与大我同行，这是幸福盘石的深层密码。

我和龙通顺到了桃古坪，村里农民讲习所正在开班，我往教室里看看，听课的人还真不少，这有些出乎我的意料。

民心聚、事业成，不成也成。民心散、事业败，不败才怪。龙政权认为，要想实现共同富裕，让群众改变思想观念才是最要紧的事，而做好这一步的前提是想方设法把群众发动起来。

龙政权介绍，心动，更要付出行动。当初他提出开办农民夜校时，不仅没有得到大家的支持，议论的人还不少。

结果，桃古坪村"两委"班子仅用3天的时间，就把全村 80% 以上的老百姓的思想做通了。

李兴国说，第一期讲习所开班时，我们在原来准备的基础上，又多加了 10 多条板凳，结果还是不够坐。

好多人都是站着听的，连过道都被站得水泄不通。短短 3 天 72 小时，看似轻巧，背后却是全村党员干部辛勤付出，鞋子磨破了，嘴巴讲得口干舌苦，最终让群众理解其中的良苦用心。

这样热闹的场景，在桃古坪一再发生。在一次猕猴桃种植技术培训中，开讲不到 10 分钟，一个年轻人跑来找到龙政权说：主任，我发现今天来学习的人中，有部分不是我们村的。这个场地连我们村的人都容纳不下了，你看要不要我把他们请走。

话音刚落，龙政权起身握住年轻人的手说，他们来听是好事情，不仅不能把他们请走，反而还要好好为他们服务，把他们当作我们的贵宾来招待。

在龙政权看来，站在群众的角度来思考问题，把群众的事情当作自己的事业来干，把利益给群众。只有这样，干部说话才有人听，群众才会向组织靠拢。

现在的桃古坪，和从前比，民心发生了质的改变，只要村"两委"通知开会，不管是白天，还是晚上，村民们都不会迟到，也不会缺席。

村民吴习禄感慨道：要通过自己的努力早日实现脱贫致富，才对得起党对我们的关心。

今年以来，桃古坪村已有 8 位村民递交了入党申请书。李兴国说，党支部的工作，不是做一阵子，而是要干一辈子，并且还要着眼长远，时刻为组织注入新鲜血液，确保后继有人。

龙通顺笑笑说，那都是老皇历了，现在的农民与以前大不同了，对国家方针政策关心得很，新时代农民讲习所为农民宣讲党的方针政策、土地补助、医疗救助、扶贫保险、示范村建设、贷款贴息、产业保险、新型经营主体、转移就业、农村电商等各种政策，信息量大，实用性强。村民很重视的，隔一段时间不听课，心里就不踏实了，觉得差了点什么，就怕把什么晃过去了，如果我们工作忙没安排，都来找我们问咋不讲了。而且，新时代农民讲习所现在已经是群众需要什么就讲什么，讲习内容菜单化，由群众点单，除了在课堂讲，专家、学者还走进田间地头，将技能、知识讲给农民听，手把手教会村民。

我感动地说，这样言传身教了，作用当然大。

龙通顺说，要富口袋，先富脑袋，新时代农民讲习所讲师不仅有专家、教授，还有先进、典型、有威望的群众及有基层工作经验的干部，这是农村振兴的大智库。

他还说，吃老本跑不出加速度，不加油轰不出推背感，我们要再创一个激情燃烧、干事创业的火红年代，把发展与民生的蓝图描绘得更加精美。

我们围坐火炉，捧起热茶，与老人一起回望，和青年并肩畅想。

下课了，学员们携着一股热浪涌了出来。有的边走边谈：今天这个王老师讲得好，举的例子都跟我们巴谱的，不是那些云里雾里的。

当然，他就是我们县的农业专家。在乡镇工作20多年。

有个人看了我们一眼说：我们刚听完课。

我嗯了一声，他说："现在这课需要听哩，里面信息很大，漏过了会耽误事的。"

我问："今天讲哪方面的内容？"

他说："开始讲乡村振兴的产业振兴是根本，后来讲稻田养鱼，这个我以后要好好做的，这两个产品都好。"

我问："这种地方差异性的发展也和一个区域的人文精神有关，那么，盘石人给您留下的印象是什么？"

龙通顺说："坚韧不拔，敢于拼搏，勇于创新，这几个词可以概括盘石人的精气神。盘石人的精气神中最重要的一个是拼搏，一个是创造。一穷二白我不怕，什么基础都没有我也不怕，我就是要发挥我的主观能动性来创造我的奇迹，盘石人就是有这种冲劲和闯劲。在工作中，这种不怕艰难、敢于创造、敢于取胜的精神，在盘石随处可见。"

我问："您在盘石镇工作这几年，接触了很多盘石镇的企业家，盘石企业家群体给您的印象是怎样的？"

龙通顺说："在盘石镇的发展过程中，盘石镇的企业家有一些成功了，但也有一些失败了。我觉得成功的有成功的理由，但是失败的企业家们更值得敬重。我们干任何一件事、成就任何一件事，都必须有牺牲者，如果没有那些牺牲者做基柱的话，那么成功者也凸显不出来。在工作中，我对于那些无名的牺牲者，那些沉下去的企业，更心怀敬重。"

桃古坪村民多年来已形成互助守望的传统民风和寨风，他们邻里和睦，长幼有序，敬老爱亲。

从矗立在青山上一块块醒目的宣传牌，到村头街尾的宣传墙、文化广场上的廉政文化展板，再到村道太阳能路灯灯杆上一幅幅宣传标语，可以看出桃古坪村社会主义核心价值观深入每一个角落。

宽敞的广场上，一头是各种各样的健身器材，另一头是戏台或舞台。篮球场、乒乓球桌一样不缺。傍晚时分，村民渐渐走出家门，参与到各自喜欢的健身活动中。通过丰富的文化活动载体，民心更加聚集，过去喊破嗓子没人理，现在一声呼唤众人应。

观念一变天地变，观念一新天地新。加强基础设施建设，积极对接农业综合开发项目实施，全力推进高标准农田建设项目。不断促进发展设施农业、旅游业、特色产业、品牌产业，大力发展一村一品经济，深化农产品加工，延伸农产品链条。

走了，走了，大家赶快穿好红马甲，拿扫把、背竹篓，上街了……

龙通顺说："盘石镇将聚焦育人铸魂，全面提升文明素养，充分发挥新时代文明实践中心作用，持续开展各种示范活动，引导群众养成文明习惯，切实提升城镇软实力，不断增强城镇的吸引力；健全完善长效机制，坚持点面结合、补短强弱，大力实施城镇更新行动，打造和谐宜居的生活环境，提升城市的美誉度。

如今，盘石人出门都挺直了腰杆，我们是大美盘石人！群众参与乡村振兴的过程中，找回对美丽城镇的认同感和自信心。

盘石镇犹如平地上崛起的梳子山，是搬不走的那道景。他们深情而开心地告诉我：党和政府才是我们幸福生活的引路人，我们想啥就有啥，我们没有想到的事，党和政府都想到了；我们想不到、干不成的事，党和政府也全都送了上来。一项改革就像一盆黄金。生活在盘石就像畅游在满塘清澈之中的鱼，感受到的是源远流长的幸福与每天都能看得见、摸得着的收获。

盘石镇秉承拼搏、务实、创新、卓越的盘石精神。

盘石精神的提炼与塑造关系到盘石镇的全面形象和未来发展，必须是多维度、全方位和为广大居民所认可的。笔者认为，拼搏、务实、创新、卓越体现了盘石全面发展的过去与现在，并极富前瞻性和号召力，可以为盘石未来的发展提供强大的精神动力。

拼搏，展示城镇之姿态。盘石镇走出了一条以发展开放型经济为主要特色的镇域经济之路，即盘石之路，经济社会保持了多年持续、快速、协调发展的良好态势。引进资金、引进人才、引进技术设备、引进劳动力、引进先进文化已成为盘石经济社会发展的最大特点和亮点。可以说，开放成就了盘石的今天，盘石的发展体现了拼搏；另一方面，盘石也一直在努力地走出去，走向全国各地，寻找一切可利用的机会，使盘石的能量和触角辐射到大江南北，从而使盘石镇发展获得广阔的空间和舞台。

务实，体现城镇之风格。务实，充分体现出盘石拥有开放兼容的精神风貌、积淀深厚的文化底蕴、优美文明的城镇环境、高效廉洁的服务政府和充满活力的多元经济；寓意盘石注重师法自然，以自然、社会及人的相互融合为目标，把城镇的规划、建设、发展与城镇的自然景观、地理风貌有机地结合在一起，着力打造创新盘石、效率盘石、绿色盘石、平安盘石、魅力盘石这五大环境，努力做到人与自然的和谐相处，把盘石建设成人人向往、人人赞誉的魅力城镇。务实，另一个重要方面是突出强调人与人之间的和谐。务实，寓意着当面对各种机遇与挑战时，盘石能够形成强大的凝聚力和向心力，万众一心、众志成城、和衷共济，战胜困难，取得各项事业的成功。

创新，张扬城镇之品格。创新表现为勇于探索，开拓进取，不墨守成规，不故步自封。盘石深厚的人文底蕴、悠久的历史文化和盘石人敢于第一个吃螃蟹的魄力和勇气为创新之路奠定了坚实的基础。盘石在开拓中求发展，在创新中求突破。创新，充分体现出盘石利用自身优势，借助外域力量，创造经济社会科学发展的智慧和胆识；充分体现出盘石重视自主创新、科技创新、体制创新和管理创新的科学理念；充分体现出盘石顺应历史，勇立潮头，昂扬拼搏，奋发向上的时代精神。

卓越，树立城镇之愿景。自强不息，追求卓越是盘石人的优秀品质，同时也是盘石活力之所在。追求卓越，是一种精益求精、永创一流的时代精神，是一种不甘人后、永争第一的拼搏精神。卓越，这一主题词抒发了盘石锐意进取，励精图治，打造城镇品牌的雄心与魄力。一方面，要以更为宽广的发展视角和更为宽阔的胸襟审时度势，确定前进的方向；另一方面，要牢牢把握自身的优势，抓住机遇，自强不息，迎接挑战，为实现城市的发展目标，为把美丽的盘石打造成特色鲜明、有影响力的名牌城镇而不懈追求。

拼搏、务实、创新、卓越的盘石精神主题词，大气豪迈、通俗易懂、名副其实，是盘石经济文化和人文精神的高度凝练，既是一种文化力，也是一种生产力，是推动盘石又好又快发展的动力之源，具有很强的冲击力和号召力，能够起到塑造和提升盘石城镇魅力形象，凝聚人心，激励全镇人民奋进的作用。

除夕之夜，从上海回到盘石镇老家过年的吴宇一边看春晚，一边不停地拿着手机用语音拜年。

看着吴宇的忙碌劲儿，吴宇的妈妈不禁感叹道：现在科技真发达，都可以用语音拜年了。

吴宇接过话茬，向妈妈科普起来：现在都流行用微信拜年了。微信拜年，不仅可以发文字、发多种多样的表情，还可以发送语音，甚至可以用手机拍摄一小段视频来拜年。咱们家里有 Wi-Fi，网速也很快。真是又方便又好玩儿。

原来是微信啊，这个我知道。咱们这儿的年轻人都在玩儿呢，听说还能抢红包，你知道咋抢吗？

妈妈的问题让吴宇大吃一惊，没想到一直没去过大城市的妈妈都知道抢红包。妈妈说，现在网络这么发达，咱们现在也跟上世界潮流了呢。

吴宇家在芭茅。这两年，人们的钱包越来越鼓，生活变得现代化起来，几乎每家都添置了电脑，不少家里还覆盖了Wi-Fi信号，上网听歌、看视频已经取代了看电视、打麻将，成为不少家庭妇女日常的休闲方式。

在芭茅，刘婷是左邻右舍口中的网络达人。自从去年在外地打工的儿子给她装上电脑，教会她上网购物后，60多岁的刘婷成了淘宝网的忠实用户。你瞧，这些衣服都是我从网上买的，多好看，咱们县上都买不到这样款式新颖的呢，而且还便宜。双十一期间，我抢购了一件羽绒服，可划算了！

打开衣柜，刘婷兴致勃勃地向我介绍起她的网购经历。

不仅是衣服，连今年过年的年货，刘婷都是在网上买的。刘婷告诉我：网上有年货大街，选购起来特别方便。再也不用跑到县上去买年货了，省事儿多了。

不仅自己上网购物，网购经验丰富的刘婷现在还自觉替别人代购起来。有些不熟悉网购的街坊邻居，只要有啥想买的东西，都会让刘婷帮着在网上代购。

说起网络给她生活带来的变化，刘婷高兴地说道："网络真是个好东西，咱们乡下现在也跟上了潮流，生活跟城里一样方便了。"有了一年网络购物经验的刘婷现在又有了新想法，想开网店，在网上赚钱。她告诉我：咱们这儿的花生质量好，算得上是土特产了，我合计着要是能在网上卖咱们的土特产，一定能赚不少钱。

如今，在芭茅，电脑、智能手机和汽车一起成为现在年轻人结婚的新三大件；今年走亲访友进门第一句是新年好，不少人第二句话就会问你家 Wi-Fi 密码是多少？

随着网络的普及、网络购物的流行，信息消费这个抽象的概念也逐渐变得触手可及，渗透到老百姓的日常生活中，在乡村掀起一股网络流行风潮。

据统计，全国共有 43500 多个乡镇，其中不乏资源丰富，发展迅速的乡镇，但有的乡镇和盘石一样，是经济并不发达的乡镇。这些乡镇的发展脚步或许稍显缓慢，他们没有轰轰烈烈的造城运动，没有成绩斐然的经济增长，但他们仍在力所能及地作出改变。这些变化也许就映射在一场场电影，一只只灯笼，一个个合作社和一家家农业加工企业上。

盘石每天一点新，变化着的涓涓细流孕育着小城镇的美好未来，也为全国的发展大潮贡献着虽微薄但最真实的力量。

第十五章　绿色之变：高原明珠活力绽放

当清晨第一缕阳光照耀大地，这座小城镇缓缓苏醒。盘石镇的各个角落开始热闹起来，人们跳广场舞、练太极拳、跑步、登山，英姿勃发的身影让这个小城镇活力四射。

聚焦产业融合，化强的新优势

我来到盘石村采访，小车就在盘石村对面的山头上停下来。刚停下来，一阵微风轻轻飘来，热情恭迎我们，摩挲着我的脸颊，让我顿时感到神清气爽。我们站在山的这头往盘石一望，原先那种"丑陋"的模样已经不复存在，整个村庄落落大方，美丽壮观。那边，一座座别墅群落，红屋顶、白墙体，一字摆开，整洁靓丽。晨光披屋，流光溢彩。这里，一条条水泥路穿梭村庄，路边的房子都为两三层的水泥楼房，崭新别致。倾斜的屋顶，承接着来自天南海北的阳光雨露，山区风貌的绰约风姿，煞是迷人。

走进去，在村里转悠，可见村道整洁宽敞，房前屋后绿树掩映。小轿车或在门口或在屋子的底层，整齐有序地摆放。有些村民悠闲散步，见到我这个陌生人也笑脸相迎，与我打招呼……走着，一股暖流涌上心田，伴随着缕缕阳光，伴随着阵阵清风，伴随着一幅幅美景……

我走进盘石古城，看到蜿蜒的甬道干净整洁，四周矗立着国槐等行道树，嫩绿的草坪上点缀着月季等五颜六色的花卉，小朋友在家长的陪同下，尽情地奔跑、嬉戏，整个古城显得生机勃勃。

漫步在登山休闲道上，领略这里的风光。这里的山道，这里的水系，这里姹紫嫣红的鲜花，还有绿油油的小草……走了一会儿，看看这里的房子，望望这里的山峰，瞧瞧这里的绿树……心中满是惬意，满是舒爽，情不自禁地高歌一曲，表示我的愉快。就在这时，一首《走进新时代》的歌曲飘然而至，我循声走去，有人在文化广场上跳着广场舞。篮球场上有几个年轻的小伙子在打篮球，几个老年人在健身器材上舞动着……

我按捺不住激动的心情，马上停下脚步，侧耳聆听，恍如走进百花丛中，留连戏蝶时时舞，自在娇莺恰恰啼，穿梭其间，立马心旷神怡！

美景入眼来，一处处，一幅幅，难以用华丽的辞藻来表达，我情不自禁地赞叹道：太美了，变化真是太大了，真当刮目相看！于是，我突发奇想：要是再有个女儿，就要在盘石村找个婆家……

带着满眼的美丽，带着满腔的羡慕，带着澎湃的称赞，回来了。然而，回来之后不久，我的心情就开始不由自主地滋生疑问：小小的盘石村，怎么一下子变得如此美丽？

为了解开困扰心底多时的疑问，我决计找到盘石村现任的村党支部书记——杨俊峰先生。

杨支书，约摸50来岁，身材高挑，清癯消瘦，双目炯炯如炬。

我直入主题，抛出自己的种种疑惑。杨俊峰支书一边泡茶，一边说不急，要我先喝杯茶，等下他才要给我慢慢讲。此时，墙壁上的时钟嘀嗒响，茶几上的茶壶直冒烟，茶杯里的茶水干了一杯又一杯，所有的话题，所有的故事，都在茶水的流淌中稀释出来，成了我笔下的诗行。杨俊峰看到家乡还是没有多少变化，房子还是那房子，路还是那条路，人还是那些人，只是多盖了几间水泥房，落后的印象深深地触动着杨俊峰的心坎。他每天都爬上小山丘，看看容颜依旧的村庄，一股心酸涌上心头：盘石啥时才能有真变化？这股心酸一直困扰，一直纠缠，一直萦绕，好多时日挥之不去。

村支书、村委会主任的杨俊峰乐呵呵地说：我过去总认为农业现代化是异想天开的事，离咱农民的生活还远着哩！没想到这几年的实践，我改变了看法。

从此，一份美好的憧憬深埋心底，一种求变的信念开始孕育。尽管这时他还不是村里的干部，但作为一位村民依然有为自己的乡村做出力所能及的一份绵薄之力的义务与责任。于是，他常常跟村里德高望重的人促膝谈心，泡茶聊天，不经意间流露出一些比较有前瞻性的看法，或是对整个村庄的规划与打算，得到很多老同志、老乡亲、老干部的赞赏。

或许是盘石村村民为了突破，或许是为了追求更加美好的生活，2021年村级换届选举，盘石村"两委"干部可以说是大换血，很多新面孔出现了。杨俊峰就是其中的一个。杨俊峰由村委主任被推上了盘石村村书记的宝座。

其实，这个宝座也是不好坐的。其一，盘石村虽然是个小村庄，人口一千多人，人际关系相对简单，但复杂性依然存在。其二，盘石村地理位置处于劣势，成为发展的瓶颈。其三，村财空虚。盘石，村如其名，是典型的后进村。要转变盘石村的面貌，资金就是一个大问题……如此一番思虑，杨俊峰先生不由得为自己打了个冷战，真切感受到肩上的压力是够大的。岂能被眼前这些困难吓倒呢？不行，他要为家乡面貌的转变贡献他自己的一份青春一份情怀。

俗话说：新官上任三把火。杨俊峰作为新上任的村党支部书记，官虽然不大，也有他自己的几把火可以点燃。那么，他是怎么点燃的呢？

他眼光比较高远，视野比较辽阔，嗅觉比较灵敏，办事也是有一定魄力的，对一些问题的思考比较全面，也比较有深度。

所以，杨俊峰很谦虚，诚恳地向前任的村干部学习，拜他们为师，耐心求教，不耻下问。同时，诚挚地请求这些老前辈要做他的坚强后盾，否则他就会感到后方空虚，无力前行。

盘石村庄外出谋生的也比较多，留守家里的大多是上了年纪的老人家。针对这种情况，杨俊峰书记经常走访这些留守老人，一方面向这些老前辈学习一些经验，一方面及时捕捉老人家的心声与诉求，尽最大努力竭诚为乡亲们提供力所能及的服务。

整个村庄，就着山势，要在哪里建幸福小区，要在哪里建文化广场，要在哪里建造公园……这些都要有一个整体规划。为了这个规划，盘石村庄的每一条巷道、每一座山丘、每一寸土地，杨俊峰书记不知走了多少遍，花了多少时间。

尽管这些小路，这些房子，这些山丘，对他来说再熟悉不过了，即便闭上眼睛也能清清楚楚地勾画出来，但他还是要经常亲自去走一走、看一看盘石村庄整片土地的山形地势，不时停下来跟村民们聊聊天，跟乡亲们透透风声，倾听乡亲们的意见。乡亲们知道这位书记要带领全村进行乡村改革，无不欢欣鼓舞，拍手叫好，大力支持。尽管有个别农户，一时想不通，杨支书多次登门拜访，促膝谈心，晓之以理，动之以情，终于全村所有农户都通过。

虽然规划改造，建设美丽乡村的蓝图已经绘就，但资金依然困扰着他的计划，绑住他施展蓝图的手脚。村里头没有半点资金，怎么办？群众又家徒四壁，总不能向群众摊派或募捐，去增加群众的负担？盘石村虽然有几户富裕人家，如果去动员人家支持，人家也不见得乐意……想来想去，还是没有什么办法。

面对资金的空白，杨俊峰支书毕竟也是一个活生生的人，他也有软肋，免不了也会滋生落后的想法：干脆不做了，原地踏步，按老样子依样画葫芦，村支书当上几年，在盘石村的党史档案上至少也有他的名字，何必做一些吃力不讨好的事呢？但，这是他应有的本色吗？上级党委政府的信任，当地群众期盼的眼神，马上在他眼前忽闪忽闪……不行，开弓没有回头箭，继续前行。

集中盘活资源，发展集体经济。做好土地文章，紧抓好生猪代养，采用借鸡生蛋的方式，将荒废的山沟地作为项目建设的养殖场，既增加 10 万元村财收入，又解决路面三通一平的问题。

集中民生福祉，共享发展红利。为了使全村都能充分享受到村里经济的发展红利，我们把全面落实各项社会保障制度作为核心工作，新型农村合作医疗保险参保率达 100%，参加新型农村社会养老保险的有 354 人，失地农民养老保险参保率达 100%。村里对教育也非常重视，连续每年对村内考取大学的学生给予 1000 元的助学奖励。同时，组建村级电商培训，组织待业青年等到灶美村、电商孵化基地等学习先进经验……

近一个小时的介绍，杨俊峰书记和盘托出的，或为联动力，或为基础力，或为帮扶力，或集中力……一道道功力，一种种做法，也是经验之谈，充满人生的智慧光芒，一再让我领略到眼前的杨支书的魅力，不时为之点头以肯定；不时为之竖指以点赞……

看到一户又一户农家小院地下瑞气缭绕、地面畜欢禽叫，空中花鲜果艳，效益人人叫好的喜人场景。作为这一模式的设计、构造者的杨俊峰，抑制不住内心的甜蜜和欢乐，妻子说他做梦都在笑。

盘石镇大力推进农业现代化发展的一个缩影。越来越多尝到农业现代化甜头的群众越干越有劲。产业兴旺了，群众的腰包鼓了，日子也就越过越红火了。

在人声鼎沸的巷子里，下班的人们三三两两相约街边小店，牛肉丸、油卷面、泥鳅面……一道道朴实无华却精工细作、注重养生的美食，让人一口暖到心里，消除一天的疲惫。

我认为，水养、体养、文养、食养、药养……不仅让当地人受益，更使到来的游客把盘石当成养生休闲的首选。

盘石镇敞开双臂拥抱绿色，拥抱健康生活。

我在盘石镇发现，当地注重培育镇域特色农业，形成了粮食、蔬菜、畜禽、花卉、苗木、果品、种子、农机等八大优势产业集群。蔬菜、畜牧、农机三个主导产业全产业链产值均超过亿元。

镇党委书记石荣华兴奋地说：通过我们几年开展农业现代化的实践，我体会到，农业现代化是农业产业化的升华，是农业发展的根本出路。我们发挥优势，突出重点，全面推进粮食高产高效示范区，省级农业（畜牧）科技示范区。

镇长刘伟说，新产业、新业态做大做强了镇域经济。结合各自实际，打造了一批新亮点，形成了多点发力、特色各异、全域均衡发展的格局，融合发展的新业态、新产业、新模式在盘石各村不断涌现。

走进代董村，干净整洁的村路、瓜果飘香的庭院……村庄的高颜值令人心旷神怡。村民麻金国说，现在村里卫生环境很好，广场花园都有，和城市比也不差。

村民石大春说，城里人买房，还要向农村的富亲戚借钱，在盘石已司空见惯。这些年，农民钱袋子越来越鼓，城乡收入差距持续缩小。

盘石构建以城带乡、以工促农新型工农城乡关系，通过工商资本推动产业振兴。当地多地打造的现代农业产业园、田园综合体等项目主要来自城市资本投入。

当地始终把促进农民增收、缩小城乡收入差距作为创新提升三个模式的重要标准。针对人、地、钱领域进行改革，破除妨碍城乡要素自由流动和平等交换的机制障碍，为推动全面振兴提供不竭动力。

这是一件可大可小的事。

说它大。现在，一个个身穿蓝绿两种不同制服的人走上街，有了他们，原本摆满了摊点的街道，变得整洁；原本杂乱无章的街道上行人秩序井然。

现在，一位位清洁工人拿着扫帚、网袋，将大街小巷的垃圾扫净，将河岸上漂浮的垃圾捞起。他们给了城镇以明净。

创建宜居城镇，靠你、靠他，更靠我。让我们从自己做起，从小事做起，从现在做起，让这个城镇最深处的渊源——文明，不再寂寞，不再无人问津，重新焕发出青春与活力！

以养生福地，醉美盘石为定位，以健康养生养老为核心产业，以富硒功能农业和文化旅游度假产业为延伸产业，以创业孵化、康养社区、会议展览、科普及文化教育为配套产业，打造环境优美、文化交融、特色鲜明的慢生活苗乡。

如果说过去盘石的发展主要在硬开发，今后我们将把重点转移到能力与环境的建设方面，强化五个度——差异度、文化度、舒适度、方便度、幸福度，达到五个力——视觉震撼力、历史穿透力、文化吸引力、生活浸润力、快乐激荡力，从而树立新的城镇形象。

生态牌、乡愁牌、田园牌、民族风情牌，已成为盘石立镇的亮点。

盘石镇建设的决策者们进行了热烈的讨论和深层次的探索，思想、理念的碰撞一次次迸发出智慧的火花。盘石镇生态保护和建设的未来蓝图，终于如大海中冉冉升起的一轮红日，焕发出瑰丽的色彩。

新街街头的乡妹子山庄。山庄前面是大街，非常繁荣。后面是一片青青的菜地和绚丽的花圃。那些蔬菜飘着淡淡清香，那些花儿散发着芬芳的气味，醉了我们的心灵。

远处飘来酒店一缕缕的饭香味，还有那老少爽朗的欢歌笑语声！

山庄老板田茂群说：城镇建设比前几年好，一个天上一个地下，城镇好起来以后，生活水平提高，我们做生意也好多了。

说起做生意，今年 48 岁的田老板有点腼腆。20 年前，她在镇政府旁边卖粉，每天收入 50 元左右，也卖了 4 年多包子。政府的民政房子拆了，又搬到镇小门口卖饭，每天能卖两三千元。2009年，花了40多万元在本街修建乡妹子山庄。

我询问她丈夫：你们有多少收入？

他笑而不答。

我问心直口快的茂群。茂群拍拍围裙，两眼望着街上，费了好大劲挤出一个数字：大概10多万元吧！

吴文玖立即让我别信她说的，他说：哪止这个数！田老板是保守说法！

我笑，反正他家开山庄是发了！

茂群丈夫说：爆满的时候，一天接待一两百人，吃住游玩都在我们这里，平均每人一天消费在两百元……

去你的！田茂群嘴一噘，背过身子走了。

高起点规划，高标准实施，全力打响产业特色镇、全域旅游镇和宜居示范镇三大品牌。

就是凭着这么一股豪气，全镇增强行动自觉、把握主攻方向、凝聚强大合力，进一步提高盘石服务辐射度，彰显盘石山水美誉度，增强盘石旅游体验度，展现盘石文化标识度，使四大品牌打得更响、传得更远、影响更广。

就是凭着这么一股豪气，盘石人日夜兼程，用汗水将心底的梦想之花灌溉、培育，装点美好新生活。

就是凭着这么一股豪气，盘石人向外看，向高处看，向远处看。

精细的分工、科学的管理、合理的分配，形成了盘石村人人有事、人人有岗、人人参与的良好局面。现在的盘石，给人的感受是村里无闲人、山上无闲田、邻里无闲话。

盘石镇的最大成效是组织变强、资源变活、产业变优、村容变靓、群众变富。最好的经验是建强组织凝聚民心，盘活用好闲置资源，组织群众精细分工，科学合理分配利益。

养心盘石的生态田园令人沉醉。

越来越多的游客来到盘石镇，得益于交通通达度的提高。这也意味着，养生福地也正以更加开放的姿态笑迎八方来客。

实际上，盘石康养小镇建设具有重要的现实意义，是盘石镇加快建设特色小镇战略的现实举措，是实现养生福地、精品康城战略目标的必然选择。建设盘石康养小镇，是盘石镇经济转型升级和创新发展的全新探索，服务国家战略。

在新型工业化、新型城镇化、农业现代化、旅游产业化的四轮驱动下，盘石镇奋力在新时代新征程上闯新路、开新局、抢新机、出新绩。

聚焦机制改革，实现融合新跨越

黄灿灿的外衣，甜蜜蜜的果肉。来到盘石镇的农业基地，今年刚试种的 20 亩水果番茄新品种迎来了丰收季。

农业产业化、特色化、多元化的发展路子，不仅做大做强了菜篮子、果盘子经济，还带动了村民增收致富。

因地制宜，发展特色产业，把资源优势转化为发展优势，善港村的成功实践为盘石镇推进农业农村现代化打开了思路。

镇长刘伟说，目前，盘石镇大力度推动三特乡村建设，即特色田园乡村、特色精品乡村和特色康居宜居乡村，进一步丰富乡村产业形态，打造农旅、农养、农创融合发展的特色产业化项目。构建具有盘石特色的乡村建设体系，让村村成为单打冠军。

村级集体经济是建设农业农村现代化的重要支撑，也是实现农民共同富裕的根本保障。

如何进一步做大做强村集体经济，夯实农业农村现代化的基础？

镇长刘伟说，通过建立政府搭台、村企唱戏的市场化运作模式，在准上做文章，在精上求突破，确保村企谈心有温度，联建意向有深度，项目推进有力度，将企业的资本、技术、现代生产要素注入乡村，将乡村资产、资源、生态文化要素融入企业，最终实现合作共赢。

刘伟说，我们将以幸福盘石为引领，抓住惠民这个关键，在完善基础配套、优化公共服务、做美生态环境、培塑乡风文明等方面，出实招、办实事、见实效，让老百姓在家门口共享优质资源。

谈起农业现代化的感受，镇人大主席杨东平满怀信心地说，广大农民现在已理解、支持、参与农业现代化建设，农村基层干部充分认识到，全镇农业再想大发展，就必须瞄准更高的目标——实现农业现代化！只有开展农业现代化，才能促进农业科技水平的提高，从而带动农业产业化和农村经济的更快更好发展。

近年来，盘石镇围绕发展现代农业，不断创新发展思路，从创新组织形式、壮大产业主体、完善经营体系、增强科技支撑等方面入手，坚持以产业化提高农业、以工业化致富农民、以城镇化带动农村，深入实施三化（农业产业化、标准化、现代化）、三带动（龙头带动、市场带动、科技带动）、三变（农民变民工、变职工、变市民）战略，加快龙头企业建设，着力建设优质农产品生产基地和农产品集散基地。

2023 年，全镇实现农业增加值 1.4 亿元，同比增长 9.7%；规模以上龙头企业发展到 4 家，年销售收入过 100 万元的有 10 多家；82% 的农户参与到产业化经营的各个环节，2000 个劳动力转移到农产品加工企业；农民人均纯收入达到 5017 元，同比增长 13.1%，非农产业收入占农民人均纯收入的 65% 以上。

加快龙头企业建设，培植农民增收主体，规模以上龙头企业发展到 21 家，辐射带动作用进一步增强。通过认定的无公害农产品、绿色食品和有机食品基地发展到 1 万亩。

创新增长方式 加快结构调整

盘石镇按照区域布局更加合理、产业特色更加明显、产品质量更加优良的原则，重点抓了三个结构的优化调整。一是优化产业结构，培植品牌产业。主导产业由产业化初期的 16 个，逐步调整优化为以瓜菜、畜牧两大产业为主导的产业格局，年产瓜菜 30 多万吨、出栏肉鸡 3 万只、肉鸭 1 万只、生猪 6 万头，主导产业优势更加突出，市场份额不断提高。二是优化区域结构，培植特色产业。重点是突出地方特色，促进优势产业向规模化、集约化方向发展。

发展龙头企业是提高农业综合生产能力的关键，抓了龙头企业，就是抓了工业、抓了结构调整、抓了劳动力转移、抓了农民增收。盘石镇紧跟市场需求，一手抓量的增加，一手抓质的提高，促进了龙头企业的快速健康发展。全镇一定规模的龙头企业达到 11 家，龙头企业数量、销售收入、实现利税等主要指标，2023 年比 2016 年都翻了一番。

从今年开始，盘石镇着重在做大做强上下功夫，突出抓了龙头企业自我发展能力和运行质量的提高。

富硒大米　飘香万里

秋收的喜悦在芭茅大坝，在我眼前倏然而来。

黄澄澄的稻子，颗粒饱满，沉甸甸地随风摇曳，飘散出醉人的芳香。稻子长势格外好，稻穗像小姑娘的辫子，压弯了稻秆的腰。瑟瑟秋风吹来，一望无际的稻田像大海泛起了波涛。

在无边的田野里，成熟的稻子金灿灿的，放眼望去，像铺了一条又长又宽的黄地毯，目之所及，满是令人心醉的金色，在阳光的照射下，越发光耀夺目，好像满地都是黄金……

浸着清凉，秋风送来稻香的芬芳。我仿佛回到了陆游所处的那个夜晚：行歌曳杖到新塘，银阙瑶台无此凉。万里秋风菰菜老，一川明月稻花香。此时此刻，稻香的味道就是家乡的味道。清凉中雀声阵阵，蓝天下稻香缕缕。

以 4 个 500 亩以上坝区为依托，以现有的稻渔综合种养示范基地为核心，集中连片，打造 1000 亩示范区和 10000 亩示范园。

盘石大米晶莹透亮，口感松软香醇。不愧在清朝雍正年间，被列为朝廷贡米。

响水洞白米、十八箭红米被列为朝廷贡米 10 余年，至今在当地仍流传着水贡米救皇姑的佳话。

我仿佛走进农家乐里，面对一缸缸一粒比一粒饱满、一粒比一粒芳香诱人的大米，恍然不知采撷哪一粒为妙，于是就抱着一尝为快的心情顺手摘去；乳白色的大米，满嘴生香的米饭，令人垂涎欲滴。

手机一键遥控日光温室温度、湿度；现代化的监控平台记录着农作物每时每刻的生长状况；运用多种现代化技术掌控果实的大小和质量……初春时节，盘石的日光温室里呈现出一派繁忙景象。与此同时，各种高科技手段被广泛应用，日光温室的生产方式正在改变。

耳边忽然传来了女高音独唱《醉美盘石》的优美歌声：

啊……醉美盘石
清泉边水墨染画廊
红石堡的巍峨牵着多少向往
苗家人的风情洒下一路芬芳

草海飘来山花阵阵香

山歌里唱着烂漫的春光

啊……醉美盘石

瀑布下月儿亮汪汪

梯田的神韵送上一片吉祥

山水间的爱恋捧出多少梦想

打一盘花鼓哟再把情话讲

喝一口苞谷酒幸福在流淌

虽然没有乐曲伴奏，但清脆悦耳的歌声就像清醒剂，把蒙蒙的人们唤醒。睁开眼一看，顿觉眼前一亮：连绵起伏的群山，峰峦叠翠，密匝匝、绿油油的树叶青翠欲滴，轻风拂过，绿浪起伏，涛声阵阵；蜿蜒的公路边，溪水淙淙，清澈见底，青翠的山峰、律动的树枝和婆娑的树叶倒映在水底，更显得婀娜多姿。

近年来，盘石镇坚定不移地实施工业强镇、城镇化带动和农业现代化、旅游产业化提升四大战略，强力奏响推进新型工业化、新型城镇化、农业现代化和旅游产业化快速发展的时代强音。一产出特色、二产上规模、城建提品位的定位，为盘石镇的发展注入了强大的活力，推动着全镇经济社会跨越发展。

四化同步战略，助推盘石镇加速发展，跨越赶超，在四化同步的强劲推动下，盘石正向着全面现代化社会砥砺前行。

　　盘石犹如从一棵小树苗，茁壮成长为参天大树，枝繁叶茂，绿意葱翠，洋溢着蓬勃的动人气象。

　　叶茂基于根深，枝荣在于本固。盘石这棵根植黔东北高原的大树，主干敦实、健壮，稳稳扎根大地，朝着辽阔的天空挺拔起伟岸的身姿。这是一代代盘石人的梦想之路，更是这一代盘石人的新征程。